新潮文庫

# そこへ届くのは僕たちの声

小路幸也著

目次

Prologue 天文台で 7

空から、届く声 47

空へ、届ける声 270

Epilogue 天文台から 428

解説 大森望

# そこへ届くのは僕たちの声

# Prologue　天文台で

今でも、届く声がある。

幼い頃に、ずっと遠くから仲良しの友達に呼ばれたような感じで、真《ま》っ直《す》ぐに、無邪気に頭の中に響いてくる声がある。

僕はそれをまるで生まれたての子猫を抱くように静かに優しく摑《つか》み取って、その言葉を繰り返してみる。

あの頃のようにこっちから送ることはできなくなってしまったけれど、受けることはまだできる。送った子はしっかり僕を捉《つか》まえてくれているだろうか。意外と年寄りなのでびっくりしているかもしれない。

あの日、僕たちが何かを救ったなんて思ったことはない。

この国の未来を守ったと言う人もいるけど、そんな大それたものだったんだろうかという気もする。

振り返ってみると、自分があそこにいたというのは夢だったんじゃないかと思うこともある。よくできたな、と他人事《ひとごと》のように感心する。今なら怖くてできなかったんじゃないだろうか。人は年を取るとともに臆病《おくびょう》になる、というのは本当かもしれない。一緒に行った皆とまともに顔を合わせたのはあの時以来だ。ものの見事に住んでいる地域がバラバラで、そしてまだ子供だったから気軽に会いに行くこともできなかった。いちばん年下だったケイが高校を卒業したから、一度皆で集まってもいいんじゃないかと思っていた。

だから、このパーティの招待状を貰《もら》った時はとても嬉《うれ》しかった。

あの時のことを、懐《なつ》かしさを交えて、笑顔で話せるぐらいの時間は経《た》っているように思う。

月の光が辺りを照らす夜の庭でのパーティは、静かに、なごやかに進んでいく。誰もが二人の幸せそうな笑顔に心からの祝福を贈っていた。

ここはいつ来てもあの頃のままだ。立ち並ぶ濃い緑が静かに空気を包み込んでいる。やわらかな照明が月光と混じり合って微妙なトーンの陰をつくっている。

何度となく通った天文台のドームも変わらずに、月の光を、星の光を跳ね返している。

僕たちは本当に久しぶりに会って、あの日から今までの自分たちのことや、これからのことをあれこれと話していた。

そして、とても大切な友人のことをきちんと残しておこうと話し合っていた。

彼がいなかったら僕たちを含め多くの人が絶望の淵《ふち》に追いやられていたかもしれない。あるいは、そんなふうに感じる間もないままに、この世界の時間から消えていったかもしれない。

僕たちだけが、それを実感できる。

他の多くの世界中の人たちは、そんなことに気づかないまま、当たり前のように普通の日々を過ごしている。

それでいいんだと思う。そうでなきゃならないとも。

いつかまた、同じような事件が起きるかも知れない。その時のために、まだ子供だった僕たちがどういうふうに、そう表現してよければ、立ち向かっていったのか正確に記録しておこう。

そして僕たちの親が、自分には理解できないことを始めた子供たちをどういうふうに理解し、見守ってくれたか。それを残しておこう。

そのためにも、あの時のことを、しっかりと思い出しておこうと話していた。

新しい、あの子たちのために。

ハヤブサのために。

## 八木宗治《やぎむねはる》が語る

馬鹿《ばか》にしちゃいけない。まだまだボケちゃいないからねぇ。そんな年寄り扱いしちゃいけないよ。いや、もうそんな年かねぇ。ケイちゃんが高校を卒業しちゃったんだからねぇ。あのちっちゃいケイちゃんがなぁ。

ええどこからかなぁ、私の場合はやっぱりあの爆弾テロからかね。

七月の二十三日の午後二時三十三分。

そりゃあしっかり覚えているさ。定年退職を控えた最後の大事件ってやつだからねぇ。

まぁしかしあの頃は本当にそんな事件ばっかりだったたね。まったくあのバカ大統領が始めた戦争のおかげで日本にもテロ活動なんてものが飛び火してきてね。わたしはねぇ、平和ボケ日本なんて陰口叩《たた》かれても平和な方がいいじゃないかと思うんですがねぇ。所轄《しょかつ》にさえテロ対策の特別チームが続々と編成されていった時期だったたねぇ。

まったく一般の人を犠牲にして何が大義だって言うんだ。てめぇらの主義主張のためになんで人の命を奪うんだってね。

その日も何の予告もなくドカン！ だよ。

カフェでお茶を楽しんでいた人たちが三人も死んでしまってね。そう、それは単なる陽動で、奴《やつ》らのお目当ては近くの銀行にあったんだからね。警察もバタバタしている隙《すき》をついてあっさりトンズラしちまった。今思い出しても体が震えてくるよ。やりどころのない怒りでね。

その頃は中村って奴と一緒に動いていてね。中村はね、若いけどいい刑事でしたよ。捜査の本質ってやつをしっかりと摑んでいた。足で稼ぐ地道な捜査っていうものがなによりだっていうことをね。だから俺への報告は全部あいつに任せていたね。元気かなぁあいつは。子供が生まれたって聞いたけど、今度会いに行ってみるかなぁ。嫌がられるかね。

「中村ぁ」

「ああ、宗さんお疲れさまです」

「ったく、こんなくそ暑い最中にご苦労だよ」

「気温、三十七度超えてるらしいですよ」

「老体にはこたえるわ。で？」

「いいですか。奪われた現金は一万円札ばかりで総額で三千万ちょうど。ジュラルミンケースで中央区にある本店に移送する予定でした。午後二時過ぎに行員の前橋課長が確認して警備員の二人に引き渡してます。この警備員はジェネラル警備の人間で、ええっと村井誠さんと佐々木敏和さん」

「引き渡しの場所は？」

「あそこに見える部屋です。いつもそこで行われるそうです。警備員の二人は部屋を出て台車で現金を運びます。この銀行の慣例で現金輸送の際はこの周りに担当の者以外は近づかないようにしていたそうです」

「犯人だけがいたわけだ」

「その犯人なんですがね、どうやら女装していたようですよ」

「女装？」

もちろん爆弾テロの一味だったんだけどね、ふざけた野郎だよまったく。その現金を運んで進むほんの十メートルもない廊下の途中にはトイレがあってね。そこの女子トイレのドアからいきなり女子行員が倒れ込みながら出てきたと。

警備員も男だからねぇ、男性が倒れ込んだとしてもそりゃ警戒しながら近づくんだろうけど、相手が女性でしかも服装なんか今にも脱げ落ちそうなスカートだったっていうんだからねぇ。こりゃあ油断してもしょうがない。どうしました！ってんで近づいたらいきなり目潰《めつぶ》しスプレーにスタンガンで、あっという間に昏倒《こんとう》ですわ。


「それで？」

「騒ぎを聞きつけたさっきの前橋課長が駆けつけたんですが、あえなくナイフで背中を刺されてしまいました。今は病院です」

「背中ってことは」

「逃げ出したんですかね。無理ないと思いますけど。まだ詳しい事情聴取はできていません。桑沢が病院に向かいました」

「で、犯人はその隙にドロンかい」

「ですね。その後はいったいどうなったのか今のところ目撃者は出てきていません。それで、事情がわからないのが一人いましてね」

「なんだ」

「ここの行員で北沢という男性。まだ若いですね、入社三年目だそうで」

「そいつがどうしたんだ」

「頭をゴルフクラブのドライバーで殴られて意識不明の重体です。トイレの前で倒れていたんですよ」

「なんでまた」

「腹が痛いとか言いだしてトイレに行ったらしいんです」

「さっきその近辺は出入り禁止って言ってなかったか？」

「そうなんですよね。彼がうっかりしていたのか、あるいは事件に関係があるのか」

「ドライバーだのナイフだのと随分と具体名が出てくるけどよ、そんなに親切な犯人だったのか」

「そうなんですよ。気を遣って全部置いていってくれましたよ」

「足がつかねぇ自信たっぷりか。そっちから当たるのは無駄骨っぽいな」

「ですね」

その北沢くんね、うっかり現金輸送の時間だってことを忘れてトイレに駆け込んでしまった。で、すっきりして出てきたところをどうやら犯人に殴られたらしいんだな。

負傷部位からみて前方から殴られたようだから犯人の姿を見ているはずでね。もう一人の前橋課長は、犯人の後ろ姿を見かけて怖くなって逃げ出したところを後ろからブスリだったから顔を見ていないと証言したしね。

そんなわけでこの北沢くんに期待がかかったわけなんだが、運悪くそのまま意識が戻らなかった。いわゆる植物状態になってしまったんだな。

それからなんですな、〈植物状態〉について調べだしたのは。犯人の顔を見ているかもしれないし、まぁ共犯者で仲間割れとかの可能性もあったわけだけど。もし何らかの関わりがあるんだったら、あちこちで恐怖をまき散らかしていた爆弾テロの一味にたどり着くかもしれないってね。

なんとかその北沢くんに目覚めてほしかった。いやもちろん私なんかがいくら調べたってねぇ、どうなるもんでもないんだけど動かずにはいられなかったんだよねぇ。最後の事件ぐらいはすっきりとさせて引退したいってね。いろいろ本も読んだしお医者様に話を聞いたりね。

なんでもそういう状態になってしまっても回復することもあるっていうんだけど、それがどうしてなのかはわからないっていうんだからやっかいだよねぇ。神様がつくった人間の体は所詮《しょせん》人間には全部理解できないってことかなぁ。

でまぁあれだよ。私があれこれ捜査の合間をぬって調べていたらその中村がね、言い出してね。

「宗さん、ネットワークがあるそうですよ」

「なんの」

「植物状態の人間の」

「なんだいそりゃ。植物状態の人間同士がネットワーク組めるはずがないだろうに」

「いや、だからそういう患者さんを抱えた人たちの、家族のネットワークですよ」

「ほう」

「介護の仕方とか、保険の問題とかいろいろあるじゃないですか。サイトを開いているところもあるし、そういうところに話を聞きに行ってもいいんじゃないですか?」

「なるほどね」

最初はね、サイトを覗《のぞ》いたりしていたんですなぁ。なるほどさすがにいろいろ苦労も多いとね。大変だなぁとかねぇ。で、何人かの人にメールを出してみたんですわ。

奇跡的に植物状態から脱したという人もいて、どういう条件でそうなったのか知りたくてね。

何人かからは話を聞けたりはしたけど、まぁ具体的に何かがあったとかそういうことではなくてね。本当に奇跡的に回復したという場合がほとんどでねぇ。そんなことを思っちゃいけないんだけど、ちょっと残念だったねぇ。これはいくら調べてもムダかなぁとね。

ところがね、ある日メールを貰《もら》ったんですよ。

単なる噂《うわさ》なんだけど、〈奇跡〉をおこす人物がいるようだって。その人物は植物状態の人と話ができて、声にならないその人のメッセージを家族に伝えたり、回復させたりしている、というのが噂になっているってねぇ。

まぁ驚いたの喜んだの。そういう話が聞きたくていろいろ調べ回ってたようなものだからね。もちろん単なる噂だから頭っから信じちゃあいないけどねぇ。いやもちろん刑事が確かめもせずにそんなことを信じていちゃあおまんまのくいあげだからね。

さぁ勇気づけられてまた探し回ったわけですよ。

その〈奇跡〉をおこす人物とは何者だとねぇ。

「いやいや、捜査というわけではないんですよ。どうぞそんなに身構えないでください」

「はぁ」

「浜田さんはご存知ですね？」

「〈のっしーさん〉ですね」

「そうそう、〈のっしーさん〉でしたなハンドルネームは。彼女からお聞きしたんですが、ご主人が事故で、そのう大変なことにねぇ」

「はい」

「容態はいかがですか」

「少しずつですけど、回復に向かっているみたいなんですよ」

「それはよかった。反応が出てきたとかですか」

「そうなんです。こちらの問い掛けにわずかですけど、反応してくれるんです。担当のお医者さんもびっくりしてますけど」

「いや、何よりですねぇ」

阿部さんといいましたね。ご主人が車で事故を起こしてしまい、そのまま植物状態になってしまった。事故自体はまったくご主人の不注意から起きたことで、おそらく居眠りだとは思うんですが、カーブを曲がりきれずに電柱に衝突。幸いその他のけが人はいなかったんですが、倒れた電柱関係の弁償やどんどん嵩《かさ》んでくる入院費やら、家族は金銭的に実に大変な思いをしとったわけですなぁ。

そんなところへ、ある日、ご主人の友人だと名乗る一人の男性が現れてね。

その男性が言うには、実はご主人にはへそくりがあるんだと。それは家族の方にはまったく内緒の口座で、まとまったお金が入っているのでそれを事故の補償や入院費に充《あ》ててみてはいかがと。さらにご主人の部屋のどこそこに預金通帳や印鑑があるとまでその男は伝えてきた、まぁ実に奇妙でタイミングのいい話でね。

何か新手の詐欺《さぎ》かもしれないとも思ったそうなんですよ。ムリもありませんわなぁ、ここんところはよく考えるもんだと次々と出てきますからな、そんな詐欺が。

奥さんは半信半疑ながらもね、その男の言う通りに調べてみると、なんとご主人の部屋の机の裏側から通帳と印鑑が出てきた。しかもその中には本当に一千万という大金がはいっていて驚きましてねぇ、慌《あわ》てて銀行に行って事情を説明し、ご主人がその口座を開いたときの経緯なんかがわからないかどうか訊《き》いてみたんだそうです。

もっともなことですねぇ、何か悪いことでもしていたんだろうか、と不安にもなりますわなぁ。

でね、銀行側は事情が事情だしきちんと身元照会確認をとり特例ということで調べてみた。するとなんてことはない、宝くじで当たったお金だったんですなこれが。どうしてご主人が秘密にしたのかはわかりませんが、なにはともあれホッとした奥さんはそのお金でなんとか補償問題や入院費のめどはついた。

するとと気になるのは今度はあの謎《なぞ》の男だとなりますわなぁ、そりゃ当然です。今まで見たことも聞いたこともないご主人の友人だと名乗る男は、どうしてそのお金のことを知っていたのか？

知っているだけならまだしも通帳や印鑑の在りかまでもね。

「不気味といえば不気味ですな」

「ねぇ？　本当に奇妙でどうしようかと思っていたんですよ。このまま何事もなければそれでいいんだけど、後からなんか嫌なことが起きたら困るなぁって」

「まったくですな」

「でもね、まぁ安心したせいもあって、そういう不思議なこともあるのかなぁと納得しかけたんですけど、急にね、思い出したんです。ひょっとしたらあの男の人は劇団の俳優じゃないかって」

「俳優？」

そう、俳優といってもね、テレビに出ているような有名な人じゃなくてね。この奥さん、実は小劇団の公演などを観《み》に行くのが趣味でしてね。でよく観に行く劇団がありまして、そこの団員で世間的には無名のあの俳優にそっくりではないかと。どうしてそんな俳優を覚えていたかとなると、実は昔の彼に少し似ていたとかでねぇ。まぁなんというかそういうものなんですな世の中ってのは。

そこでその奥さん、実に行動派ですな。その劇団まで出かけていき、その某俳優さんに会わせてもらった。

そしたらねぇ、なんとなんと大当たりで、やはりあの謎の男だったと。問い詰めてみたところ、その俳優さん。もう三十代半ばを過ぎて家族もいるちゃんとした男性なんですがね。

申し訳ない、友人だというのは嘘《うそ》だったんです、と言ったんですな。騙《だま》したようで申し訳ないが、どうしてそんなことをしたのかは説明できない。ただ信じてほしいのは悪巧みでも何でもなく、本当に口幅ったいけど善意でしたことなんだと。どうしてお金のことや通帳の在りかを知っていたのかは言えない。けれども今後迷惑をかけることも一切ないから、私を信じていただきたい。というようなことの一点張りだとねぇ。まったく取りつく島もないってやつで。

それでもその奥さんはね、いや、別に怒っているわけでも非難しているわけでもないんだと。むしろ本当に感謝している。危うく一家崩壊になりそうなところを、救ってもらったわけだからお礼をいいたいぐらいだと。もし、あなたの他に自分がお礼を言うべき人物がいるのなら教えていただきたいとがんばったわけですなぁ。

「私こそ絶対に迷惑はかけないからって食い下がったんですよ」

「教えて欲しいと」

「そう、ぜったい何かがあると思ったんですよね。いえ単なるやじ馬根性みたいなものではなくて、本当にお礼を言いたかったんですよ？」

「もちろん、わかりますよ」

「そうしたらですね、その俳優さん。すごく困った顔をして」

件《くだん》の俳優さん、かなり悩んだ末にね、こう切りだしたらしいんですな。

またまた信じられないかも知れないけど、まぁ売れない俳優の与太話だと思って聞いてほしいと。

自分には娘がいる。小学四年生になる娘だけど、その娘には不思議な友達がいて、その友達はどうも普通の人に聞こえないものも聞こえるらしい。そしてその友達は、あなたのご主人の声にならないメッセージを受け取ったのだと。家族が自分の事故で苦労している、あのお金のことを伝えてほしい、と。しかしある事情でその不思議な友達が直接動くことはできない。そこで家《うち》の娘に頼んだ。君のお父さんなら俳優さんだからうまくやってくれるんじゃないかと。だから、もしお礼を言うべき人物となると、その娘の不思議な友達でしょうね、なんてことを言ったんですよ。

まぁなんというか、これはつかみどころのない話というか、奥さんも煙《けむ》に巻かれたみたいな心境だったと言ってましたけどねぇ。

最後の最後にその不思議な友人とやらの名前は？　と聞いたところ、本名は言えないがあだ名があると。

〈ハヤブサ〉

そう、それがハヤブサの名を聞いた最初でしたねぇ。

なんだかね、いや今だから言うわけじゃないけど、ピンと来たんだよねぇ。こう、あるでしょ？　そういうもの。あたしは決して勘とかに頼るほうではないし、どちらかといえば嫌っているほうなんだけどね、それでもこう長く捜査ってのを仕事にしているとね、あるんですわそういう瞬間が。匂《にお》う、っていう瞬間がねぇ。これは、真実だ、とね。

それからはその名前を頼りにして、植物状態の患者さんを持つネットワークを探っていったねぇ。いやもちろんこれは捜査、というわけじゃなくてね、あくまであたし個人で動いていたことだから。あきらめずに地道にやっていたんですが、そこから先へはなかなか進まなくてね。

そうこうしているうちに、あの本に行き当たったんですな。真山《まやま》さんの書かれた本に。

奇跡的に植物状態から脱して、今ではほとんど普通の暮らしをしている奥さんのことを書かれたあの本に。わたしはほとんど本なんか読まないんですが、ノンフィクションと言うんですかな？　こういうのを。

そこで、まぁ初心に返る意味でも、ダメ元でもお会いしていろいろお話を伺えればなと思って、手紙を出したんですわ。本を書いているような方なら、いろいろと取材とかしてその方面の知識やネタはお持ちなんじゃないかと思ってね。

真山さんに。

え？　あぁその銀行強盗はね、三年ぐらい前だったかな？　別件で逮捕されたときに自供しましたよ。話してなかったかな？　いかんなぁやっぱり少しボケてきたかなぁ。植物状態になってしまったあの若い行員も意識を回復したって聞きましたねぇ。共犯でもなんでもなかったようで、まぁ良かったなと。

真山慎一《しんいち》が語る

あらたまってこうして話すというのは、気恥ずかしいな。

記録ということを考えるなら、最初からにしておいた方がいいか。どこが最初か決めなきゃならんが、そうだな、母さんが事故に遭ってしまったところか。

あの事故の現場はまったくひどかったな。今あの光景を思い出しても、嫌な汗が滲《にじ》んでくる。

居眠り運転でセンターラインをはみ出してきたトラックが母さんの運転する車に正面衝突して。おまえが無事だったことには本当に感謝したよ。けれども、母さんは長い眠りに入ってしまった。

もちろん、ショックだったよ。けれど、なんというか現実味はあまりなかったな。生きてる、ということだけでホッとしてしまって、このまま目覚めないというのがどういうことなのかというのが実感できなかったんだな。

そう、それを現実問題として実感したのは、会社を辞めざるをえないと決心した時さ。おまえはまだ小学校の一年生だった。

父さんが会社に行っている間一人で家に残しておくこともできず、かといって頼れるような兄弟やじいさんばあさんもいなかった。

家政婦さんというのも考えたが、まぁ父さんも若かったんだな。自分の息子ぐらい自分で見てやらなくてどうすると意気込んでな、会社を辞めて独立して家で仕事をすることに決めたんだ。建築士という仕事をしていてよかったと思ったね。

それからのことはまぁ本にもなったことだから省いてもいいとして、そうだな、どうして本を出すことになったかだな。

そう、辻谷《つじたに》にはいくら感謝してもし足りない部分は確かにある。いや、だけど父さんだってあいつにはいろいろあるんだからな。まぁ腐れ縁の相身互いってやつだ。

「なんといえば良いんだ？　こういう時はよ」

「わからないな」

「不幸中の幸いでもねぇしな」

「禍福はあざなえる縄のごとしか」

「いやまぁ何はともあれよ、あれだけの事故だったのにこうやって親子三人が家に揃《そろ》ったってことだけで良しとしなきゃな。贅沢《ぜいたく》言ってたらバチがあたっちまうぞ」

「そうだな、本当にそうだ」

母さんが、奇跡的に、本当に奇跡的に意識を回復して家に帰ってきたのは、おまえが三年生になった時だったな。それは本当に嬉《うれ》しい出来事だったんだけど、母さんは今までの人生の記憶を失ってしまっていた。

まるで生まれたばかりの赤ん坊のようになって、母さんは家に帰ってきた。嬉しいような悲しいような。本当に複雑な心境だったよ。

もちろんおまえは知らなかったが、母さんが入院してからずっと父さんは日記をつけていた。日記というより、最初は母さんの看護記録みたいなものだったんだけど。そのうちにそれがどんどん父さんとおまえの二人の生活記録みたいなものになっていった。

そりゃあそうだよな。母さんの記録といっても、ほとんどが〈今日も容態に変わりなし〉だったんだから。自然と書くことは、父さんが何を考えて、おまえとどんなふうに日々を過ごしていったかなんてことになっていった。

その記録を、書き記したノートを辻谷が読んだのは偶然だったんだ。誰かに読ませようなんて思っていなかったからな。母さんの退院や家での受け入れ準備をあいつはいろいろと手伝ってくれて、やれ一服と思ったら、辻谷は荷物の中からそのノートを見つけて読んでいたんだ。

「おい勝手に読むなよそんなもの」

「すまん。謝るからもう少し読ませてくれ」

「県下にその名を轟《とどろ》かす敏腕記者さんに読ますようなものじゃないよ。恥ずかしいからやめてくれ」

「なぁ真山よ」

「何だ」

「県下にその名を轟かす敏腕記者の辻谷昌隆《まさたか》さんはなぁ」

「うん」

「これを読んで、今、涙が出そうになっているんだがどう思う？」

「どう思うったって」

それからはもうあいつが勝手に話を進めていった。これはもうぜひ出版しなければならんってね。大張り切りさ。おまえにこんな文才があったなんて今の今まで知らなかった、なんて人を散々持ち上げてさ。

そう、あいつとはもう小学校からのつき合いだから、三十年かそれぐらいになるのか。昔はあいつもスリムだったんだよ。今の柔道体型からは想像もできないぐらいにね。

うん、まぁ日記みたいなものを出版するのは正直恥ずかしかったが、少しでもお金が入ってくれればいいかと考えたんだよ。母さんは帰ってきたものの、あの頃のおまえより手がかかる状況だったからね。仕事をそうそうこなしていくこともきつそうだったから。まぁ言ってみればアルバイト感覚だったな。

ところが、それが売れてしまった。

まったく人生ってのは本当にどう転がっていくかわからないものだと、あの時期は痛感していた。

地方の新聞社が刊行した単なる素人《しろうと》の日記みたいなものがあれよあれよという間に全国でベストセラーだ。取材やらなんやらで図面引いている時間もなくなってしまった。そのおかげでこうして今も生活していけるわけだが。

父さんが辻谷にそそのかされて、二作目三作目の本を書き上げて、それからだな。辻谷があの話を持ちこんできたのは。

「俺たちが記事にできねぇ事件ってのが、世の中にどれぐらいあると思う？」

「星の数じゃないのか」

「わりぃ、言い方を間違えた。記事にならない事件だ」

「海岸の砂」

「どっちが多いんだよ？」

「知らないよ。どっちもたくさんってことで納得しろよ」

「でな？　誘拐事件ってのはどっちだと思う？」

「なぁ、この会話に意味があるのかな？　ないのなら夕飯の材料を買いに行きたいんだけどね。そろそろ倫志《ともし》も帰ってくるし」

「いやもちろん意味がある。あるからこうして話しているんじゃねぇか。お前さん向きのネタだと思うんだがなぁ」

「ネタ？」

「何てぇことはない誤報だったんだな。かれこれ三年ぐらい前の話になるかな。家の子供が行方不明になったという一報が警察に入ったと思ってくれ」

「思った」

「すわ未成年略取か誘拐かと駆けつけて万全の態勢をとった。間もなくその家に電話が入った。『お子さんを預かっている』とね」

「誘拐か」

「そう、しかしその電話ではなんの要求もなかった。さっそく警察は捜査体制を敷き、俺たちに報道協定の要請が出された。とまぁここまではだいたい普通のパターンだ」

「そうだな」

「ところがだ。翌日子供は何事もなかったかのように『ただいまー』ってんで、玄関から家の中に入ってきたんだなこれが」

「いたずらか？」

「そう思ったよ、警察も俺たちもね。帰ってきた子供にいろいろ訊《き》いちゃあみたが、要は知らないおじさんに車に乗せられてドライブをしていたと。別に変なことはなんにもされなかったと」

「おじさんの人相風体は？」

「野球帽にサングラス。紺色のブルゾンにジーンズ」

「どうしようもないな」

「ま、それはそれで終わっちまった。未成年略取誘拐には違いないし警察もそれなりに捜査はしたものの、何事もなければそれでよしだ。ところがだ」

「何かあったと」

「それとおんなじようなことが、ここ三年の間にこの近辺で三件あったことに、俺はこのあいだ気づいてしまったんだな」

「三件」

「そう。パターンはまったくおんなじだ。違うのは子供が留守にしている期間が一日だったり二日だったりすることだけだ。かかってくる電話も一回のみ」

「それは、多いのか？」

「なんとも言えん。だけどな、ちょいと興味を持って、範囲を広げてさらに遡《さかのぼ》って調べてみると、わかっただけでここ五年間で六件あった」

「それぐらいの数なら、まぁ起こり得る許容範囲のような気がしないでもないんだが」

「そう思うだろ？　けどそこで安易な結論を出さないのが俺のすごいところだ。調べられるかぎりの手を尽くして、同じようなパターンの事件がなかったかどうかあちこち探してみた。するとどうだい先生！　ここ五年間でまーったくおんなじパターンの子供がいなくなったけど無事に帰ってきたという事件が日本全国で十一件もあった！」

「それは、似たような騒ぎじゃなくて、まったく同じパターンなんだな？」

「そうだ。『お子さんを預かった』というボイス・チェンジャーで音声を変えたメッセージが一回きり入るのも同じ。子供が何事もなかったかのようにひょいと帰ってくるのも同じ。何があったと訊けば知らないおじさんに車に乗せられてドライブしてたってのも同じ。さらに言えば、子供が言うそのおじさんの風体もまったく同じ！　すべてがパターンにハマっているんだ」

「確かに奇妙と言えば奇妙だな。しかし未成年略取とか、そういう事件はもっともっと多いだろう」

「まだあるんだ」

「なにが」

「その十一回の誘拐騒ぎだが、子供は何人だと思う？」

「なに？」

「誘拐未遂で帰ってきた子供の数だよ」

「十一人だろ？」

「九人なんだ」

「九人？　複数回、誘拐未遂に遭った子がいるのか？」

「そういうことさ。確証はないが確実に複数回誘拐されそうになって帰ってきた子供がいるんだ。どうも臭いだろ？　子供の犯罪じゃないかと俺は睨《にら》んでいるんだが、何のためにそんなことをしているのか皆目見当もつかない。単なるいたずらにしちゃ全国にこれが散らばっているというのも奇妙だ。どうだ、調べてみたくなっただろ大先生？　良いネタだと思わないか？　思ったら晩飯は豪華にしてくれな」

その頃になると、さすがに父さんにも、なんというかノンフィクション・ライターとしての、まぁそういうものが目覚めていたからね。依然として図面の方も書いてはいたけど、生活の中心は文章を書くことに置いていた。

確かに何かありそうだな、というのが最初の印象だったんだ。そこから何かが見えてきそうな気がしてね。調べ始めたんだよ。

晩飯？　焼き肉かなんかにしたんじゃなかったかな？

「すいません、本当にお忙しいところを」

「いいえ、なんでもないです」

「それで早速で申し訳ないんですが」

「はい。あの誘拐騒ぎですよね」

「ええ、嫌な思い出をほじくり返して申し訳ないんですが」

「いや、もうね、なんというか驚きはしましたけど、今となってはね、なんてことないんですけど」

「三年前でしたか？」

「そうです、娘が小学三年生の時ですね。学校から帰ってこなかったんですよ。すぐに女房がおかしいと思いましてね。まずは友達の家に電話してみたけどどこにもいない。近所をあちこち探してみたけどこれまたどこにもいない。これはまずいってんで会社の方にも電話がかかってきまして」

「それから警察に？」

「いや、まず私が会社を早退《はやび》けして家に帰りましてね、時間はまだ五時ぐらいだったんですよ。夏の頃で陽は長かったですからね。それでもう少し待ってみようと。話しあっているところに電話がかかってきて」

「犯人から」

「ええ、あの変な声でね。私の印象としては女かなぁと思ったんですけど」

「女性ですか？」

「ええ、男にしては高い感じがするなぁとそれぐらいの印象ですから、あてにはなりませんけど」

「なんて言ってきたんですか？」

「〈娘さんを預かっている。また連絡する。騒ぐな〉。それだけでプツンですよ」

話を聞いていくうちに、確かにこれは奇妙だなあという印象を深めていったんだ。もちろん取材させてくれない人も多かったよ。けれども大半の人は快く取材を受けてくれたね。これは辻谷に言わせると第一作のおかげらしいね。あの感動的な家族のお父さんですか！　っていう印象が世間一般にあるらしい。

そう、何が奇妙かというと、まず電話だったね。喋《しゃべ》るセリフが同じなんだ。九割方同じ言葉だからこれはもう同一犯人としか思えなかった。おまけに何にもされずに帰ってきた子供たちが言う人相風体も完璧《かんぺき》に同じだ。

そこまで同じなのにどうして警察が気づかないかと言うと、管轄《かんかつ》がぜんぜんバラバラだったから。ものの見事にこの奇妙な誘拐劇が日本全国に散らばって起こっていたんだよ。


「何か覚えていることはないかなぁ」

「んーあんまり」

「どこかへ連れていかれたとか」

「いや、ずーっと車に乗ってたから」

「どんな車？」

「目、見えてなかったから」

「目隠しされたんだ」

「うん」

「男だったんだよね？　犯人は」

「うん。ね、もういい？　友達と約束してるんだけど」

子供たちはもうほとんどがどうでもいいから勘弁してよって感じだったな。

まぁ今から思えばあれも全部計算ずくだったんだろうけどね。だから、あの子から名前を聞き出せたというのは本当に、なんというかラッキーだったんだな。

「あんまり思い出したくない」

「ごめんね、すぐ終わるから。犯人は男だったんだよね？」

「そう」

「ずっとどこにいたのかな？」

「車の中」

「どんな車だった？」

「普通の」

「音楽、何聴いているの？」

「え？　あ、これ？〈ハイテンション〉ってバンドだけど、知ってる？」

「ああ、売れてるよね。うちの息子も好きだって言ってたな」

「あ、そう？　ハヤブサも、あ」

「なに？」

「なんでもない」

もちろん、その時は何がなんだかわからなかったよ。話の流れから〈ハヤブサ〉っていうのはそれこそ〈ハイテンション〉の曲か、あるいは別のバンドかなにかだと思ったんだ。

後から取材テープを聞き返して、違うなと思った。もちろんそんな曲もなかったし、バンドもいなかった。何より彼女の慌《あわ》てぶりが変だったからね。

これは何かある。

〈ハヤブサ〉という言葉には何か意味があるってね。

## 辻谷昌隆が語る

しかしなぁ、早いもんだよな時の流れってのは。

おまえさんももう大学を卒業かよ。ったく歳《とし》ばっかりくっていくよなぁ俺も、って当り前かそんなの。

覚えてねぇだろうけど俺はおまえさんのおむつを替えたことだってあるんだからな? あ? はいはい、そうだよな。そういうふうに言うのが年寄りになったって証拠だよな。悪かったね。

そうだなぁ。まぁ考えてみりゃ最初にあの事件が変だって気づいたのは俺ってことになるんだからな。かほりちゃんに出会ったのもこの中じゃあ俺がいちばん早かったんだからな。

言ってみりゃあ〈発端〉ってやつだよな。

そう考えるとエラいものを引き当てちまったって気にもなるけどな。その割りにゃあ、結局なんにもできないでよ。まぁ廻りでうろうろしちまうばっかりで情けないったらないな。

そうだって、俺はなんにもしてねぇよ。やったのは、この世界を救ったのはおまえさんたちだ。

本当にな、偉いよ。大したもんだ。

今まで面と向かって言ったことはなかったけど、今こうしてここにいられるのも、おまえさんたちが頑張ってくれたからなんだからな。本当にそう思っている。

酔ってねぇよまだシラフだぜ。

あのな、恥ずかしくてもう二度と言えないから、よっく聞いてくれよ。

感謝してる。

本当にありがとうな。

そうだな。あのことをな、きっちりと残しておかなきゃならないよな。

まぁ本当ならそれは新聞記者たる俺の役目なんだろうがな。新聞っていうフィルターを通しちまうとな。あのことの、あの事件の底にあった本質っていうかなんちゅうか。

まぁあれは本当にお前さんたちの、こういう言い方をしちまうのも変だけどなんかこう、大事なものだからな。俺みたいなブン屋には書けねぇ部分だし、かといってお前の親父《おやじ》さんもなぁ、あれは書けないって頑張っているし。

あ？ かほりちゃんがか？

あぁそうか、そいつはいいかもな。

うん、そうだなそいつは良い考えだ。かほりちゃんもきれいになったよなぁしかし。どうなのよ、その後かほりちゃんとは仲良くやってんのかよ。え？ なんだよそんなごまかすことないだろ。

案外、この次ここで集まるのはお前とかほりちゃんの結婚パーティなんじゃないか？

九年前

To：森林天文クラブ〈shinrinten@.###.ne.jp〉
From：kanrinin〈sakasita@###.ne.jp〉
Subject：森林天文クラブからのお知らせ　その三十二

さぁ、お月見です。
もちろん知っていますよね。
今年は九月十日が「中秋の名月」です。
いつの年でも真ん丸とは限らないのですが、
今年は本当に真ん丸の名月が見られそうです。
というわけで、今回の森林天文クラブは「月を観《み》る会」のお誘いです。
すすきもお団子も用意しました。温かい牛乳とお茶はありますが、
自分で好きな飲み物を持ってきてもいいですよ。
九月十日、いつものところで、いつもの時間にお待ちしています。

出席をメールか電話で連絡してくださいね。
もちろん、カードにちゃんと保護者の方のサインを貰《もら》ってきてください。

To：kanrinin〈sakasita@###.ne.jp〉
From：tomoshi@###.ne.jp
Subject：RE：森林天文クラブからのお知らせ　その三十二
〉出席をメールか電話で連絡してくださいね。
出席です。でもその日は塾があるから、少し遅れます。
それと、この前、引き戻したあの子は大丈夫だった？
何か聞いてますか？

To : tomoshi@###.ne.jp
From : kanrinin 〈sakasita@###.ne.jp〉
Subject : RE : 大丈夫なようです
>それと、この前、引き戻したあの子は大丈夫だった?
様子は調べておきました。
心配ないみたいですよ。元気そうです。
安心してください。

# 空から、届く声

早川《はやかわ》かほり

「あ」

聞こえた。

「なに？」

「そらこえ」

「なにそれ？」

満《み》ちるが、不思議そうな顔をして、わたしを見た。二人きりで絵を描いていた、中学校の美術室で。

〈そらこえ〉。

それが初めて聞こえてきた時のことを、わたしは忘れてない。今でも、はっきりと覚えてる。デパートでお母さんとはぐれてしまって迷子になって、廻りは知らない大人ばっかりでどうしたらいいかわからなくなって泣き出した。

その時に、聞こえてきた声。

耳のすぐ近くでささやかれたような、はっきりと聞こえてくる声。

たとえて言うと、重さも付けている感じもぜんぜんなにもないヘッドホンをして、聞いたような声。

まだ小学校に入ったばかりで、〈空耳〉なんて言葉も知らなくて、どこかで誰かがしゃべってるのが聞こえてきたんだと思っていた。でも、きょろきょろ見回しても誰もいなくて、幽霊かも、ってちょっと怖くなったのも覚えている。

でも、その声はとても優しくてあったかい感じがしたから、もし幽霊ならわたしのことをかわいがってくれたおじいちゃんかもしれないって思いついたら嬉《うれ》しくなった。お母さんやお父さんに、おじいちゃんは死んじゃったけど、かほりのことをちゃんと見守っていてくれるよって言われていたから。

「空耳ね」

そうお母さんに言われて、どういう字？　と訊《き》くと「お空の空と、耳よ」と言われた。なんだかそれがすごく可愛《かわい》く思えて、にっこり笑ってしまった。

今でも可愛いと思っている。だって〈空〉の〈耳〉なんだから。空に耳があって、そこに聞こえるはずだった声がこぼれてきてわたしの耳に届くような。本当に空から降ってくる声のような気がして、それが聞こえると嬉しくなってスキップしていた。

ある日学校の帰り道でそれはもしかしてチガウゾ、と思いついて、急いで家に走って帰って玄関からお母さんを大声で呼んだ。

「お母さん！」

「なぁに?」

「〈そらみみ〉じゃなくて、〈そらこえ〉じゃないの?!」

空の耳じゃなく、空の声なんじゃないか。空のどこかから聞こえてくる声なんじゃないかって。そう思ってしまって、また嬉しくなって。

今よりずっと小さい頃のこと。

それから何度か聞こえてきたその声は、少し大きくなってから考えるとおじいちゃんの、大人の男の人じゃなくて、たぶんわたしと同じぐらいの歳の男の子の声だった。

「なるほど、〈そらこえ〉ね」

六月になって風もすっかり暖かくなっていて、窓を開けっぱなしにしている教室には気持ちの良い風が通り過ぎる。わたしは満ちると二人きりでイーゼルにスケッチブックを立て掛けて、○とか△の物体をスケッチしてた。

こんな気持ちの良い季節なのに、なぜかこの頃風邪がめちゃくちゃ流行《はや》っている。偶然なんだけど美術部の先輩が一人残らず休んでしまっていて、わたしと満ちる二人だけの出席になってしまったのだ。

「私だったら、自分の頭がどうかしたかと思っちゃうな」

切れ長の瞳《ひとみ》をくるんとさせて唇の右端をちょっと上げる。普通の人がするとなんだかヘンに見えるそんな表情も、満ちるがするとなんだかすごくカッコイイ。美人ってトクだなーってつくづく思ってしまう。

この町に引っ越して来て、最初の友達になった満ちる。ものすごく気が合って学校でも外でもほとんどずっと一緒に過ごしている。いちばんの、友達。

叔父さんが家に遊びに来た満ちるを見て、うわぁ、って声を上げたっけ。どうしたのかと思ってあとで訊いたら、昔いた女優さんにそっくりだって。DVDで観せてもらったら本当にそっくりだった。でも白血病で死んでしまったんだって教えられて、それはなんだか不吉と思って満ちるには言わなかったけど。

「今はなんて聞こえたの？」

「〈またね〉って」

「またね？」

「うん」

空耳は誰でも経験があると思う。けれども、わたしが聞いている空耳は、なんだか普通の人のとは違うみたいだ。

「わたしに向かって呼びかけるんじゃなくて、なんか、会話の途中だけが聞こえてくる感じ」

「ハッキリ聞こえるのね」

「もう、すごいハッキリ」

病気なんじゃないかと言った友達もいたけど、別にどこも悪くないし、困るようなこともない。精神的なトラウマのようなものがあるんじゃないか、ＰＴＳＤじゃないかって言う人もいたけど、あの震災よりずっとずっと前からわたしには聞こえていたからぜんぜん関係ないと思う。

それに。

「それにね」

「うん」

「この〈そらこえさん〉はね」

「そらこえさんと来たか」

「かわいいでしょ？」

かわいいかわいい、と満ちるは笑う。

「わたしを救ってくれたのよ」

「なにから？」

「なんだろ？」

ちゃんと会話しろよー、と満ちるが肩を叩《たた》く。なにから救ってくれたのか、本当にわからない。でも、確かにそういう感覚がある。今まで誰にも話したことがないんだけどって言うと満ちるは光栄でございます、と腕を拡《ひろ》げた。

二年前。

小学校五年生になってすぐの春。

生まれ育った町が震災に遭って、家は跡形もなくなってしまった。お母さんは天国に行ってしまって、お父さんは頭を打ったらしくて、植物状態になってしまった。今も病室でただ眠っている。それで、独りになったわたしは叔父さんの家にお世話になることになったんだ。

お父さんの弟の俊一叔父さんとはとてもウマが合う。四歳下のかわいい従弟《いとこ》の裕輝《ゆうき》くんは、わたしをお姉ちゃんって呼んでなついてくれる。だから、嫌だとか淋《さび》しいとか感じることなんかない。お母さんから受け継いだらしい、のん気な性格が幸いして、泣き暮らすことはない。まぁ、元気なんだ。いいじゃないかって思う。わたしが落ち込んでいたって、天国にいるお母さんが喜ぶはずもない。

「それでね」

「うん」

「あの震災の時」

「うん」

わたしがあの震災で被害にあったということはクラスの皆が知っている。でも、この話は今まで誰にもしていない。

「ものすごい揺れが来て、お父さんもお母さんも私も悲鳴を上げて騒ぎだしたところまでは覚えているの」

「その後の記憶がないの？」

「ある」

なんなのよー、と満ちるが言う。

「あるんだけど、揺れてなかった」

「揺れてない？」

そう。立っていられないほどの揺れの中、心臓がばくばく言いだしてどうしようと思っていたはずなのに。気がつくと揺れがなくなって、わたしは自分の家にはいなかった。

そこは真っ白い世界だった。

そう言うと、満ちるがスケッチの手を止めた。

「このスケッチブックみたいな？」

「そう」

周りがすべて真っ白。床なのか天井なのか壁なのか何もわからなくて、そういう場所に自分が立っているのか座っているのかもわからなかった。

「何分か、何秒か、とにかく時間も全然わからなくて、わたしはひょっとしたら死んじゃったんじゃないかって考えていたの」

「そこに、だ。〈そらこえさん〉が」

「そう！」

『大丈夫だよ』

そう、聞こえてきた。

男の子の声。それは昔から時々聞こえていた声。

『すぐに行くから、落ち着いて』

「そう聞こえてきたの」

満ちるが大きな眼でわたしを見つめている。

「それで、誰なんだろうと思ってると、誰かがわたしの手を摑《つか》んだの」

「摑んだ」

「そう」

「救助の人が？」

「その人の前に」

「前？」

誰かに手を摑まれた、と思ったらわたしは家の中にいた。

地震が起こる前、わたしとお母さんとお父さんは晩ご飯を食べている最中だった。

わたしは自分の赤い塗りの箸《はし》を持ったまま、台所に立っていた。

ただし、めちゃくちゃになっている台所の真ん中に。

「救助の人が来たのはその後だったの。おまけにね」

「うん」

「地震が起きてから、一日経《た》っていたんだ」

満ちるの眼が細くなる。

「いちにち？」

「一日。正確には次の日の午後四時ぐらいだから、二十時間後ぐらいかな」

うー、と唸《うな》って満ちるはおでこに手をあてて下を向いてしまった。わたしもあの時のことを考え出すと、そういうポーズをとりたくなる。いったい自分に何が起こってしまったのかまったくわからないのだ。

「時間がブッ飛んでいるんだね」

「そう」

「おまけにヘンな真っ白いところにいた」

「そうなんだ」

いくら考えても何があったのかわからなくて、でも確かに、あの〈そらこえ〉さんがわたしを助けてくれたような気がする。

「不思議な話だね」

「うん」

「でもまぁ、こうしてここにいるんだから」

ポン、とわたしの肩を叩いて満ちるが笑う。そうなんだ。ここにこうして無事にいるんだから深く考えなくてもいっか、って思うようにしている。

でも、ゼッタイに忘れないようにしている。

あの声も、あの手のぬくもりも。

たぶん、わたしを助けてくれた、誰かの。

この町にやって来て二年ぐらい経って、なんだかやっと町の空気が身体《からだ》に馴染《なじ》んできたような気がする。前に住んでいたところよりずっと人口が少なくて小さいんだけど、面積はそこより広くて、町全体がゆったりしている感じ。

叔父さんの話では、この町の歴史はものすごく古いそうだ。昔は殿様みたいな人の領地でほとんどが森みたいになっていて、今でも森があちこちにたくさんある。昔は下葛町と上葛町っていう名前だったそうなんだけど、今は本町と新町。本町の方には江戸時代からの石造りの蔵や武家屋敷のような家がたくさんあって静かな町なんだ。反対に新町の方は、デパートやオフィスビルや住宅街がごっちゃになっていて、とてもにぎやかな感じ。

「新町と本町のギャップがおもしろいよね」

学校からの帰り道、並んで歩きながらそう言うと、頷《うなず》いた拍子に満ちるの頭の向こう側から夕陽が漏れて、満ちるの端整な横顔をシルエットにする。

学校は新町にあって、叔父さんの家は本町。わたしは駅まで歩いていって、そこからACランナーに乗って三分。満ちるの家は駅のすぐ裏側にあるから、いつも駅の中のショップでちょっとお茶したりおやつを食べたりしてから帰る。

「あれ」

駅の待合室に座ってシェイクのSを飲んでいると満ちるが声をあげた。

「リンだ」

そっちの方を見たら、同じクラスのリンくんがマウンテンバイクで向こう側の道路を走っていくのが見えた。ものすごく速いスピード。

「どこ行くんだろうね」

塾かな、と言うと、満ちるは違うんじゃない？　と答えた。

「天文台でしょ」

「天文台？」

「あいつ、宇宙オタクだから」

天文台なんかあるの？　って訊《き》いた。

「知らなかった？」

「うん」

「森林公園の中にあるよ。あー、でも個人のものだからね」

勝手に入れないし、知らない人も多いのかもね、と満ちるは言う。それは初めて知った。

「私はツトムに聞いて知ってた」

満ちるの幼なじみのB組のツトムくん。サッカー部でいつも元気いっぱいでにぎやかな男の子。

「あいつもあんな体育会系なのに、実は宇宙オタク。アストロノートになりたいんだって」

「アストロノートって、宇宙飛行士？」

「そう。めずらしいでしょ今どき」

宇宙飛行士。確かにあまりなりたいという話は聞かないかも。でも、天文台で星を観《み》るというのは、ちょっと楽しいかもしれない。そう言うと、満ちるは、あーそうかもねー、と頷いた。

「かほりはなんか好きそうだね」

「けっこう、好き」

じゃあ今度ツトムに言っとくね、と言った。

「あの天文台には〈天文クラブ〉っていうのがあって、そこに入れば利用できるはずなんだ。ツトムが確かメンバーだから」

ツトムくんはリンくんと仲が良い。クラスは違うけど、休み時間なんかに廊下やグラウンドで一緒にいるところをよく見かける。

リンくんは、本当の名前は倫志と言うんだけど、クラスメイトはもちろん先生方も皆がリンと呼ぶ。何人かで大声で呼ぶと「リーン、リーン！」となってしまって先生方はまるで昔の電話の音だなって笑っていた。

実は、とても気になる男の子だ。

好きとかそういう意味じゃなくて、もちろん嫌いじゃないけど、リンくんのお母さんは植物状態になってしまって二年間も眠っていたって聞いた。交通事故が原因だそうだ。でも奇跡的に意識を回復して今では普通に暮らしているという。

わたしのお父さんにも、いつか目覚める時が来てくれるのだろうかって思う。病院で、一人で眠り続けるお父さん。

リンくんは、同じように植物状態だったお母さんとどういうふうに二年間過ごしていたのか。どんな気持ちだったのか。そしてお母さんはどんなふうに目覚めたのか。もし聞けるものなら、失礼じゃなかったら、そんな話を聞きたいなぁって思っている。そう思っているだけでなかなか言い出せないんだけど。

「八時だっけ？」

「何が？」

「明日の集合時間」

そうだよって頷いた。

「新聞社だよねー、私は広告会社に行きたかったのに」

「しょうがないよ。くじ引きだもん」

総合学習の時間に班を組んで会社とかそういうところに見学に行く。叔父さんに言うと懐《なつ》かしいなー、と笑っていた。叔父さんは社会科見学というもので動物園に行ったそうだ。もちろん飼育係の人に話を聞きに行ったのだけど、あまり興味のなかった叔父さんはずーっと動物園をぐるぐる回っていたそうだ。叔父さんらしくて笑ってしまった。

満ちるはもちろん絵を描くのが大好きで、将来はイラストレーターとか、そういう絵を描いて暮らしていきたいといつも言っている。自分の絵が世の中に認められて、それでお金を稼いで自分で暮らしていきたいんだって。

偉いなぁと思ってしまう。すごくハッキリとした目標を持っていてそれに向かって一生懸命頑張っている。高校も大学も美術系に行くって今から言ってる。

私には、まだそういう目標はない。

もう中学生になったんだからそういうことも考えた方が良いなぁと思っているんだけど、まだ自分が何をやりたいのかよくわからない。

「明日、ゼッタイに電話してね。頼むよ？」

お父さんとお母さんが法事で出かけてしまって今夜は帰らないそうだ。だから明日の朝は自力で起きなきゃならない。でも満ちるの寝起きの悪さはハメツ的だ。一つ上のお兄さんがいるんだけど自分以上にアテにはできないからってモーニングコールを頼まれた。

「ただいるだけで何にも役に立たないからね兄貴ってのは」

とか言いながら、満ちるとお兄さんは仲が良い。顔もよく似ていて、つまりお兄さんはかなりイケメンでモテるそうだ。わたしは兄弟がいないからそういう話は少しうらやましい。そう言うと満ちるは、まぁねぇと言う。

「でも弟のようなのができたじゃん」

頷く。従弟《いとこ》の裕輝くん。満ちるにも裕輝くんと同い年の従弟がいるそうだ。

「あの年ごろの男の子は可愛いよね」

弟か妹が欲しかったなって言う。確かにどっちかといえば満ちるはお姉さんの方が似合うかもしれない。

「ねぇ今度の休みに〈しん・みらい駅〉に行こうよ」

「そうだね」

クラスのほとんどの子がもう行ってきたよーって言ってた。この間完成したばかりの、この駅にも停まるACランナーの終着駅。

港のある大きな街にできたものすごい高層タワービルと駅が一緒になったところ。テレビで観たけどすごく大きくてショッピング・モールがめちゃくちゃ広くて、映画館もあるしホテルもあるしデパートもあるしで、とにかく一日じゃ回りきれないって言ってた。ものすごく未来的な感じで、叔父さんがまるで子供の頃に漫画とかにあった未来のビルみたいだなぁって感心していた。

「あ、来たね」

シルバーとグリーンのツートンカラーのACランナーがホームに滑り込んできて、じゃね、と言って満ちるが手を振って駅を出ていった。

☆

新聞社は本町を半分に分ける大通りの四丁目にある。

ここの大通りには木がいっぱい植えてあって公園もあってとてもきれいな場所で、わたしはとても気に入ってる。

叔父さんに聞いた話では、こんなに大きく幅を取っているのは昔にあった大火災の教訓を生かして、万一また大火事があってもこの大通りで火が分断されるようにしたんだとか。なるほどなーって思った。

五階建ての石造りの古いビル。小さな新聞社だけど歴史は古くてこの町の人はみんなここの新聞を取っている。大手の新聞社が入る隙間《すきま》がほとんどないんだよなぁと叔父さんが言っていた。

「それじゃ、ここから先は現場で働く記者の人にいろいろとお話をしてもらいます。質問とかあったらどんどんしてください」

広報部の千葉ですと名乗った女の人が、最初にわたしたちを案内してくれた。

大きな音を立てる機械が並んだ地下の印刷所やなんだかものすごくごちゃごちゃしている編集局や、少し図書館みたいな匂《にお》いもした資料室。一通り回って、一通り質問して、最後に小さな会議室に案内された。そこでわたしたちを待っていたのは、なんだか難しそうな顔をした体格のいい男の人。

「とても子供好きで優しいおじさんの辻谷記者です。身体はデカイし顔はコワイですけど」

辻谷さんは、おい！と千葉さんにツッコんでいた。そのツッコミ具合がいいタイミングでわたしたちはくすくす笑っていた。

「子供は好きなんですけど、実は女の子に免疫《めんえき》が無いので今日はものすごくアガッています。からかうと顔を赤くするのでおもしろいですよ」

千葉さんがそう言うと、辻谷さんは本当に顔を赤くして、「いいからお前はもう消えろぉ！」と叫んでいた。

わたしたちのクラスは女子が多いので、今回組まれたわたしの班も五人全員が女の子になってしまった。確かに、女子中学生を五人も相手にするのは慣れていない男の人は大変だろうなぁと思っていた。

「えーと今紹介された辻谷ってんだ。あーどうもね、かしこまって話すと舌噛《か》んじまうのでいつも通りで勘弁してくれよ。別に噛みつきゃしないから」

ニコッと笑う。笑うと恐《こわ》そうな顔が急に優しくなって、その顔がまるでクマのプーさんみたいで可愛《かわい》かった。

「じゃあ、まぁまずは自己紹介してもらおうかな。リーダーは誰かな」

わたしは手を挙げた。くじ引きで決まってもリーダーはリーダーだ。辻谷さんが頷いてわたしの顔を見て、それからちょっと顔をしかめた。

「早川かほりと言います。よろしくお願いします」

頭を下げる。辻谷さんはぐいっと身体《からだ》を前に出してきた。その顔がまたしかめっつらになっている。

「ハヤカワカオリさん?」

「はい」

「カオリはどういう字？」

「ひらがなで、かほり、と書いてカオリと読みます」

隣に座っている満ちるがどうしたんだろうって顔でわたしと辻谷さんを見比べている。

なんだろう。わたしの顔はそんなに珍しい顔ではないと思うんだけど。満ちるに言わせるとわたしの顔はまるで小鹿《こじか》のバンビのような顔だって言う。そんなに可愛いの？と訊《き》くと、びっくり目玉ってだけなんだよーと言う。

それから、満ちるとサッチとアケぶーとみーやんが順番に挨拶《あいさつ》をした。辻谷さんはみんなによろしくねと頭を下げていって、最後にもう一度わたしの顔をじっと見た。

「いきなりなんだけど、早川かほりさん」

「はい」

「俺はあんたと会ったことねぇかなぁ？」

ない、と思う。

「ダメですよいきなりナンパは。私たちは中学生なんだから、逮捕されちゃいますよ」

満ちるが笑いながら言うと他の皆もくすくす笑った。辻谷さんはまた顔を赤くして手をぶんぶんと振り回した。

「いや違う違う。まじめな話、会ったことあるはずなんだがなぁ」

こう見えても俺の記憶力は大したものなんだけどなぁ、と頭を掻《か》いた。もちろん記者さんは覚えが悪かったら困ると思うんだけど。

まぁいいや、と辻谷さんがパン、と机を叩《たた》いて、さぁなんでも訊いてくれと言ったのでわたしたちはそれぞれに用意してきた質問を始めた。

記者の一日はどういうスケジュールなんですか？

取材してから新聞に載るまでどういう流れなんですか？

お給料はどれぐらいなんですか？

新聞記者になりたいと思ったらどういう勉強をしていけばいいんですか？

中には満ちるがしたように、好きなタイプの女性は？　なんていう息抜きの質問を挟んで。

辻谷さんは、辻谷昌隆さんというそうで、年は四十過ぎでしっかりオジサンだと笑っていた。実はバツイチなのできれいなお姉さんや従姉《いとこ》がいたら紹介してほしいと冗談も言っていた。

自分で言っていたように確かに言葉遣いはまるで江戸っ子みたいに荒っぽかったけど、笑顔が可愛いし、とても親切に真面目《まじめ》にわたしたちに接してくれた。良い人だなぁとわたしは思っていた。

一通りの質問が終わって、それからしばらくは雑談をしていた。記者として今の中学生の意識を探る上でも大事だからと、辻谷さんはわたしたちにも質問をした。どんな趣味があるかとか、どんな音楽が好きかとか、学校ではいじめとかないかとかそういうこと。

そろそろいい時間だと思っていたらドアがノックされて千葉さんが入ってきた。じゃあこれで、とみんなで揃《そろ》って立ち上がって、辻谷さんに「ありがとうございました」って頭を下げた。

その時だ。

辻谷さんが叫んだのは。

「あっ！」

驚いて顔を上げたわたしに辻谷さんは「思い出した！」って言った。

「あの震災の時の！」

びっくりだった。

思い出したのはいいけど、いやちょっとみんなの前では言いづらい話かなぁと辻谷さんは言う。震災のことはみんな知っているけど、そういうふうに言われるとすごく気になったので、とりあえずみんなに先に帰ってもらった。現地解散じゃなくて一度学校に集合だけど少しぐらい遅れてもなんともない。

もちろん、満ちるは残った。

「大丈夫です。満ちるは、なんでも知ってるので」

会議室にもう一回座り直して、わたしは辻谷さんに言った。満ちるも頷《うなず》く。

「すまねぇな、ひきとめちまって」

「いいえ」

「で、あれだよな。本当に嫌だったら答えなくていいからな。かほりちゃんは、あの震災の時にあの町にいたよな?」

ちゃん付けで呼ばれてちょっとあれっと思ったけど、まぁいいかって。

「いました」

「そうか。で、また言いづらいんだけどさ、家に一人きりで残されていなかったか?」

いた。わたしが救助されたのはほとんど一日経《た》ってからで、その前にお父さんとお母さんは近所の人にもう運ばれていたから。

「覚えてねぇかもしれないけど、俺はな、かほりちゃんを発見した人間なんだよ」

「えっ？」

あの日、わたしが真っ白なおかしなところから自分の家に戻ってきた時、辻谷さんはあの町にいたのだそうだ。

「支局にいてな、一晩経ってからあちこち取材してまわっていたんだ。いやもう取材っていうかほとんど救助作業だったけどな。そんな取材なんかできる状況じゃなかった。とにかくもうそこらへんのビルやら家の中をのぞき込んで、誰かいないか！って声をかけてさ。まぁ本当にひでぇ状況だったよな」

頷いた。私自身はそんなに覚えていないんだけど。

「でな、住宅街をうろうろしている時に、もうすぐ夕暮れって頃だったんだけど、一軒の家から誰かが飛び出してきたんだ」

「誰かって？」

「わからねぇ。急に走り出してきてそのまま猛スピードで俺とは反対方向に走っていった。あんまり急いでいたから変に思ってな、その家に入ってみたのさ」

「そこにかほりが?!」

満ちるが訊いた。辻谷さんが頷いた。

「ぐちゃぐちゃになった台所らしきところの真ん中によ、ぽつんと突っ立っていたんだ。驚いたね。大丈夫か！って声を掛けても反応がなくて、とりあえず家の外に連れ出して、ちょうど通りかかった救急の連中に預けたのさ」

そうだったのか。

「ごめんなさい。全然覚えていないです」

「まるっきりか？」

「いえ、誰かがわたしを連れ出してくれたのは覚えているんです。でも、気がつくと救急隊の人と一緒にいたので、連れ出してくれたのは救急隊の人だったんだなぁとずっと思ってました」

そうか、と辻谷さんは頷いた。

「まぁ覚えてなくて当然だけどよ。いやしかし偶然だ。驚いちまったよ」

辻谷さんは、元気そうで良かった、本当に良かったと笑顔を見せた。その言い方が本当に安心したような、とても優しい言い方だったので、やっぱり良い人なんだなぁと嬉《うれ》しくなった。

それから、わたしが叔父さんにお世話になることになってこの町にいるとか、お父さんやお母さんがどうなったとかそういう事情を説明してあげた。会ったばかりの人に言うような話ではないとは思っていたけど、辻谷さんはわたしを助けてくれた一人には違いないんだ。ちゃんと説明してあげようと思っていた。

辻谷さんはひとつひとつに真剣に頷いて、不安に思ったりすることはないんだな？とか私に訊いて、楽しくやっていると答えると、また良かった良かったと繰り返した。

「これも何かの縁って奴《やつ》だな。なんかあったらいつでも連絡してくれ。俺で力になれることがあったらなんでも言ってくれよ」

そう言って、名刺を渡してくれた。じゃ、親友にもな、と笑って満ちるにも渡していた。

「驚きだよね」

ビルを出て、満ちるが言う。わたしは頷いた。

「すごい偶然」

「いい人っぽいし」

強そうな味方が出来て良かったたって満ちるが言う。またわたしは嬉しくなって頷いた。

わたしは満ちるの感覚を全面的に信用している。人を見る目というか、物事を考える視線というか、そういうものが満ちるは本当に大人っぽくてしっかりしている。だから、満ちるがいい人だと思ったのなら、間違いなくそうなんだと思う。今までもそうだったし。

「今度お休みに呼び出してなんかおごってもらおう」

満ちるがにやっと笑って言うので、そういうのはやめなさいって二人で笑った。

それにしても、と満ちるが言う。

駅の待合室。

いったん学校まで戻って、先生に報告して、クラブに出てその帰り。美術部に蔓延《まんえん》している風邪はまだ猛威を振るっていて、結局今日もわたしと満ちるの二人だけだった。バカは風邪をひかないんだよねーと満ちるが笑っていた。

「なに?」

「かほりの体験」

「体験」

不思議なことだっていうのを改めて考えたと満ちるは言った。

「信じていなかったわけじゃなくて、こないだ聞いた話は結局かほりの感覚だけの話だったでしょ?」

頷いた。

「それが、第三者の話からしっかりと確認されたってことで、考えちゃった」

それは確かにそうだ。

辻谷さんは一晩経ってからわたしを見つけたと言った。誰もいない家の中で、ポツンと立っていたわたしを。わたしも自分の感じていたことが事実なんだと改めて確認できた。しかも新聞記者さんという、事実を扱う職業の人に。

「なんだったんだろうね」

満ちるの言葉に頷いて、考えてた。本当に、わたしの体験したものはなんだったんだろう。

「それに謎《なぞ》がまたひとつ増えた」

「謎？」

「かほりのいた真っ白な空間や〈そらこえ〉さんに加えて、現場を立ち去った謎の少年がいたわけだ」

「うん」

そうだ、辻谷さんが言っていた。

わたしの家から猛スピードで出ていったのは、子供だったと。顔は見えなかったんだけど確かに子供だった。小学生ぐらいだなぁ、ちょうどあの頃のかほりちゃんぐらいのって。

誰だったんだろう。

「もちろん近所に同じぐらいの友達はいたんだよね?」

「うん」

「その中の誰かかな」

そうかも知れない。

「わたしの家の様子を見に来て、わたしがいたので慌《あわ》てて救助の人を呼びに行ったのかも」

そうとも思えるし。そう言って、満ちるはくるんと瞳《ひとみ》を動かす。

「ひょっとしたら、真っ白な世界からかほりを救い出した人かも」

誰かに掴《つか》まれた手。

そう、わたしはあの感触を覚えている。大人の人じゃなかった。明らかに、子供の手だったのだ。たぶん、わたしと同じぐらいの。

「そうだとしたら、なんで逃げるように消えていったんだろうね」

☆

毎週火曜はわたしは美術部を休む。ピアノのレッスンに行くためだ。

叔父さんにお世話になると決まってからひょっとしたらもうピアノはできないかなぁと半分あきらめていた。お金もかかるし、叔父さんの家は、失礼だけどそれほど大きくはなくて、たとえアップライトでも置けそうな気配はなかったんだけど、でも。

「ちゃんとピアノは続けないとね」

叔母さんがそう言って、わたしのためにピアノを用意してくれた。しかも今まで二人の部屋だったところをわたしの部屋にしてくれたのだ。叔父さんたちは今まで物置のようにしていた狭い和室に寝ることになってしまった。本当に申し訳なくて、お世話になっているだけでありがたいのに心苦しいと言うと、叔父さんはにこにこして、わたしの頭を撫《な》でた。

「かほりは、世界でたった一人の可愛《かわい》い姪《めい》っ子なんだよ？　それに叔父さんの家には女の子がいないからね。実は一緒に暮らせるのが嬉しくてしょうがないんだよ。遠慮しないで甘えてほしいんだ」

涙が出そうだった。あとから部屋で一人になった時に本当に泣いてしまった。お父さんの入院費だって叔父さんが払っている。わたしの学費だってこれからどんどんかかってくるし、従弟《いとこ》の裕輝くんだっている。

だから、わたしは、まだ将来何をやるかは見つからないけど、しっかり勉強してちゃんと自分の道を見つけて働いて、叔父さんたちに恩返ししようと思っている。たぶん天国にいるお母さんだって、そう願っていると思う。

ピアノの教室は、叔父さんの家から自転車で十分ぐらいのところにある。夜遅くなってしまうから心配性な叔父さんは車で迎えに行くといつも言うけど、商店街の近くだから人気《ひとけ》はあるから大丈夫だと、わたしはアーケードの真ん中の自転車道路をスイスイ走っている。

さーっ、と横道から自転車が現れて、わたしの前に滑り込んでいった。横顔がちらっと見えて、わたしは思わず口を小さく開けた。

リンくんだ。

マウンテンバイクを風のように乗りこなしてぐいぐいわたしから離れていく。思わず私はペダルを漕《こ》ぐ足に力を込めてしまった。そのリンくんが十メートルぐらいも離れたと思ったら急に反対側の横道へ入っていった。

そんなつもりはなかったんだけど、まっすぐ家に帰るはずだったのにわたしもそのコースへ自転車を走らせた。

リンくんの家は、ここからなら叔父さんの家と同じ方向だ。つまりこのまままっすぐ行けばいいのに、どこに行くんだろう。

横道はすぐに住宅街になって、少し辺りが暗くなる。リンくんの自転車の影がまっすぐに進んでいく、次の角を曲がった。あの方向は線路の方。そしてその先は。

森林公園だ。

この町の三分の一もあるような敷地を持つこの公園は、わたしも大好きな場所だ。新町をぐるっと取り囲むようにして文字通りの森林があって、その中にいろんな施設が遊歩道で繋《つな》がっている。この町の近くの小学校の遠足はたいていこの森林公園だって満ちるが言ってた。中学生になっても高校になっても、何かの行事で必ず利用するそうだ。

その森林公園の入り口のひとつに、リンくんのマウンテンバイクが転がっていた。わたしは自転車を降りて、そこに置いて、リンくんはどこに行ったんだろうと周りを見渡してしまった。

何かの用事があったわけじゃないけどついてきてしまった。偶然だねって声でも掛けて、少し話でもできればいいなぁと考えていた。リンくんとはほとんど接点がなかったので、本当に挨拶《あいさつ》ぐらいしか言葉を交わしたことがないから。

声が聞こえた。

入り口の脇《わき》にある林の方。外灯はあるけど林の中は本当にもう真っ暗だ。でも確かにリンくんの声がした。

この中にいる？

なぜだかわかんないけどわたしは音を立てないようにそっと林の中に入っていった。ほんの二、三メートル進んだところで、薄暗い中に白いシャツが、月の光を跳ね返してぼんやりと滲《にじ》んでいる。

リンくんがいる。

木にもたれ掛かるようにして立って、誰かと話をしている。

「ええっ？　マジで？」

「へー、知らなかった」

「ウソつけぇ、そんなの知らないよ」

「あ、それはね、待って、思い出せないから帰ってからメールで送る」

楽しそうに、笑いながら話している。

でも、リンくんの周りには誰もいない。もちろん、リンくんが携帯電話を持って話しているわけじゃない。耳にイヤホンもついていない。

わたしは息を止めて、じっとしていた。それから、音を立てないようにそっと後ずさりして、林の中から出てきてしまった。

リンくんは、たった一人で、話をしている。

まるで見えない誰かが目の前にいるように。

何か見てはいけないものを見てしまった気がして、そのままわたしはそーっと帰ってきてしまった。

帰ってから、いつも大げさに大丈夫だった？と迎えてくれる叔父さんとお話しして、叔母さんの片付けものお手伝いをして、裕輝くんをちょっとかまってからお風《ふ》呂《ろ》に入る。

湯船の中でぼーっとしながら、さっきのことを考えてみた。

なんだったんだろう。

リンくんは誰かと話をしていた。

携帯は手に持っていなかった。イヤホンマイクを耳に付けているんでもなかった。

ただ普通に誰かと話をしていた。それなのに、周りには誰もいなかった。

教室でのリンくんは明るい男の子だ。少し細めの眼がちょっとコワい印象を受けるけど、誰にでも優しく接する。国語が数学とかはすごく得意みたい。クラブには入っていない。それはお母さんのためらしい。学校が終わったらすぐに帰ってお母さんの世話をするために。

リンくんのお母さんは今は家にいる。でも、いろんな記憶を、ほとんどのことを失ってしまったそうだと満ちるが教えてくれた。

「家に帰ってきてから会ったことあるんだ。散歩している時に」

指貫《ゆびぬき》川の堤防を、お父さんとお母さんとリンくんが散歩していたそうだ。夏の夕暮れ時で、満ちるは友達の家からの帰りだったとか。

「ニコニコ微笑《ほほえ》んでいて元気そうだった。でもね、それだけなの」

「それだけ？」

「まるで、赤ちゃんみたいに手を引かれて、お喋《しゃべ》りもしないで、お父さんやリンくんに寄り添って」

本当に赤ん坊のようになってしまっている、とリンくんは言っていたそうだ。

「それでも、こうして生きているだけで良いんだって言ってた、リン」

優しい男の子のリンくん。幼稚園からずっと一緒の満ちるも、昔から優しい男の子だったけど、お母さんがそうなってしまってからもっと優しくなったと言っていた。

それで、あれは、なんだったんだろう。

リンくんの独り言は。


次の日に学校に行くと満ちるが風邪をひいて休んでいた。

メールが入ってきて〈すまぬ〉と一言書いてあった。美術部ではついにわたし一人になってしまって、先生に今日は休みにしようと言われて、わたしは仕方なくなんだか中途半端《はんぱ》な時間に一人でとぼとぼと駅へ向かっていた。

こうやって道を歩く時に満ちるがそばにいないと、なんだか身体《からだ》の半分がスカスカする。何かが足りないような気がしてしまうぐらい、わたしたちはいつも一緒にいる。

でも、基本的にわたしも満ちるも、べたべたするような性格じゃないのだ。わたしは前の学校では仲良しグループというものには入れずに、かといっていじめをうけるわけでもなく、中途半端に一人余ってそれでもなんとも思わない子供だった。

満ちるは、それとは反対に一人で行動しないと嫌な女の子。いつも仲良しでどこに行くのも一緒というのを、どちらかと言えば毛嫌いするような子だったそうだ。

それなのに、わたしたちは一緒にいる。

わたしが言う〈石投げ事件〉で、満ちるが言う〈カバン投げ事件〉だ。その出来事があってからずっとわたしたちは一緒にいる。なんだかそれがあたりまえのように感じられて、とても自然なことのように思えて。

駅の待合室で、ホームに向かっているベンチに座っていた。満ちるがいないとショップで何かを買う気にもなれないで、そうかダイエットしようと思ったら駅には二人で来なければいいんだと考えていた。そうしたら、わたしを呼ぶ声が聞こえた。

「早川」

「あ」

ツトムくんだった。

「こんにちは」

わたしが言うと、ツトムくんも軽く頭を下げた。それからわたしの方に歩いてきて、隣に座る。歩き方が変だった。それにまだサッカー部は練習中のはずだし。

「ひょっとして、ケガした？」

「まいった。でも軽いねんざだ」

大丈夫だ、とぽんと右手で左足を叩《たた》いた。クラスが違うからこうやって話すことはほとんどない。満ちると一緒にいる時に何度かばったり会って話はしているけど、二人きりだと何を話していいかわかんない。

「満ちる、風邪ひいたって」

「だってな」

　めずらしー、と笑う。

「そういうの、鬼の霍乱《かくらん》って言うんだよな」

「怒られるよ」

　二人で少し笑った。

「どこ行くの？」

　ツトムくんの家はもちろん満ちるの家のすぐ近所。ACランナーに乗って行くはずはない。

「病院。うちのクラブのかかりつけの先生んとこ」

　スポーツのケガにめちゃくちゃ詳しいんだと言う。なんでもJリーグの選手も何人か来ているとか。頷《うなず》きながら、わたしは昨日のリンくんのことを訊《き》いてみようかな、なんて考えていた。ツトムくんとリンくんは仲が良い。何か知っているかもしれない。でも、まずいだろうか。わたしがどうしようどうしようと思っていると、ツトムくんは、なに？　と訊いてきた。

「え？」

「なんか言おうとしてないか？」

　わかっちゃうんだろうか。そういえば満ちるはいつも言う。かほりはすぐに顔に出るねって。自分では気づかないけどウソがつけないタイプらしい。

「あのね」

「うん？」

「こんなこと人に言っちゃいけないかもしれないんだけど」

「こえーな。なんだよいきなり」

「リンくんのことなんだけど」

　リン？　と小さく言って、それからツトムくんの表情が少し変わった。

「リンがどうかしたのか？」

　昨日のことを素直に全部話した。偶然見かけて、前から少し話がしたかったので思わず追いかけてしまったこと、それからリンくんが林の中で隠れるようにして一人で喋っていたこと、ツトムくんならあれはなんなのか知っているのかなーって今思ったって。

ツトムくんは黙って全部聞いて、それからふーっと大きく溜《た》め息《いき》をついた。

「あーあ」

「あーあって」

「見られたのか。やめとけって言ってるのに」

ツトムくんは口をとがらせた。

「何か、知ってるのかな」

ちらっとわたしを見る。それから、頼むから誰にも言わないでくれよと言った。

「満ちるも知らない。たぶん他の誰も知らないんだ」

「うん」

オマエ信用できっかなー、とツトムくんが言う。

「信用していい」

思わず言ってしまった。

「なんで」

理由なんか考えていない。でもわたしの口が勝手に言ってしまった。

「わたし、リンくんが好きなの。好きな人の言ってはいけないことをぺらぺら喋ったりしない」

ツトムくんの眼が点になってしまって、それから口元がにいっと横に拡《ひろ》がった。

「マジかよ」

「たぶん」

なんだよたぶんって、と笑いながら、知らなかったなーでもまぁいっか、って言う。

「ちっちゃい時からなんだ、あれは」

ツトムくんもリンくんも、それから満ちるも幼稚園の時からずっと一緒だと言っていた。その頃はお互いの家に泊まったりもしたって。そういうのは少しうらやましい。

「あいつにはさ、目に見えない友達がいるみたいなんだ」

目に見えない友達？

「よくわかんないけどさ、聞いたことないか？　そういう話。子供が空想で友達を作ってさ、頭の中にいるそいつとおしゃべりしたりするの」

何かの本で読んだことがある。でも、それは心の病気みたいな感じのものだ。そう言うとツトムくんも頷いた。

「お母さんが事故で入院した時からなんだ。だから、あいつは淋《さび》しかったんじゃないかって思ってる。だから空想の友達を作っちゃって、それが今でも続いているんじゃないかってさ」

そうオレは考えているんだってツトムくんは言った。リンとも話したけど、まぁそうなのかなって言ってる。自分でも気をつけてはいるんだけど止《や》められないんだって。

「まぁいっちゃん仲の良い友達って思ってるオレとしてはちょっとツライんだけどさ」

それこそ少しツトムくんは淋しそうだった。

そういうことなんだろうか。わたしにも、ちょっとだけ覚えがある。本当に小さい頃だけど空想の友達を作ってずっとその子のことを考えてぼーっとしたりお話ししたり。でもそれはいつの間にか好きなお人形が代わりになったり忘れていったり。

そういうことを、今もリンくんはしているんだろうか。

その話はそこまでになって、ACランナーが来て二人で乗り込んだ。壁に埋め込まれた液晶テレビにスポーツニュースが流れていて、ちょうどサッカーの試合の様子が出た。ツトムくんがおっ、て声を上げて見つめる。

この電車は〈しん・みらい駅〉の開業と一緒にできた新しい電車で、そういう液晶テレビがあちこちに付いていていろんな情報を流している。ネットにもアクセスできるし、スタイルもなんだかカッコいい。

席に並んで座るとニュースが切り替わって運転席からのカメラの画面になった。まるで運転士気分の画面。目を離したツトムくんがいきなり言う。

「オマエさ、マジでリンが好きならアタックしてみろよ。あいつカノジョいないぜ」

そんな恥ずかしいことを電車の中で言わないでほしい。

「まぁあいつの場合はお母さんの世話で忙しくてさ、そんな暇もないんだけど」

「天文台は？」

天文台？　とツトムくんは目を丸くする。

「あぁ、満ちるに聞いたのか？」

頷いた。

「あいつ、マジで星観《み》るの好きだから。ほとんど毎晩行ってるな。お父さんが家にいる時は大丈夫だからな」

「わたし知らなかったの。天文台があるなんて」

「うん」

私設天文台だから、と言う。

「行ってみたいか？」

ニヤッと笑った。また顔にそう書いてあったんだろうか。

「できれば」

「メンバーにならなきゃいけないんだ。〈森林天文クラブ〉の」

「どうすればなれるの？」

「募集とかしてないんだ。台長の面接だけ」

「台長？」

うん、とツトムくんは頷いた。電車は高架の上を走り出して、ちょうどいいやって
ツトムくんは窓の外を指さした。

「ほら、ずっとあっち」

森林公園が見える。どこを見ても木ばっかり。でも、指の方向を見ると、少し小高くなっているところのてっぺんに、何か白いものが見えた。今まで全然気づかなかった。あんなところにあったんだ。

天文台が。

「あれが天文台のドームだ。台長は阪下《さかした》さんっていうんだ」

## 辻谷昌隆

一年に一回あるかないかだ。定時退社。ちょっと前ならこんなことが重なるとホサれるんじゃないかと心配になったもんだがな。人間は歳《とし》を取ると臆病《おくびょう》になるって言うが、ありゃウソだな。

「あぁ、辻谷さんお手紙ですよ」

「手紙？　オレに？」

帰り支度で背広に手を通していると広報の千葉がひょいとドアから顔を出す。その顔の前でずいぶんと可愛《かわい》らしい封筒をひらひらさせた。

「なんだそりゃ？」

こんなファンシーな封筒で手紙を貰《もら》う覚えはない。

「あの子たちですよ」

「あの子」

「中学生の社会見学。お礼の手紙じゃないですか？」

「あぁ」

なんだそうか。受け取って、背広の胸ポケットに入れた。ここで広げればまたぞろ冷やかされるのがオチだから、後でゆっくり読むとしよう。

社屋の玄関を出たところで携帯を出してひとつふたつボタンを押す。三回のコール音で相手が出る。

（何の用だ）

「ご挨拶《あいさつ》じゃねーか。久しぶりにメシを食いに行ってやろうと思ったのによ」

（今夜は残り物だ。ろくなものはないよ）

「それでも外食よりマシだ」

向こうの声に笑いが混じる。

（俺はいつまでおまえのメシを作らなきゃならないのかね）

「そう思うんなら早いとこ相手を見つけてくれよ」

それぐらい自分でなんとかしろという声に笑い声を返して電話を切る。

六月の夕暮れ時。あたりには家路を急ぐサラリーマンやらＯＬやらがぞろぞろ歩いている。この波に乗って駅まで歩くなんてのは何年ぶりかと思いながら、歩を進める。真山の家までは歩くと三十分。電車を使えば、五分。

いらっしゃい、と玄関のドアを開けてくれたのは倫志。よぉと右手を上げて手土産代わりの〈春紀屋〉の大福をぽんと放る。倫志が受け止めてサンキュと笑う。

「また背が伸びたんじゃないか？」

「十日前だよ、この間来たのは」

これぐらいの男の子は会う度に背が伸びてるような気がするよな。そしてどんどん親父《おやじ》に似てきやがるんだ。

勝手知ったる他人の家。居間のソファに背広を放り投げて、ワイシャツの腕をまくりながら台所に向かう。細身の真山が背を丸めて何かを包丁で切っている。志保さんが椅子《いす》に座って微笑《ほほえ》みながらボウルを抱えている。ポテトをつぶしているのか？

「志保さん、こんばんは」

優しく声を掛ける。彼女は笑みを浮かべたままこくんと頷き、ポテトをつぶす作業に向かう。ここ何年も変わらない光景だ。

「手伝うぜ」

「あぁ」

「今夜はなんだ」

「じゃがいもづくし」

ポテトサラダにコロッケだと言う。田舎の親戚《しんせき》からじゃがいもが大量に届いたと笑う。

「あとは揚げるだけだ」

「オッケー」

油の温度を見て、パン粉をまぶして入れる。揚がる音が台所中に響く。

「皿を出してくれよ」

「おうよ」

真山と並んで台所に立つのは学生時代から馴染《なじ》んだものだ。もっともそれが復活したのは志保さんの事故から。独身時代に真面目《まじめ》に炊事をやっておいて良かったなと互いに言い合った。

用意が出来て、真山家の食卓に一緒に座る。まるで家族の一員のように空気に馴染んでいる。多い時には週に三回も四回も来るから、マサおじさんはうちに住んだ方がいいんじゃないかと倫志は笑う。

後片付けは倫志と志保さんの仕事と決まっている。倫志が洗って、志保さんはそれを受け取り、水切りに並べる。ただそれだけの作業だけど、二人とも嬉《うれ》しそうにやっている。言葉は一切無いが、志保さんが心安らかにそれを行っているのがよくわかる。

思い出したように彼女の細い指が倫志の頭を撫《な》でたりするのを見た時なんかは、涙《るい》腺《せん》の弱いオレはどばぁと涙が出そうになって困るんだ。

早く、一日でも早く回復してくれればと心から願う。神様なんか信じちゃいねぇが、こればっかりは祈る。

「忙しそうだな」

居間のソファに座り、真山と二人で茶を飲みながら一息ついた。

「ったくアホな連中のおかげで走り回らされるぜ」

例の爆弾テロのバカモノどもだ。おかげさんで人生でいちばん忙しい日々を送らせてもらってる。

「まぁそれでもここんとこで一段落はついた。ご褒美《ほうび》の定時退社さ」

テレビから流れるニュースを頭の隅で確かめながら、くつろいでいる自分を感じる。

こんな時でもニュースから心が離れないのは職業病だ。あたりまえになっているから煩《わずら》わしいわけでもない。

片付けを終えた二人が台所から居間に移ってくる。倫志が志保さんの手を引いて、居間の隅っこのクッションのところまで連れていく。志保さんは、微笑みながらそっと座り、また倫志の頭を撫でて、それからパッチワークの布を取り上げる。

そうやってすぐに一人きりの作業に没頭していくんだ。時々、歌を口ずさむ時もある。それは決まってオレたちが出会った頃の古いポップスやロックだ。イーグルスだったり、山下達郎だったり、カーペンターズだったり。

真山家のあたりまえの光景になってしまった時間が、静かに流れていく。

「なぁ真山よ」

「なんだ」

「不謹慎っていやぁ、そうなんだけどな」

「あぁ」

「こういう時間が持てる家族というのは、ある意味幸せかもしんねぇぜ」

真山は、少し顔をしかめながらも頷く。

「そう思う時もある。志保のために皆が優しくなれるからな」

「まぁ元通りになってくれるのがいちばんいいんだがな」

すぐ近くでこういう話をしても、志保さんは無関心だ。反応するのは、挨拶と洗い物とずっと趣味だったパッチワークだけ。それでもだいぶ進歩した方だ。

二階に上がっていった倫志が下りてくる。居間のドアが開かれて顔だけ出した。

「マサおじさん、ゆっくりねー。泊まっていけるんでしょ？」

頷《うなず》くと、行ってきまーすと言ってドアが閉まる。玄関を開ける音がして、閉まる。せわしない奴《やつ》だ。

「塾か？」

「天文台だ。今夜は晴れているからな」

あぁと頷く。昔から星を観るのが好きな子だった。夜空を見上げながら星座の名前を教えてくれとせがまれて困ったことが何度もある。

「相変わらずの宇宙オタクか」

「まぁヘンなモノに夢中になるよりはいいだろ」

宇宙か、と呟《つぶや》く。

「オレらなんか宇宙と言えばアポロだけどな」

アポロ十一号。人類初めての月への第一歩。月の石。

「小さな一歩だが人類にとっては大きな一歩ってな」

「アームストロング船長だったか」

「倫志なんか知らないんじゃないか？　そんなの」

「知識としてはあるだろうけど」

「そういやぁオレはテレビに出たな」

「なに？」

　突然記憶がよみがえる。

「言ってなかったか？」

　アポロ十一号の月着陸がいよいよ行われるという頃だ。

「東京に住んでた頃だ。子供たちをスタジオに集めて、どっかの科学者が来て宇宙についての話をいろいろするっていう番組だ。それに出ませんかっていう話で」

「出たのか？」

「出た。確か小学校の一年とか二年とかそんなもんだ」

　そのテレビ番組の内容はまるっきり覚えていないが、初めて見るテレビ局のスタジオにただきょろきょろしていた記憶がある。

「結局はただのにぎやかしでおみやげにプラモデルを貰ったぜ」

「なんの」

「月面着陸船イーグル号」

あれか、と真山が笑う。そういや俺も作ったよと。

「クラスの男子はほとんどが作っていたんじゃないか？　あの模型は」

「だよな」

それぐらい、大きな出来事だった。インパクトがあった。皆が夢中になっていた。

「今はスペースシャトルやらＩＳＳの模型なんか作る子はいないんだろうな」

あの頃でもまだ夢物語だった宇宙ステーションが、今はごく普通に頭の上に浮かんでいる。

「すげぇ時代だよな」

「ひょっとしたら倫志が大人になる頃には、一般人が普通に月まで行けるかも知れないな」

「まぁなぁ」

どんどん時代は変わっていく。オジサンにはそんな月並みな言葉しか思いつかねぇ。

「風呂《ふろ》にお湯を入れるか。入るだろ？」

☆

「こないだの話はどうだ?」

いつものことなんだが、パッチワークをしながら志保さんは赤ん坊のように眠ってしまう。真山が抱えるようにして部屋に連れていき、寝かしつける。寝入るまで手を握って離さないそうだ。まったく泣けてくる。しばらくして戻ってきた真山に訊《き》いた。

「誘拐の件か?」

頷いた。奇妙な話だ。ほんの気まぐれで調べ出したらなんだかおかしなことになってきやがった。ただ、仕事にはなりそうもないので真山にまかせた。

真山は、本業の建築士の方よりノンフィクション・ライターの方が板についてきたような気がする。まぁ本人はいまだに慣れないそうで設計の仕事を絶やさないようにしているんだが。

「何人かインタビューしてみたんだ。誘拐騒ぎのあった家族に」

「うん」

「今のところはおまえの調べた域を出ないんだけど、ひとつだけ気になることが出てきた」

「なんだ」

真山が少し顔をしかめた。

「〈ハヤブサ〉って、知ってるか?」

「隼?」

「そう」

「鳥、じゃねぇんだな」

頷きながら、いや、と言う。

「どっちだよ」

「まだよくわからないんだ」

誘拐未遂にあった女の子に話を聞いたが、その女の子が不用意にという感じで口にした言葉だそうだ。

聴かせてやるよ、と真山がレコーダーのスイッチを入れた。

『あんまり思い出したくない』

『ごめんね、すぐ終わるから。犯人は男だったんだよね?』

『そう』

『ずっとどこにいたのかな？』

『車の中』

『どんな車だった？』

『普通の』

『何を聴いているの？』

『これ？〈ハイテンション〉ってバンドだけど知ってる？』

『ああ、売れてるよね。うちの息子も好きだって言ってたな』

『あ、そう？　ハヤブサも、あ』

『なに？』

『なんでもない』

　確かに、その女の子の隠し方が気になるっちゃあ気になる。

「なんだろうな。ハヤブサなんて名前が付いたものは？」

「大昔の戦闘機の名前、宇宙に浮かぶ探査機の名前、電車の名前、なんかのヒーロー。そんなもんだ」

「だろうな」

　それ以外には思いつかねぇ。

「雰囲気からすると、人の名前か？」

　繰り返してそこを聞く。

「そんなふうにも聞こえるな、あだ名か何か」

「この子は複数回誘拐された子か？」

「いや、この子は一回だけだ。まだ二回誘拐未遂にあった子には会えない。なかなか取材に応じてくれないんだ」

　まぁいつものように気長にやるさと言う。

「あぁ、それで誘拐といえばさ」

　関係ないけど関係あると訳のわからんセリフを吐きながら、手を伸ばしてテーブルの下の棚にあった封筒を取った。手紙だ。真山宛《あて》で、裏には〈八木宗治〉とある。ふたつばかり向こうの県の住所。

「誰だ？」

「刑事さん」

「刑事？」

もう退職間近だそうだけど、と言う。なんでもぜひ一度お会いしてお話を聞きたいと書いてあると。

「ファンなのか？」

「いや、強盗事件の関係者が植物状態になってしまっていて、なんとかならないかといろいろ調べているんだそうだ。それで俺の本を読んで」

あぁ、と頷いた。

「それで話を聞きたいってか。いつの強盗事件だ？」

書いてある、と真山がいうので手紙を取り出して読んでみた。ざっと読んだだけで思い出した。一年くらい前の事件だ。

「全国紙に載っていたっけな。会うのか？」

笑って頷く。

「刑事さんに会える機会は少ないからね。貴重なお話も聞けるだろうし、何よりあの誘拐の件も知っているかもしれない」

「お、そうだな。渡りに船ってやつになるかもな」

同席するか？　と訊くので都合が合えばと答えた。手紙をしまって真山に返す時に思い出した。手紙だ。

「そういやぁオレも手紙を貰《もら》った」

「なに？」

「そこの背広の胸ポケット」

ソファの背にだらしなく掛けておいた俺の背広から真山がとり出して、その途端に笑う。

「可愛《かわい》いじゃないか」

苦笑いして説明してやりながら封を切る。中からこれまたファンシーな便箋《びんせん》が現れて、女の子特有の柔らかい文字が躍る。思わず頬が緩んじまう。子供はいないが、昔から子供好きで有名だ。

「中学生か。そういえば倫志も総合学習とかで見学に行ってたな」

「どこに行ったんだ？」

「しん・みらい駅だってさ」

この町を通る私鉄の経営母体が替わって、港湾地区新開発と相まってすっかり新しくなった駅だ。そこの社長さんとはつい最近取材で会ったばかりだ。畑違いから引っこ抜かれてきたバリバリのやり手。

「そういや」

「なんかあったか?」

「いや、ハヤブサって名前だ」

真山が身を乗り出したので大したこっちゃないと言った。

「あそこの私鉄の新しい社長さんだよ。藤巻《ふじまき》とか言ったっけ?」

「そうだった、かな?」

インタビューが終わっての雑談だ。ACランナーには日本の名前を付けようと思っていたって言ってた。

「ハヤブサって?」

頷いた。

「あぁそうですか、で終わった話。まぁもうどっかの電車に使われていたんで断念したとかさ。そんな話だ」

ただそれだけだと言うと一拍置いて、真山も頷いた。

「何の話だった? あぁ、どこの中学だって? その手紙くれた女の子は」

「どこだっけかな、どっかに書いてねぇか。第一南中学だ。あれ?」

そういえば。

「倫志もそこの中学だったたな」

「なんて子が来たんだ?」

「早川かほりちゃんだ」

中学の名前は出ないのに女の子の名前はするっと出たなと笑うので、これも説明してやった。確か以前に話したはずだ。震災の時に会った女の子。

「言ってたなそんなの。しかしまたそれもすごい偶然だ」

「そうだな」

そう言われて、二人で顔を見合わせて黙り込んだ。たぶん、同じ事を考えている。

真山もオレも〈事実〉ってものを追う職業の人間だ。その経験上、ある種の偶然ってのは決して偶然ではなく必然のように繫《つな》がっていくことが多い。まるで運命としか言いようのない形で。

「なんか、刑事さんからの手紙といい重なりやがったな」

頷《うなず》く。それから、まぁいいさと言う。

「繫がるものならそのうちにまた出てくるだろう。なんだっけ? その子、カオリちゃん?」

「かほりと書いてカオリちゃんだ。眼のクリンとした可愛らしい子だったぜ」

クラスの連絡網でその名前は見た、と真山が言う。

「後で訊いてみるよ」

「案外カノジョだったりしてよ」

お世辞抜きで愛嬌《あいきょう》のある顔立ちの、しっかりとした女の子だった。自分の子じゃねえが、リンにあんなカノジョができたなら素直に嬉《うれ》しいと思う。

「もういいか？　吸って」

「あぁ、忘れてた」

真山がテレビの台の下から大ぶりの灰皿を取り出す。真山が吸うからこの家は禁煙ってわけじゃねぇが志保さんや倫志のいる前では吸わないことにしている。いまどきの喫煙者の生きる術《すべ》ってやつ。

二人して火を付ける。紫煙が流れる。紫煙なんてぇ言葉もそのうちに消えてなくなるんだろう。

「刑事って言えばよ」

「うん」

「今朝方馴染《なじ》みの奴《やつ》に会ったんだが、おかしな話をしていた」

「なんだ」

変な話だ。

「交通事故があったんだ。朝方の四時頃だ。夕刊には小さく載ってる。県境んとこの国道でダンプと乗用車が衝突したんだけどよ、乗用車に乗っていたはずの家族三人のうちの子供がいなくなった」

「いなくなった？」

「幸い死者は出なかったんだがな、病院に担《かつ》ぎ込まれて意識を取り戻した母親が、子供はどうしたと訊《き》いたらしい。ところが救急車が運んだのは夫婦だけさ。子供なんかその場にいなかった」

真山の唇がゆがむ。

「その場からどこかに行っちゃったのか？」

「わからん。報告を受けた警察が付近をしらみつぶしに探したそうだけどよ、子供どころか足跡ひとつ出ねぇ。母親の意識の混濁かとも思ったがはっきりしねぇ」

「ダンプの運転手は？　何か見ていないのか？」

「なんにも。少なくともぶつかって慌《あわ》てて車を降りて様子を見に行った時には、車の中には夫婦だけだったと証言しているってさ。たまたま事故を目撃した後続車のドライバーも子供なんかいなかったと言ってるそうだ」

「変だな」

「その後どうなったかはまだ聞いてないんだけどよ。単なる母親の意識の混濁で済めばいいけどな」

そうだなと頷く。

俺も真山も子供のニュースとなると敏感になる。当り前だがその手のニュースは胸が痛くなるものがほとんどだ。

どうにかならないのかと真剣に思う。別に何かを気取っているわけじゃねぇ。ただただ、子供ってのが好きなだけだ。

早川かほり

土曜日。午後二時。

満ちると駅で待ち合わせた。真っ青な青空で、気持ちが良いので駅の入り口の陽の当たるところの花壇の縁石に座って待っていた。

満ちるはいつも計ったように三分ぐらい遅れてくる。わざとやってるならかえって難しいと思うんだけど、わざとなのかどうかまだ訊いたことがない。

交差点の向こうにすらっとした満ちるの姿が見えた。手を振るからわたしも振る。チェックのミニに白い軽そうなVのセーター。細くて形の良い脚がきれいだ。わたしは普通の縦じまのブラウスに普通のジーンズ。とてもあんなミニスカートは穿《は》けないなぁとうらやましくなる。

信号で隣に並んでいる男の人が、満ちるをちらちらと見ている。美人は本当にトクだけど、ちょっと心配にもなる。満ちるのお父さんの気持ちがわかるなぁと独り言を言って、自分で笑ってしまった。

「なに笑ってんの」

「親の気持ちを慮《おもんぱか》っていたの」

おもんぱかる？　と繰り返して満ちるがころころ笑う。そんなムズカシイ言葉を普通の会話で使わないでよって。

二人で歩き出した。森林公園のいちばん奥深いところにある天文台へ。

ツトムくんから、台長の阪下さんに電話しておいたからよって満ちるを通じて伝言があって、わたしは今日伺います、と電話を入れた。阪下さんという台長さんは優しい雰囲気の声で待っていますよって言ってくれた。

「一途《いちず》だねぇ」

満ちるが言う。

「そんなんじゃない」

そんなだろうーってからかうように笑う。確かにリンくんのことからこんなふうになったけど、天文台で星を観測するっていうのは本当に興味がある。ぜひともやってみたいんだって言うとまた笑う。

「〈そらこえ〉さんといい、かほりは空に縁があるのかな」

空かぁ、と二人で空を見上げた。あちらこちらにぽわんと浮かんだ雲があって、本当に穏やかな良い天気。

「最近は〈そらこえ〉さんの声は聞こえないの？」

「聞こえるよ」

一週間に一回は確実に聞こえる。

「こないだは〈おいしいね〉って聞こえた」

「おいしい？」

ご飯でも食べてたかって満ちるが言う。そうかも。

「同じ人の声なんだよね」

「そうでもない」

「そうなの？」

「違うような気がする時もある」

男の子の声がほとんどだけど、女の子かなって思うこともあった。

「声変りしてない男の子かもしれないけど」

「やだよねー、あの声がどんどん野太くなってくの。ツトムなんかも変わったし」

笑った。確かに、中学生になって、どんどん周りの友達も自分もいろんなものが変わっていくのを感じている。こんなにも小学校の時とは違うのかなぁって驚くこともある。

わたしが感じている、リンくんへの思いも、小学校の頃に好きだった男の子へのそれとはやっぱり少し違うような気もする。

林の中の遊歩道を満ちると二人でのんびりと歩いていく。鳥の声があちこちから聞こえるし、虫の声も聞こえる。けっこう距離があるから歩いていくうちに少し背中に汗がにじんでくる。

ここは本当に空気が違う。森はなんとかかんとかってものに包まれているという話を聞くけど、本当だと思う。

「フィトンチッド、だっけ？」

「そうだっけ？」

そんなような名前。森林浴。この町の雰囲気もこの森林があるから作られているのかもしれないって思う。前にいた町より、いろんなものがゆっくりしているような気もするから。

天文台のあるところだけは私有地になっているから柵《さく》がある。門のところに呼び鈴があるので、それを押してくださいって阪下さんに言われていた。

「あれじゃない？」

満ちるが指さす。林の中に背の高い柵が見える。少し歩く速度を速めて近づくと、まるでお城のような門があった。鉄で出来ているのか全体に少し錆《さ》びた感じがしている。

「すごいねー、初めて来たけど」

そう言いながら満ちるが門の低いところについていた呼び鈴を押した。〈ご用の方はこのボタンを押してください〉って木の看板が掛けられていた。

（はい）

スピーカーから声が聞こえた。

「あの、お電話した早川と言います」

（あぁ、はいどうぞ。今鍵《かぎ》をあけますから。門が開くので気をつけてくださいね）

言うと同時にガチャンという金属の音がして、門が内側に左右に開き始めた。

「すごーいー映画みたい」

もちろん自動ドアは珍しくも何ともないけど、こんな大きな門がゆっくり開いていくのを間近でみるのは初めてだ。本当に映画の中のお屋敷みたいな光景。わたしたちが門から中に入って少し歩くと勝手に閉まり始めたから、どこかにカメラがあって見ているんだろうねって満ちるが言う。そうかも。

門のところから続く道には木のかけらみたいなものが敷き詰められている。その隣にはコンクリートの道が並んで続いている。きっと車椅子《いす》のためにだねと二人で頷いていた。まっすぐに一本道だからこの道が天文台に続いているんだろう。でもまだ何も見えない。

「広いよねー」

「私有地ってことは、もちろん持ち主がいるんだよね」

その阪下さんという人なのかなぁと訊くと満ちるも知らないという。

「もともと、この土地は、昔いた殿様だかなんだかのものだって言うから、その人の子孫とか」

「そうなのかな」

「だったら税金とかきっと大変だよね」

ぐるっと道が坂道になってカーブしていて、登っていくと意外に勾配《こうばい》があって少し息が切れる。そこを曲がりきるとようやく天文台のドームや入り口が見えてきた。その入り口のところに人が立っている。まるでF1レースのメカニックの人みたいな青いツナギを着ている。わたしたちを見つけたのか、軽く手を上げて振っている。

「あの人が、阪下さんなのかな」

「そうだね」

二人で、歩きながらぺこんと頭を下げた。

天文台は二階建てになっていて、入り口を入るとすぐに小さなロビーみたいなところがあった。壁にはいろんな星の写真が飾ってある。入ってすぐにそれを見て思わず「きれいだー」って声を上げたわたしたちに、阪下さんはにこにこ笑いながら説明してくれた。

「これはM81のおおぐま座。聞いたことあるでしょう？　渦巻銀河と呼んでいます。それからこれはM51、ほらふたつの渦がある。子持ち銀河なんて呼んでいますよ。猟犬座です」

　本当にきれいだった。こういうものを望遠鏡で観《み》ることができるんだろうか。

「観られますよ。うちには一一五センチの反射望遠鏡というものがあります。それを使ってこの写真を撮ったんですから」

　阪下さんはいくつぐらいだろうか。少なくとも叔父さんとかよりは年上。おじいさんと呼ぶのは失礼かも知れないけど、白髪が目立つ。丸顔で少し太めかな。優しそうで楽しそうな雰囲気の人だ。

　それから、二階の観測室に行ってみましょうって言われて付いていった。階段を上がっていって、観測室とプレートの貼《は》ってある大きな自動ドアの前に立つ。ドアがゆっくりと開くとその部屋の真ん中に望遠鏡があった。ここがドームなんだ。

　想像以上に大きくて、思わずわたしと満ちるは顔を見合わせてしまった。大きい。そのわたしたちの様子を見て阪下さんが微笑《ほほえ》んだ。

「大きいでしょう？　重さは四トンもあるんですよ。さっきも言いましたが口径は一一五センチ。個人の持ち物としてはもちろん、こうやって普通の人が観られる望遠鏡としては日本でも最大級のものだと思いますよ」

ひんやりとした空気が身体《からだ》を包み込んでくる。丸いドームの天井が見える。今は閉まっているけど観測する時にはあそこが開くんだろう。その向こうに一面の星空が見えるんだろう。そう思うとなんだかすごくワクワクしてきて、自然と微笑んでしまう自分がわかった。

それから、屋上のようなところにある小さな望遠鏡や、休憩室のようなところも案内してもらって、これで一通り回りましたと阪下さんが言う。ロビーに戻って来てテーブルに座ると、何か飲みましょうかと訊いてくれた。天文台の中は空調が効いているらしくて、ここに来るまでに少し汗をかいたはずの身体が少しだけ冷えていた。遠慮しながらも温かい紅茶を頼むと、レモンにしますかミルクにしますかと訊く。満ちるはレモン、わたしはミルクにした。

ロビーの脇《わき》にある部屋に阪下さんが入っていって、誰かに声を掛けていた。他にも人がいるんだろうかと思っていたらしばらくして女の人が一緒に戻ってきた。わたしと満ちるの前に紅茶が入ったカップを置いてくれる。

まっすぐな髪の毛がきれいな人だ。阪下さんとおそろいの青いツナギを着ているので、これがここの制服なのかなぁって思っていた。

「こんにちは」

にこっと笑って挨拶《あいさつ》してくれる。わたしと満ちるもお礼を言って頭を下げる。

「娘の静絵です。私と二人でここを管理しています」

「よろしくね」

大きな眼をくるっと動かした。満ちるみたいだ。満ちる以外にそんなふうにして様になる人を初めて見た。

「さて、どうでしたか？」

静絵さんが、そのうちにゆっくりお話ししようねー、と手を振ってまた部屋に戻っていって、阪下さんがそう訊《き》いた。満ちると顔を見合わせて、すごく面白かったですと答えた。本当にそう思う。あの望遠鏡で、あの写真みたいな銀河を見られるんだったら、リンくんとかが夢中になってしまうのもわかる気がする。

「メンバーになれるんなら、なりたいです。星を見てみたい」

そう言うと、阪下さんはにこにこしながらうんうんと頷《うなず》いた。それから、満ちるを見た。

「あなたはどうですか」

「私は付き添いで来ただけだから。でもメンバーとまでは行かなくても、気が向いたら見てみたいとは思うかな？」

満ちるはぺろっと少し舌を出して笑った。阪下さんはまた頷いて、では、同伴者としていらっしゃいと言った。

「メンバーは事前に予約を入れてくれれば家族なら何人でも、家族以外の同伴者なら二名までを連れてくることができます」

もちろんメンバーは予約なしにいつでも来られますって言って、胸のポケットから何かを取り出した。カードだ。

「これは、さっきの玄関の門も含めてこの施設の全部のドアを開けるカードキーです。もちろん制御室とか研究室とかいくつか入れないところはありますけどね。これをメンバーとして早川さんに渡しましょう。なくさないようにね」

「いいんですか？」

もちろん、と阪下さんは言う。

「星が好きな方なら大歓迎です。ただし、条件が一つ」

「はい」

「メンバーはここを誰かに紹介することができます。けれどもここはあくまでも個人の持ち物なんですよ。あまりたくさんの人がやってきても対応できません。ですから、ここを紹介するのは、あなたが本当に大切に思っていて、そして宇宙とか星とかが大好きな人だけにしてください」

そういうことなのか。納得して、わたしは大きく頷いた。

それから申込書のようなものに名前や住所やメールアドレスなんかを書き込んだ。

そしてパンフレットと保護者の承諾書を渡された。

「この承諾書に、保護者の方にサインをしてもらってください。パンフレットもよく読んでもらってくださいね。サインを貰《もら》えれば一応メンバーになれますけど、できれば一度保護者の方と一緒に来てもらうと助かりますね」

保護者の人の承諾書が届いてから初めてカードキーが有効になると言った。それまではただのプラスチックの板だって。

わくわくしていた。カードキーを定期入れに大切にそっと入れた。頬が緩んでいるのが自分でもわかって、満ちるがにやにやしている。

「あの」

「はい」

「今夜でも、承諾書を持ってくればすぐに星が観られるんですか？」

阪下さんが笑った。

「もちろん。天気予報では晴れですから観られます」

天文台を出て、また二人で歩き出した。わたしたちが門のところに着く前にガチャンと音がして門が自動的に開く。門の外に出るとなんとなく二人とも振り返って、門がゆっくりと閉まっていくのを眺めていた。

満ちるが、ちょっと首をかしげる。少し眉間《みけん》にしわを寄せる。わたしがやると頭でも痛いの？　と訊かれそうなそういう顔も満ちるがやると絵になる。

「どうしたの？」

歩き出しながら訊いた。満ちるが、うん、と頷く。

「不思議なところだな、とあらためて思った」

「不思議」

そう、と満ちるがもう一度足を止めて振り返るのでわたしもそうした。

「なんのために造られたんだろうね？　ここは」

「星を観るためにじゃないの？」

「そうなんだろうけど」

満ちるが歩き出した。

「すごい立派じゃない」

「うん」

「天文台って行ったことある？　他の町の」

ある。前にいた町の天文台へ小学校の頃に見学に行ったっけ。

「そこと比べてどう？　ここは」

「立派だと思う」

「たとえば建物のすべてが車椅子の人でも使えるようにしてあるし、個人が造るにしてはものすごく立派すぎるし、そもそもその個人って誰なのか」

「阪下さん？」

満ちるが首を横に振った。

「自分で管理人だって言ってたじゃない。自分の持ち物ならそう言うでしょ。個人で星を楽しむために造ったのなら、管理人を置いて宇宙オタクな子供たちを集めて自由に使わせるなんて、ただのボランティアじゃない。そんなに立派な人がオーナーなのかな。だとしたら私だってずっとこの町にいるんだから話ぐらい聞くだろうし」

「そっか」

言われてみればそうかも知れない。来る前に話していた税金とかもたくさんかかるんだろうし。

「それにさ」

「うん」

「気づかなかった？　天文台の裏の方」

「ウラ？」

裏の方、と満ちるが繰り返した。

「二階の廊下の窓から見えた。家があったんだ。間違いなく普通の家だったんだけど」

「オーナーの家とか」

「それにしちゃ小さかった。こんな立派な天文台を造るような人の家にしては」

それから満ちると街をふらふらして、夕方には家に帰った。俊一叔父さんがもう仕事から帰ってきていたので、わたしはさっそく天文台の話をして、承諾書にサインをしてもらおうとした。

「あー、あの天文台か」

「そんなことしてたのねぇ」

典子《のりこ》叔母さんも話に入ってきて、わたしが貰ってきたパンフレットを見ている。ちょうどいいと思って、あの天文台を造ったのは誰なのか訊いてみた。叔父さんと叔母さんは顔を見合わせる。

「知ってるか？」

「知らないけど、葛木家《かつらぎ》かしらねやっぱり。あの土地に建っているんだから」

「葛木家？」

叔父さんや叔母さんの話では、この町の大地主だったのが葛木家だったそうだ。本当に昔のことだから詳しくはわからないけど、昭和の初めぐらいまでは町の半分ぐらいは葛木家の土地だったって。

「なんでもそれがどんどん没落していって、市に土地を売るような形で残ったのがあの森林公園なのよね」

「そうだそうだ」

「でも森林公園自体が市の管轄《かんかつ》だから、あぁ、ほらここに書いてあるじゃない。市の委託で青少年育成のためにそういうこともしているって」

「でも」

天文台の建っているところは私有地だった。

「じゃああれだな。たぶん葛木家の子孫かなんかが、残った自分たちの土地を提供する代わりにそういう仕事をして税金の節約とかそういうのをしているんだろう」

なんにしても施設としてはちゃんとしているところみたいだし、星を観たいということ自体は問題ない。ただ一応保護者として一回そこを見て、責任者の人にも会ってこようと言ってくれたので、わたしはさっそく今夜にでも行って観たいってわがままを言った。別にそれを盾にするわけではないけど、わたしはそんなわがままを言ったことがない。だから、叔父さんも叔母さんも笑っていいよと言ってくれた。

「かほりちゃんはもっともっとこういうふうに自分のしたいことを言っていいんだよ」

そういうふうに言ってくれる。本当にありがたいと思っている。

裕輝くんが一緒に行くと言い出すと騒がしくてしょうがない、と叔父さんが言って、晩ご飯を食べた後に塾を見学に行くって小さなウソをついて叔父さんが車を出してくれた。

外に出て空を見上げると、雲一つなくて、確かにこれは観測日和《びより》かもしれないと思った。叔父さんが車のドアを開けながら、同じように空を見上げた。

「確かに、星を観るっていうのもいいかもなぁ」

叔父さんも小さい頃はよく月とか観ていたよ、と運転しながら話してくれた。本当に小さい頃、宇宙というのはみんなの憧《あこが》れの場所だったって。

「そうなの？」

「よく〈大人になったらなりたい職業〉とかあるじゃないか。ああいうのに〈宇宙飛行士〉っていうのは必ずベストスリーに出てきたよ。男の子の憧れの職業だったな」

そうなんだ。

「アポロって知ってるかい？」

「知ってる。初めて月へ行ったんでしょ？」

叔父さんは頷いた。

「テレビの中継を観ていたんだ。人間が初めて月に降り立つ瞬間をね。もうクラス中その話題で持ち切りだった」

きっとあの頃は世界中の人が、夜空を見上げていた。誰もが大いなる宇宙に思いを馳《は》せていた時代だったんじゃないかなって言う。話としてはわかるけど今はそんなことはない。宇宙への旅の話はよく出るけど、そんなクラス中の話題になるなんてことは。

「どうしてなんだろうね」

そう訊くと叔父さんはうーんと唸《うな》る。

「もうあたりまえのようになったからかなぁ。いや、そういえばね」

言葉を切った。ちらっと空を見上げたような気がした。

「なんかこんな話をして思い出したけど、あの頃にね、月には、何もいないってわかっちゃったんだ。星はただの土とかそういう塊りなんだなぁって思って少しだけがっかりしたような気分にもなったなぁ」

地上から眺める星は、きれいだ。きらきら輝いているし、その光は何百年何千年かけて地球に届いている。何かのメッセージをずっと送り続けているようにも見える。でも月には何もいないし星はただの塊りだった。

「なんだか、それまで〈星〉っていうものだったのに、急にただの〈物質〉って感じになっちゃってさ」

なんとなくわかった。うまく言えないけれども。

叔父さんが家を出る前に電話で阪下さんと話していたので、門は私のカードキーで開けることができて、なんだかすごい嬉《うれ》しかった。天文台は森の夜の闇《やみ》の中に深く沈んでいるみたいで、昼間来た時とは全然違う印象がある。

駐車場に車を停めて玄関をやっぱりカードキーで開けて中に入る。これは立派だなぁと叔父さんが感心したように言って、きょろきょろしている。事務所のドアが開いて静絵さんが出てきた。

「こんばんは、かほりちゃん」

「こんばんは」

私に続いて叔父さんと静絵さんが挨拶《あいさつ》をする。ロビーのテーブルに座って、書類の確認とか、叔父さんがこの天文台がどうしてできたのかなんてことを質問していた。

「研究」

「そうです。葛木家の方が自分の研究のために、まぁ有り体に言ってしまえば趣味のために、ここは設立されました」

静絵さんはきちんと背を伸ばして笑顔で話す。満ちるのような美人じゃないけど、笑顔が可愛《かわい》くてとても素敵な人だ。叔母さんには内緒にしておいてあげよう。叔父さんもなんだか少し照れながら嬉しそうに話しているけど。

「ただ、その方が亡《な》くなってからは独自で基金を設立して、青少年育成のために役立ててもらおうと運営しています」

「なるほど」

「はい、ですが、もともとが私設のものですからご覧のようにスタッフも私たちだけです。表立って一般向けへの活動を行うことは不可能なので、純粋に星や宇宙に興味を持つ子供たちへ向けての活動だけを細々と行っているんですよ」

それが〈森林天文クラブ〉なんですね、と叔父さんが納得したように言う。

「あれ？」

後ろから声が聞こえて、わたしは振り返った。思わず息を止めてしまった。

リンくんだ。

「早川さん、どうしたの？」

不思議そうな顔をしたあとに、にこっと笑う。少し冷たそうな印象の眼なんだけど、笑うととても優しくなる。

「新しい森林天文クラブのメンバーの早川かほりさん。リンくんと同じクラスよね」

静絵さんが言う。やっぱりわかっていたんだ。叔父さんが同級生？と訊《き》いてきて、わたしは頷いた。リンくんが近づいてきて挨拶をする。叔父さんもそう言えば見たことあるね、と挨拶をした。

「リンくんはうちの優秀なS級メンバーなんですよ」

静絵さんが言ってリンくんが恥ずかしそうに笑う。

「S級？　あぁ」

叔父さんがパンフレットをひっくり返していた。

「書いてあったな」

そういえばあった。メンバーは経験と知識に応じて試験を受けて級を取れる。もちろんそんなことしないでただ星を観《み》ることを楽しむだけでもいい。ただそうやって級を取ると普通のメンバーは入れない研究室にも入ることができて、大学や研究機関から委託されている観測などに参加できるそうだ。

叔父さんが、へーすごいなぁと感心して、リンくんはまた恥ずかしそうに笑った。かほりのことをよろしくね、と叔父さんが言うのでわたしも恥ずかしくなっちゃって、頬が赤くなるのがわかった。

リンくんも一緒に叔父さんの見学がてら望遠鏡を観に行った。覗《のぞ》かせてもらったわたしも叔父さんも予想以上にはっきりと観える星や銀河に興奮してしまって、すごいすごいを連発して静絵さんやリンくんが笑っていた。

わたしはこのままずっといろんなものを観たかったし、話もいろいろ聞きたかった。でもそうなるとどんどん夜中までここにいることになってしまって、そういう時はどうしたらいいんだろうって言うと、静絵さんがちゃんと送っていきますよと教えてくれた。

「ご案内にも書いていますが、どうしても観測は夜中になってしまうことが多いので、私か父が車でご自宅まで送っていきます。あるいは、夜中に車での送り迎えは事故が不安という方は、さっきご覧になった仮眠室で宿泊して翌日明るくなってから一般の交通機関を使って帰ることもできます」

もちろん仮眠室は男女別で鍵《かぎ》もかけられますって。ただし、車で送る場合はガソリン代として一回につき二百円だけいただいています、と済まなそうに言うと、叔父さんはそれでこんないいものが観られるんだったら安すぎるぐらいですよって言った。

わたしもそう思う。それぐらいだったらわたしのお小遣いで十分だ。

もう少し、このまま星を観ていきたいと言うと、叔父さんはあとから迎えに来ると言った。

「この近くにある友達の店に顔を出したいんだ」

こんな機会でもないとなかなか行けないんでねって叔父さんは頭を掻《か》いた。

「まさか飲み屋ですか？」

「実はそうです」

お酒は絶対にダメですよと静絵さんに言われて、叔父さんはもちろんですよと慌《あわ》てていた。

「ウーロン茶だけにしますよ。友人と顔を合わすのが目的ですから」

わたしが叔父さんは飲酒運転なんかする人じゃないですよってフォローしてあげた。

叔父さんがじゃあ、帰る頃に携帯に電話してねと出ていった。

台長の阪下さんが、今日は他のメンバーも誰もいないし、かほりちゃんの歓迎会ということで好きなだけ見せてあげますよと言ってくれて、リンくんも入れて四人で観測室に入った。

「早川さん、惜しかったですね。昨日のうちにメンバーになっていれば」

阪下さんがそう言うとリンくんも頷《うなず》いた。

「どうしてですか?」

「昨日は百三十年ぶりの現象〈金星の日面通過〉が観られたんですよ。太陽の前を金星が横切るものなんですよ。大変珍しい現象です」

「次は八年後だしね、それも逃しちゃうとその次は百十三年後」

ぼくらは観られないよってリンくんが笑った。よくわからないけどそんなに珍しいものなら観たかったかも。

「でも、写真もビデオもあるし、今日ならニート彗星《すいせい》も観られるし」

その他にも木星の衛星を観るにもいい日だったみたいで、わたしは本当に生まれて初めて木星の姿を観ることができた。

初めて観る宇宙の姿はただただもう溜《た》め息《いき》をつくしかないぐらいきれいで、わたしは時が経《た》つのも忘れて見入ってしまっていた。

そのうちに、阪下さんとリンくんがちょっと失礼しますよ、と出ていった。なんでも頼まれていた観測をしなければならないので、研究室に入るんだそうだ。S級であるリンくんはそれを手伝いに今夜は来たんだと言った。

またそのうちな、とリンくんは私に手を振って出ていった。教室にいる時よりずっと親しい感じで。星を観ることに夢中でリンくんと話したのはほんの少しだったけど、こうやって一緒に過ごす時間が増えるのならもっと親しくなれるかもしれない。いろんな話をこれからできるかもしれない。そう思っていた。

それからは静絵さんがわたしの相手をしてくれて、いろんな宇宙に関する話をしてくれたりしていた。その日だけでもうわたしは今まで持っていた宇宙や星に関する知識の百倍ぐらいを蓄えて、これはもうぜひとも満ちるにも教えてやらなきゃなんて考えていた。

「忘れ物はないかな？」

車に乗り込む前にそう聞いた叔父さんに頷いて、わたしは車の助手席に乗り込んだ。わざわざ見送りに出てくれた静絵さんは、リンくんはまだ阪下さんと研究室に籠《こも》っている、明日は日曜日で休みなのでリンくんは泊まっていくのよと言っていた。月曜日に学校で会う時には、リンくんと今までとは違う顔で会える。それがなんだかすごい楽しみだった。

天文台からの道から国道に出て、わたしは少し眠たくなってきたなぁと考えながらぼんやり窓の外を見ていた。でも、あれっ？　て思って叔父さんに訊いた。家とは逆の方向に走っている。

「叔父さん？」

私が呼ぶと叔父さんは、ごめん気づいた？　となんだか照れ臭そうに笑う。

「さっきまでいた店に財布忘れたのに今気づいたんだ」

免許証も入っていると笑う。

「それって無免許運転」

そうなんだ。急いで戻らなきゃ。ごめんねとまた笑う。私はしょうがないなーと笑い返す。叔父さんは少しじゃなくてかなりウッカリ屋さんだ。傘なんかいつもどこかに忘れてきていつも叔母さんに怒られている。それにしても無免許運転っていうのはスリリングだ。なんだかドキドキしていた。

それから十分ぐらい走って町のほとんど外れまで来て叔父さんは車をわき道に入れて道端に停めた。すぐそこに商店街があって、まだ営業している店がいくつもあった。

「ごめんね、ここで待ってて。すぐに戻るから」

エンジンをかけたままドアを開けてばたばたと走っていく叔父さんの後ろ姿を見ていたわたしは、ふいに何かが聞こえたような気がして、頭を巡らせた。

なんだろう。

〈そらこえ〉さんかな？

でも、なんだか今までと感覚が少し違う。

ドアを開けて外に出た。なんだろう、なにが違うんだろうと思いながら、何の気なしにさっきまで走っていた国道の方に出てみた。この辺りは街灯も少なくて家も少ないし辺りは暗い。向こう側に一台、車が停まっている。道路を走る車はない。

その車の運転席に座っている人の顔が見えた。

驚いて、思わず足が止まった。

阪下さんだった。

わたしの視力は良い。それだけが自慢なぐらい良くて、いつも二・〇だ。だから見間違えるはずがない。ちょうど街灯からの光りに照らされている。でも阪下さんはリンくんと研究室にいるはずなのに。

何かの用事で外に出てきたんだろうか。天文台に帰る途中なんだろうか。でもそれなら静絵さんがそう言うだろう。さっき天文台を出る時に静絵さんがわざわざ教えてくれたのだ。

リンくんと阪下さんはまだ研究室にいて、手が離せないから見送れないって。

リンくんは？

わたしはなんだかわからないけど道路脇《わき》に立っている看板の陰に隠れるようにして、あたりを見回してみた。

いた。

車から少し離れたところに立っている。

「あ」

わたしの耳に〈そらこえ〉さんの声が聴こえてきた。

『大丈夫、心配しないで』

『ぼくの名前はハヤブサ。君は？』

『すぐに助けるからね。落ち着いて』

リンくんが、右手をすっと前に出した。

まるで目の前にいる誰かと握手するみたいに。

でもそこには誰もいない。そう思った瞬間にリンくんの姿が見えなくなった。まるでそこだけ、リンくんの身体《からだ》の回りにだけ霧がかかったみたいになって、それからふっと消えてしまった。

驚いてまばたきした次の瞬間に、リンくんが消える前と同じ姿勢で現れて、その右手と誰かの右手が繫《つな》がれていて、そこに。

小さな、女の子がいた。

☆

「ずいぶんひとりで楽しんじゃったんだねー」

満ちるがわたしを見てふふん、と笑う。そんなつもりじゃなかったんだけどねー、とわたしも笑い返す。

月曜になって、駅から学校までの道のりをいつものように満ちると二人で歩いていた。土曜の夜に天文台に行ってメンバーになって、いろんな星を見せてもらった話を満ちるにしていたのだ。叔父さんの無免許運転でドキドキしたことも。

でも、リンくんのあのことは言えなかった。あれがいったいなんだったのか、日曜日の間中考え続けていたんだけどまるっきりわからなかったから。

「じゃあこれから毎晩のようにリンとお楽しみに」

「そういう言い方はやめて」

「たまには私も混ぜて三人でお楽しみ」

ぶつよ、と手を振り上げるわたしから身をよじって笑いながら満ちるは逃げる。そのまま二人で小走りになって学校まで行ってしまった。

教室の中に二人で駆け込んで、あちこちから掛かる「おはよー」という声に返事をしていく。わたしの席は窓際《ぎわ》の前から五番目で、リンくんの席はその斜め前にある。リンくんの姿がもうあって、八島くんや徳田くんたちと笑いながら何かを話していた。

私の姿を見ると「おはよう」と声を掛けてくれる。わたしもそれにいつものように笑顔で応《こた》えたけど、実はどきどきしていた。

どうしてもおとといの夜の光景が浮かんでくる。

リンくんの目の前に、本当に突然女の子が現れて、わたしは思わず息を呑《の》んでしまった。まだ小学校の低学年ぐらいの女の子。二年生か三年生か、それぐらいの印象を受けた。

可愛《かわい》いクリーム色のトレーナーを着て、赤いチェックのスカートを穿《は》いている。リンくんと右手を繋いで、でもその眼がどこも見ていなかった。まるで寝ぼけているようにぼんやりしている。

リンくんは、手を離して、腰をかがめるようにしてその女の子の顔をのぞきこんだ。何か、声をかけているみたいだったけど、なんと言っているのか聞こえなかった。

阪下さんも車を降りてきて二人に近づいていって、携帯電話でどこかに電話していた。それから阪下さんはその女の子の手を取って歩き出して、車に乗せた。リンくんもそれに続いたのだけど、さっきまでの優しそうな表情ではなくて、なんだかすごく疲れていた。今にもベッドに倒れ込んでそのまま眠ってしまいそうな、そんな感じ。

わけがわからない。どうしてリンくんの姿が消えてしまったのか。あの女の子はいったいどこから現れたのか。それをリンくんに訊いていいものかどうか。満ちるに相談してみようか。

そんなことをずーっと日曜は考え続けて、結論が出ないまま月曜になってしまって、でもリンくんはいつものリンくんだった。何も変わっていなかった。

わたしが悩んでも悩まなくても授業は普段通りに行われて、わたしも普段通りに授業を受けて、満ちるとバカな話をして他のクラスメイトとお昼ご飯を食べて、何も変わらない一日が過ぎていく。夜中じゅう一緒に星を観《み》たリンくんも普段と変わりなく、わたしと会話を交わすことはまったくなかった。別に無視していたわけでなく、それもいつもと同じだったのだ。

それでも、放課後。

「早川さん」

満ちると一緒に美術部に行こうとしていたわたしに、リンくんが声を掛けてきた。

満ちるがにやにやしている。

「今日は来る？」

天文台に。

「リンくんは？」

「行くよ」

一瞬迷って、じゃあわたしも行くって答えた。リンくんはにこっと笑って、じゃあまたねー、と言ってひょいとカバンを背中に回して廊下を歩いていった。まっすぐ家に帰るんだろう。お母さんが帰りを待っているから。

満ちるがぐいっとひじで私の背中を押して、また変な笑い方をするのでわたしも押し返しながら、二人で美術室へ向かった。途中の図書室の前を通りかかったところでわたしは思い出して、ちょっと寄っていく、と満ちるに言った。

「なに借りるの？」

「あの本」

「あの本？」

リンくんのお父さんが書いた本だ。リンくんのお母さんが事故で植物状態になってしまって、それから眠り続けた日々のことを書いた本。リンくんとどういうふうに毎日を過ごしてきたかを、書いたもの。リンくんに訊きたいと思っていて、その前にあの本を読まなきゃと思いながらまだ読んでいなかった。

〈千の眠り、千の思い〉

そういうタイトルの本だった。

「私も読んでないな、それ」

満ちるが本をわたしの手から受け取って言う。

「おじいちゃんは読んだって言ってたけど」

「おじいちゃん」

「うん」

そういえば満ちるはおじいちゃんと仲が良いと言っていた。車で三時間ぐらいのところに住んでいるから、そんなに遠くはなくて、よく会いに行くって。

「確か、お巡りさんじゃなかったっけ」

「うん、明日だか明後日《あさって》だかに来るって言ってた」

またお小遣いもらっちゃおう、かほりの叔父さんの無免許運転も言いつけちゃおうって笑う。


学校から帰って、叔父さんの家で晩ご飯を食べながら今日も天文台に行くと言うと、叔父さんが苦笑した。よっぽど気に入ったんだねって。あまり遅くならないうちに帰ってくるという約束をした。裕輝くんが僕も行きたいと騒いだけど、大きくならないと行けないんだよーと言うと納得していた。ゴメンね裕輝くん。そのうちに連れていってあげるから。

後片付けをして、叔母さんと一緒に洗い物をして、お風呂《ふろ》掃除をして。叔母さんと一緒に家事や炊事をするのは楽しい。典子叔母さんは、生活の知恵っていうのをいろいろ教えてくれる。

将来、すぐかもしれないし、まだまだ先かもしれないけど、お父さんが目覚めて一緒に暮らせるようになったらお母さんの代わりにわたしがいろいろしなきゃならない。ご飯を作ってお洗濯をして掃除をして。だから、そのための練習と思っている。いつお父さんが目覚めてもいいように。

電車に乗って後は歩いていこうと思っていたけど、暗いから送っていくと叔父さんが言う。天文台に行く度に送ってもらうのも心苦しいなぁと思っていたら電話が鳴って、叔母さんがかほりちゃんによ、と言った。

リンくんからだった。

(自転車で一緒に行こうよ)

「あ、でも帰りは遅いし、車で送ってもらおうと思ったんだけど」

自転車で行くと天文台に置いてこなきゃならない。そう言うとリンくんは大丈夫と言った。

(天文台の車には自転車を載せられるんだ)

僕もいつもそうやっているんだよ、とリンくんが言うので、そうすることにした。家まで迎えに来てくれると言う。場所は満ちるに聞いて知っているから大丈夫って言ってた。

叔父さんは天文台で会ったリンくんを、礼儀正しいしカッコいいしなかなか良い奴《やつ》だと叔母さんに言っていた。叔母さんはリンくんはもちろん、リンくんのお母さんのことも知っていた。

「小学校で一緒だったから、話したこともあるわ」

きれいで賢い女性だったって言った。あんな事故に遭ってしまって、本当に気の毒に思っていたって。

迎えに来たリンくんを叔父さんも叔母さんも裕輝くんも、全員で玄関で出迎えてしまって、わたしは恥ずかしくて顔を真っ赤にしていた。ちょっとびっくりした顔をしたリンくんも笑って、じゃあ行ってきます、と叔父さんや叔母さんに言った。よろしくねー、という叔母さんの少しからかい気味の言葉には手を振っていた。

ちょっと抑え気味にして、リンくんは私の前を走る。いつものスピードじゃないのがよくわかる。それでも自転車で一緒に走りながらの会話はちょっとムズカシイ。わたしはリンくんの背中を眺めながら、今夜も星がきれいだなぁと思っていた。

門のところで自転車を降りる。

「早川さんのカードを使うといいよ」

使ってみたいでしょ？　と目が笑っていた。頷《うなず》いてカードキーを差し込んだ。門がゆっくりと内側に開いていく。そのまま自転車を押して歩き出した。

「自転車は玄関の横に置き場があるから」

舗装になっている車椅子《いす》用の道をずっと歩くと、玄関に続くスロープの横に自転車置き場があった。鍵《かぎ》をかけて、二人で中に入っていく。リンくんが、昨日は知らなかったことをいろいろ教えてくれた。

カードキーはそのままパソコンへのエントリーキーにもなっている。だから訪問回数なんかも自動的に記録されていて、誰がいつどこの部屋の鍵を開けたかも記録されるって言う。事故防止にもなるんだと言っていた。

登録しているメンバーは今のところ全部で三十人ぐらいいる。でも転校したり上の学校に行って来る暇がなくなってしまってカードキーを返す人もいて、しょっちゅう来るのはほんの五、六人。

「僕も顔を知っているのは、たぶん十人ぐらいなんだ」

ツトムくんはサッカー部で忙しくてすっかり幽霊メンバーになってしまって、失《な》くしそうだからってカードキーも一時返却したそうだ。来る時はリンくんと一緒に同伴者扱いで来ている。阪下さんや静絵さんがいなくても、リンくんや他のS級メンバーがいれば自由に望遠鏡は操作できる。

「今日は阪下さんは外出しているし、静絵さんは仕事があるから、僕がやってあげるよ」

リンくんと二人で、ドームの中でいろんな星を観た。

やっぱり、わたしはこうやって星を観るのが大好きみたいだ。リンくんがそばにいてもいなくても。一生の趣味を見つけてしまったような気になって、お小遣《た》いを貯めたりアルバイトをしたりして、小さくてもいいから天体望遠鏡を買おうかなと考えていた。

休憩しようってリンくんが言って、ロビーではなくて研究室に入れてくれた。そこにはパソコンや見たこともない機械がいろいろ並んでいて、その奥の方にガラス張りになった小部屋がある。

「阪下さんの部屋」

机や本棚や小さな冷蔵庫も置いてあって、リンくんはその中からリンゴジュースを出してくれた。名前のせいじゃないけどリンゴジュースが好物なんだって言った。

私は小さなソファに座って、リンくんは阪下さんの机の椅子に座って、リンゴジュースを飲む。

「リンくんはいつからここに来てるの？」

「小学一年生から」

星に興味を持ったのはどうしてかわかんないなって笑った。お父さんの話では家にあった望遠鏡で月を観たのが最初じゃないかって。頷いて、わたしは訊いてみようかと考えた。土曜の夜の出来事ではなくて、お母さんのことを。

「あのね」

「うん」

リンくんは優しく笑う。女の子の間でもリンくんの評判は良い。いつも笑顔で接してくれて、その笑顔がとても優しいんだって。わたしは、鞄《かばん》の中からリンくんのお父さんの本を出した。

「読んだの？」

「まだほんのちょっとなんだけど。実はね」

わたしのお父さんは今、植物状態になってしまって病院にいる。だから、リンくんの話を聞いてみたいなって前から思っていた、と素直に言った。リンくんは頷いて、知ってたよって言う。

「震災でだよね。大変だったね」

うん、と頷いた。でもリンくんも大変だったねって言った。

「僕の話かぁ。別にどうってことないし、その本に書いてあるようなことしかないんだけど」

そう言ってリンくんは話し出した。

「小学校の一年生だったんだ。なんにも考えないで遊び回っていた頃だよね」

笑って、わたしも頷いた。

「はっきり覚えているよ。事故に遭った瞬間のことは」

リンくんは後部座席に座っていた。前の方から大きなトラックが走ってきたなと思っていたら急にその車がグラッと揺れるように車線変更してきたそうだ。

「母さんが叫ぶ声が聞こえて、次の瞬間にはもう何が何だかわかんなくなっていた。気がついたら病院で、父さんの顔が見えたんだ」

車はめちゃくちゃになっていたのに、リンくんは本当に信じられないぐらい無傷だったそうだ。かすり傷ひとつなかったって。

「母さんは、ベッドに寝かされて、いろいろな機械が周りにたくさんあった。なにかとんでもないことが起きたんだってことは、その頃の僕にもよくわかった。だから、何も言えなかったな。ただ黙って母さんを見ていた」

わたしはリンくんの表情に、今さらだけど本当に悪いことを聞いてしまったんじゃないかって思っていた。

「ああ、大丈夫だよ。ごめん、そんな顔してた？」

もうなんともないからって笑う。

「父さんが『お母さんは眠ったままになっちゃった。でもお母さんは生きている。必ず目を覚ます。だからお父さんと一生懸命がんばって、いつお母さんが家に帰ってきてもいいようにしなきゃいけない』って言ったんだ。父さんの様子が本当に真剣で、僕はこれは大変なことなんだなってすごい真面目《まじめ》に頷いたのを覚えてる」

それから二年間、リンくんのお母さんは眠り続けた。

「たぶんわかっていると思うけど、〈植物状態〉っていうのは生命を維持する脳幹機能だけが働いて、それ以外の機能がほとんど働かなくなっている。普通は数ヶ月そういう状態が続くと植物状態だと診断される。そして、そうなってしまったらほとんど回復の見込みはない」

リンくんが真面目な顔をして言って、わたしも頷いた。それはお医者さんに聞かされたことと同じ。

「かといってすぐに死んでしまうということもあまりない。そのまま五年も十年も生き続ける人もいる。それ以上生き続けた例もあるそうだよ。そして稀《まれ》に、本当に稀にだけど、母さんのように突然意識が戻り、すべての機能が回復するということもあるんだ」

普通はそれを奇跡と呼ぶけど、母さんにはそれが起こった。

そうリンくんは続けた。

「何か特別な治療をしたわけでもなんでもないんだ。とにかく僕と父さんは時間があれば病院に行って、母さんのそばに座ってずっと話をしていた。今日あった出来事や、ニュースやテレビ番組のこと。母さんが好きだった俳優さんの出ているドラマのあらすじをずーっと聞かせたこともあったよ。とにかくそれしかできなかったんだ」

それはわたしもできるだけするようにしている。でもお父さんの入院している病院はこの町から車で一時間かかる。

「だから、早川さんのお父さんのために何か参考になる話なんか何もないんだ」

ごめんね、とリンくんは言う。そんなことはないってわたしは言った。それから、今のお母さんの様子はどうなのって訊《き》いた。

「母さんは、なんだか赤ちゃんみたいになっちゃった。脳の機能的には回復しているから、なにかのきっかけですべてを取り戻すことはあるかもしれないけど、今のところそういう気配はないんだ。それでも母さんは、僕や父さんが自分を守ってくれるいい人だってわかるらしくて、僕たちのそばを離れようとしない。僕たちがいるかぎり、いつも優しく微笑《ほほえ》みながらパッチワークをしている。大好きだったそれだけは忘れなかったみたいで、ご飯を食べる時と寝る時以外はいつも針を持っているよ」

わたしは頷いて、ごめんね変なこと訊いて、とまた謝った。リンくんは、大丈夫だってそんなに心配しなくても、と言う。

「あきらめないことだよね」

「あきらめない」

笑ってリンくんは頷いた。

「なんか、僕の経験でアドバイスできることってそれぐらいしかないんだ。とにかく、絶対に眼を覚ますんだって思い続けること。もし奇跡ってものが起きるんだったら、それはそういう気持ちが起こさせるものなんじゃないかって思う」

お父さんともそういうふうに話していたって言う。そうなのかもしれない。

少し、沈黙があって、わたしはあの夜のことも訊いてみようかと思っていた。このままにしておくのはなんだか嫌だし、今の感じで話していけばそれでいいのかなって。でも何かの音がして、リンくんがドアの方を見て笑った。阪下さんか静絵さんが来たのかもと思ってわたしも振り返ると、そこに男の子がいた。

車椅子の、男の子。

行こう、とリンくんが言って部屋を出ていく。わたしもそれに続いて研究室の真ん中でにこにこして待っている車椅子の男の子の前に立った。

同じぐらいの年齢だろうか。少し小さいのか、すぐにはわからなかった。黒目がちの眼が印象的だった。柔らかそうな髪の毛で顔立ちがまるで人形のように整っている。ハーフかも。

「こんばんは。早川さんだよね？　早川かほりさん」

「うん。こんばんは」

リンくんが、同じS級のメンバーの葛木だよ、と紹介してくれた。葛木って、どこかで聞いた。わたしがそう思ったのが顔に出たんだろうか。リンくんが言った。

「聞いたことある？　ここの天文台を造った人の孫なんだ」

葛木くんはわたしたちと同い年だった。本当ならわたしたちと同じ学校に行くはずなんだけど、少し身体《からだ》が弱いのでなかなか行けない。だからずっと家で勉強をしてるそうだ。

「足は関係ないんだけどさ」

「足？」

車椅子とその病気は関係ないんだって言う。これは小さい時に交通事故に遭っちゃって、下半身不随になったんだって。

「まぁ何らかの因果関係はあるのかもしれないけど」

少し大人っぽい喋《しゃべ》り方をする。表情もそんな感じだ。リンくんと似たような雰囲気を持っているけどそれより少しクールな感じ。冷静なリンくんって感じだ。

観測室に行こうよって葛木くんが言って、車椅子の向きを変えた。手伝おうかと思って手を伸ばしたんだけど、リンくんが優しくそれを遮った。葛木くんは自分の手で車椅子を動かしていく。リンくんは、小さな声であとでねって言った。葛木くんのことに関してはあとで話そうねって意味だろうって思って、わたしは頷いた。

「妙に車椅子関係が整っている施設だって思っただろう？」

葛木くんがわたしに言う。頷いた。二階建てなのにエレベーターはもちろん普通の階段にも脇《わき》の方にレールが付いていて、車椅子を上げられるようになっている。他にも全部の部屋のドアが大きくて自動ドアになっている。

「全部、僕のために造られたものだからさ」

そうだったんだ。

「だから、この望遠鏡もそういうふうになっている」

車椅子での観測もできるようになっている。そういうふうに造られているのはそれほどないんだそうだ。

それから、わたしたちはしばらくいろんな星を観《み》ていた。葛木くんはやっぱりS級らしくて知識も豊富だった。もちろんリンくんもすごいんだけど、わたしと二人きりの時にはリンくんはよく喋ってくれるけど、葛木くんがいる時にはリンくんは彼に任せるという感じでそこにいた。

「いつか宇宙に行ってみたい」

そういうふうに言う葛木くんは、少し子供っぽく見えた。わたしはまだよくわからないけど、一昨日《おととい》と今日とここに来ていろんな星を観て話を聞いて、皆が宇宙に憧《あこが》れる気持ちが少しだけわかったように思うって言うと、葛木くんは嬉《うれ》しそうに笑った。それまでの少し冷たい感じもする笑顔ではなくて、もう少し嬉しそうに。

「ごめん、少し疲れたから帰るね」

急にそう言って、葛木くんは、早川さんまたねって言って手を振って車椅子を動かしていく。リンくんも頷《うなず》いてまた、とだけ言って手を振った。

急に現れて、急に帰っていく。

「どこへ帰るの？」

一人で来たんだろうか。家はどこなんだろうか。リンくんは、ぼくたちも帰ろうかって言って、ロビーで少し休んでいこうと言った。

「この裏に家があるのを知ってる？」

頷いた。まだ確かめてはいないけど満ちるがそう言っていたっけ。

「あそこが家なんだ。葛木の」

そうなんだ。

「両親も、あいつが下半身不随になった事故で死んでしまった。今は一人きり。阪下さんが後見人になっているんだ」

後見人なんていう言葉を、普通の会話で初めて聞いたような気がする。叔父さんや叔母さんが葛木家がお金持ちだったような話をしていたっけ。そのせいなのかな。リンくんは、葛木くんのことをゆっくりと話す。

僕の母さんが事故に遭ったのと、あいつが事故に遭ったのはほとんど同時期。ここで知りあったのもその頃なんだ。同い年だったし、なんだか似ているのに全然違う境遇が可笑《おか》しくてさ。

「宇宙に行きたいねって、その頃から二人で話していた」

「宇宙に」

うん、とリンくんは笑顔で頷く。

「ぼくは単純に憧れていたんだけど、あいつの場合はもう少し違う。憧れているのは同じなんだけど。あの身体だから」

「あの身体」

あいつは自由になりたいんだって、リンくんはそう言った。

「自由」

「下半身不随の身体でも、無重力空間なら普通の人と変わらない。重力の少ない星なら、地球より楽に動くことができる」

あ、と小さくわたしは口を開けてしまった。

「もちろん、正確には違うけどね。下半身が動かないっていうのはやっぱり無重力空間でも影響するけど、少なくとも車椅子《いす》に縛りつけられるなんてことはないから」

わたしは少しだけしゅんとなってしまった。ただただ楽しいだけで星空を眺めているわたしとは、その思いが全然違うんだ。

「葛木くんもやっぱり、宇宙飛行士に？」

「うん」

なりたいと思っている、とリンくんは言った。

「でもあいつには身体のハンデがある。勝負できるのは知識しかない」

そう言って、リンくんは壁の写真を見た。たくさんの星の写真。

「宇宙を見上げている人たちには、それぞれにたくさんの思いがある。たくさんの思いを込めて宇宙は僕たちの目の前に拡《ひろ》がっている。僕は、そういうのも含めて、宇宙っていうのが大好きなんだよ」

# 辻谷昌隆

この前話した八木っていう刑事が家に来るけど、どうするって電話が真山からあった。ここんとこは大きい事件もない。興味もあるし真山に話したいこともあるので、たぶん行けると言っておいた。

「ツジさん」

「おう」

「気にしてた交通事故ですけど」

「どの事故だ」

ひとまわり以上も年下の遠藤が紙をひらひらさせて言う。時々そんなに若い連中と一緒に仕事をしているてめぇの年齢が信じられなくなる。まったく。

「子供がいなくなったって母親が騒いでたやつ」

「あれか。なんかわかったのか」

遠藤が頷く。口元を大げさにゆがめる。

「子供が発見されたそうです」

「マジか」

「マジです。現場近くでうろうろしてるところを通行人に保護されて警察署に来たそうですよ」

「いつの話だ」

紙をひったくって読む。午前零時過ぎ？

「ほとんど丸一日経《た》ってるじゃねぇか」

「ですね。どこで何してたんだなんて訊かないでくださいよ。子供は何にも覚えていません」

「気づいたらそこにいたってか」

肩をすくめて見せやがる。若い奴《やつ》はそんな仕草も絵になる。俺たちの頃はそんな仕草は俳優しかしなかったぜ。

「事故のショックでの一時的な記憶喪失だろうってことですけどね」

遠藤にありがとよ、と言って椅子に戻る。またぞろ首筋の辺りがざわざわしてきやがる。妙な感じを受けた時はいつもこうだ。いつもいつもそいつが的を射てるってわけじゃないが、長年こんな仕事をしてると身に付く職業上のなんとかってやつだ。

「変な話じゃねぇかまったく」

事故った車から消えた子供がなんで一日経って発見されるんだよ。事故で恐《こわ》くなって車を離れたがまた現場付近に戻ってきただと？　バカやろう、恐くなった子供が親の側《そば》を離れるかよ。

ここんとこ良い天気が続いている。夕焼けも窓から盛大に差し込んできてもうこんな時間ですよって嫌でも気づかせる。取材に出て直帰だと周りの連中に叫んで、社を出て真山の家に向かう電車に乗り込んだ。

駅で降りると、会社帰りやら学校帰りの連中と一緒になる。リンの姿がないかと思って探したけど、そういやあいつは自転車だったと思い出した。小さい頃から自転車が好きで走り回っていたよな。

リンのことを考えると頬が緩む。周りに小さいガキがいないのでまるで甥《おい》っ子か親《しん》戚《せき》の子供のような気がしてる。さっさとまた結婚して自分で子供を作ればいいと真山に言われるが、こればっかりはどうにもならねぇ。

あんな思いは二度としたくねぇとも考えちまう。おまえは身体は妙に頑丈になったけど臆病《おくびょう》だけは治らないと真山に言われるが、まぁそれもそうだ。自分の分身のような小さい命が失われることにもう耐えられそうもねぇ。

真山の家が見えたところであたりを見回しているじいさんに気づいた。何かを探している風だ。くたびれた背広にノーネクタイ。そういやこのじいさんは一緒に駅で降りたんじゃなかったか。見覚えがある。

ピンと来た。普通の勤め人じゃねぇ。身に纏《まと》う空気がそれじゃない。ある意味じゃ似たようなご職業の方だ。眼が合うと、すいませんが、と声を掛けてきた。

「この辺に、真山さんというお宅がありませんかねぇ」

やっぱりか。

「知ってますよ。ひょっとしたら八木さんじゃありませんか？」

じいさんの眼が鋭く光ったような気がした。やっぱり普通の人じゃねぇ。

「おや、奇遇ですな。真山さんですか？」

「いや、その友人です。あなたが来るって聞いていたんですよ。行きましょうや、真山ん家《ち》はすぐそこです」

勝手に呼んで申し訳ありません、と真山が謝るんでオレも頭を下げる。記者と刑事なんか、なんていうかお互いにうまく言えない間柄だ。

「いやいやとんでもないです。こちらが押し掛けましたし、何より記者さんのお話を伺えるのもありがたいですよ」

白髪交じりのあごひげが目立つ。頭も真っ白になっていて禿《は》げ上がってきた額。その額や目じりに刻まれた皺《しわ》の深さが追いかけてきたものの重さを感じさせる。いい面《つら》構《がま》えのじいさんだ。

「記者なんて刑事さんにうっとうしがられるだけなんですがね」

苦笑交じりにそう言うと、もう刑事ではないですよと言う。

「一週間前に、定年退職しました。もうただのジジイですよ」

「ああ、じゃあ安心して話せる」

三人で笑った。真山がメシを作るので食べていってくれと言うと、八木さんはさかんに恐縮する。こんな晩飯時にお邪魔した方が悪いんだが気を使わないでくれ、と。

「いや、お客さんに来てもらえると嬉しいんですよ。料理の作りがいがあるし、なにより妻が嬉しそうにするんですよ」

あぁ、と八木さんが頷いて部屋の隅に目を向けた。志保さんが無心にパッチワークをしている。事情はすでに知っているんだろう。本を読んで会いに来たんだろうし。

「本当に、大変でしたなぁ」

「過ぎてしまえばなんてことはないんですが。あの当時は本当に病院に行くのがつらかったですね」

「お察しします。奥さんのご様子は？　お見受けするかぎりではとてもお元気そうなんですが」

三人で志保さんを眺める。こんな無遠慮な視線にも志保さんは反応しない。にこやかに微笑《ほほえ》みながらパッチワークを続けてる。

「身体の方はいたって健康体です。暮らしていくのにはなんの不自由もないんですよ。心の方は相変わらずなんですが、まぁ本当にそれは贅沢《ぜいたく》ってものですよね。こうして親子三人で過ごせることだけで良しと思っているんです」

そうですな、と八木さんが頷く。そういえばお子さんは？と訊《き》いたところで玄関のドアが音を立てる。ナイスタイミングだ。リン。

ただいまー、と声が響いてリンが居間に顔を出す。俺の顔を見てニヤッと笑って、八木さんの方を向いてこんばんは、と頭を下げる。今日来るのは聞いていたんだろう。じゃあ食事の用意をするか、と真山が言って手伝いに台所に入ると八木さんも手伝うと言ってきた。

「なに、やもめぐらしが長いんで、これでもなかなかなんですよ」

結局リンも志保さんも加わってみんなでわいわい言いながら晩飯の支度を始めちまった。まぁこれはこれでいいもんだ。

メシを食いながら世間話に花が咲いた。八木さんはさすがに老練な元刑事らしく話し上手で聞き上手だ。リンが子供っぽい興味を示して、テレビでしか見たことのない本物の刑事はいったいどんなふうに仕事をしているのか聞きたがった。

結局はまぁどこの世界も仕事の本質ってのは地味なもんだとそういう話になる。派手な側面を持つ仕事も世の中にはあるんだろうが、それは本当に一側面でしかない。

「リンくんは将来は何を?」

八木さんが表情を崩して訊いた。その答えは知っている。リンは少し照れたような顔を見せた。

「えーと、宇宙飛行士です」

八木さんがほぉ！　と目を丸くして笑顔になる。そいつはいいですなぁ夢がある、と嬉《うれ》しそうに言う。

「近ごろじゃ火星なんかにも行くようになって、私らにはなんだかもう付いていけないですけどねぇ」

「俺らの思考も月で停まってますよ。宇宙ステーションなんざぁお話の中だけだった」

リンが控えめに、でも嬉しそうにその手の話をする。真山も微笑みながら頷《うなず》いている。志保さんは自分の分を黙々と食べながら、時折り真山とリンに顔を向けて、そこにいることを確かめるようにしてから笑顔を見せる。

良い感じの食卓を囲むってのは、どんな娯楽よりも心を和ませやがる。

「お茶でいいんですか？ ウィスキーもビールも日本酒もなんでもありますよ？」

「いやもう本当に、お茶がありがたいです」

いつものように洗い物をするのはリンで、それを拭《ふ》いて片づけるのは志保さん。居間で茶を飲みながら真山と三人でその二人の後ろ姿を眺める。八木さんは刑事の顔になっていねぇ。あれは気の良いじいちゃんの顔だ。

「聡明《そうめい》そうな息子さんだ」

「ありがとうございます。八木さん、お子さんは？」

「女ばかり二人でしてね。もう二人とも嫁に行ってしまったんで、のんびりしてます」

後は孫の成長を楽しみにしていればいい、気楽なもんですと笑う。頷きながら真山は灰皿をテーブルの上に置いた。お客様だから特別なんだろう。洗い終わったリンは志保さんの手を引いていつもの場所へ座らせる。志保さんは一度俺たちに笑みを向け、何かを納得したように軽く頷いてから、パッチワークの布を手に取る。一言も会話はないが、確実に優しい何かが伝わってくるいつもの風景。

「塾に行ってくるね」

志保さんが落ち着いたのを見計らって、リンが言う。

「まだ早いんじゃないか？」

「ツトムの家に寄ってくから。マサおじさん泊まってくの？」

頷いた。それからリンは八木さんにごゆっくり、と頭を下げて二階に上がっていく。すぐに階段を駆け下りる音が響いて、「いってきまーす」と声が聞こえるんだろう。まったく今日びの中学生は忙しい。

「良い子ですな、実に」

頷きながら笑顔で八木さんがまた言う。よっぽどリンが気に入ったか。まぁ俺に言わせるとリンは中学生にしちゃちょいとばかり人当たりがよすぎると思うんだが。真山と二人で顔を見合わせて笑う。

「それで、八木さん」

「はい」

「今日来られた件ですが」

あぁそうですねぇ、と座り直す。

「ま、手紙ですべてをお話しして、結論だけをお返事いただけたらそれで済むようなことなんですが、いかんせん職業病ですかねぇ」

なんでも自分の目や耳で確認しないと気が済まなくて申し訳ないと八木さんは恐縮して頭を下げる。

「いや、とんでもないです。むしろ貴重なお話を伺えるのではないかと不謹慎ですが、わくわくしているんですよ」

「そういってもらえると助かりますねぇ」

「俺もそうですけどね、因果な商売だなぁと思いますよ。どんなに信頼している奴から話を聞いても、じゃちょっと確認してくるわって」

二度手間三度手間を話を聞く相手に強いることになっちまう。刑事も記者もライターもおんなじようなもんだ。三人でまったくだと苦笑し合う。

「それで事件の方ですがね、これはお送りした新聞記事がすべてなんですよ。情けないことにあれ以外にめぼしい進展はありませんでしてね。捜査は継続中なんですが、残念ながらこのままでは迷宮入りとなる可能性も高いと」

その記事は確認しておいた。

八木さんの住む町の都市銀行で現金強奪事件が起きた。くそったれな連中から犯行声明が出て、爆破テログループの資金稼ぎと断定された。そこの銀行員が頭をゴルフクラブで殴られて重傷。目撃者はなし。

「で、ゴルフクラブで殴られた行員はその日えらい下痢をしてましてね、トイレにいったりきたりしてたんですな。現金輸送のことは知っていたものの、もう出るものはしょうがないとその時間もトイレに籠《こも》っていた。一息ついてトイレを出たところを、どうも犯人に発見され殴られた、という感じですかね」

「その行員が植物状態になっているんですね?」

「そうです。まあ最後の最後に担当した事件ぐらいきちんとしておきたい。万に一つでも可能性がないものかと植物状態とはどういうことなのか、回復する見込みは本当にないものかなどといろいろ調べて、植物状態の患者さんの家族の人たちのネットワークのようなものの存在も知ったんですわ」

それは知っている。俺と真山も通ってきた道だ。

「ま、そういうところでもいろいろ話を聞くうちにですね、真山さんのところと同じように奇跡的に回復をした患者さんや、ちょっと不思議な出来事に遭遇した方の話を伺ったんですよ」

「不思議な」

「ええ、お二人は〈ハヤブサ〉という人物の名前を聞いたことはありませんか？」

「ハヤブサ？」

思わず声を上げちまった。真山と顔を見合わせる。その俺たちの反応に八木さんの眼が細くなる。

「どうやらあだ名か何かのようなんですが、ご存知なんですか？」

ご存知なんですかと訊かれてどう答えたもんだか迷った。

なんだこれは？

なんでここでハヤブサが出てくる？

「いや、なんちゅうか、あの誘拐事件とは関係なく？」

「誘拐？」

「違うんですか？」

八木さんが首を捻《ひね》る。

「いや、誘拐というのはなんです？」

違うのか。関係ないのか。

「ちょっと待ってください。先走らないでおきましょう。その八木さんの言うハヤブサとはなんですか」

そこをまず教えてくださいと真山が言う。

「いや、そのハヤブサというのはですな、どうも植物状態の患者を持つ皆さんのネットワークの中で〈奇跡〉を起こす人物として噂《うわさ》になっているんですわ」

「奇跡？」

「そう、たとえば真山さんの奥さんの場合と同じように突然意識を取り戻させたり、あるいは患者さんからのメッセージを伝えたりね」

「メッセージ？　植物状態の患者さんから？」

「おかしな話ですがね、そういうことが現実に起こっているらしいんですな。ひとつひとつお話ししましょうかね」

八木さんはそういって背広のポケットから手帳を取り出して広げた。

「これは東京のある家族のケースで、ご主人が車で事故を起こしてしまい、そのまま植物状態になってしまったんですな。事故自体はご主人の不注意から起きたことで、カーブを曲がりきれずに電柱に衝突。倒れた電柱関係の請求やらその電柱が倒れて壊してしまった商店への補償やら入院費やら家族は金銭的に実に難儀しとったわけです。そんなところへ、ご主人の友人だと名乗る一人の男性が現れた。その男性が言うには、実はご主人にはへそくりがあるんだと。まとまったお金が入っているのでそれを事故の補償や入院費に充《あ》ててみてはいかがかと。さらにご主人の部屋のどこそこに預金通帳や印鑑があるとまでその男は伝えてきたんですな」

真山が鼻をいじりはじめた。何か考え事をするときとかの癖だ。

「その金は本当にあった」

八木さんが頷く。

「調べると宝くじで当たったお金でした。どうして隠していたのかはわからないものの、とりあえずは助かった。しかし、奇妙なのはその友人だと。見たことも聞いたこともない男だったし、どうして印鑑のありかまで知っているのか」

「事実だとすると奇妙だというしかないですね。いや事実なんですね？」

事実。なんだかんだでその男が小劇団の俳優だと知り、なんとか事情を聴き出したところ出てきたのが娘の不思議な友達だという〈ハヤブサ〉という名前。

その〈ハヤブサ〉が今回のことを言ってきて自分は代理なんだってぇ話だ。

「もちろん、私はその役者さんにも会ってきました。嘘《うそ》は言ってないと思いましたね。その娘さんにも会ってみたかったのですが、これ以上追及しないでくれ、と懇願されたので会えませんでしたがねぇ。無理強いはできませんしね」

八木さんがごくりとお茶を全部飲み干したので、もう一杯淹《い》れようと思って湯飲みを受け取った。真山はコーヒーが欲しいな、と言いやがる。ビールにしようかと思っていたんだが、まぁ確かにこれは頭をはっきりさせておいた方がよさそうだ。

「それだけじゃないんですな。ハヤブサなる名前が出てきたのは」

「他にも」

八木さんは頷く。今度は山崎さんという一家で、小学生の娘さんがマンションの階段から落ちてしまい、打ちどころが悪くてそういう状態になっちまったという。

「釈迦《しゃか》に説法でしょうけど単純に植物状態と言ってもさまざまで、脳幹以外の大脳がすべて機能を失っている場合と、少しはその機能が働いている場合なんかがあるらしいですね。その子の場合は自発呼吸もしていたし、食べ物を口に入れると飲み込むというね、反射神経は機能していたんですよ」

それもわかる。俺たちもさんざん調べた。

「それでもね、家族は本当にがっくりしてましたよ。もうあの頃で二年ぐらいそういう状態だったはずでねぇ。いくら希望を持って信じていてもね、辛《つら》いですわなぁ。ところがね、ある日突然、その子が笑ったんですよ。笑顔を見せたんですよね。これはもう家族どころか医者もびっくりしてしまって、それから数時間も経《た》たないうちに眼を開けたって言いますからまた驚きですよ」

家族の驚く顔と喜ぶ顔が浮かんでくる。実は志保さんが目覚めた瞬間には真山ではなく俺が病室にいた。たまたま見舞いに行った時にそうなってしまって、あんときはまぁ本当に驚いた。その後で涙がどばどば出てきやがった。

「そうでしょうね。わかりますよ」

「でもね、本当に驚いたのはそこからなんですよ。いきなり意識を回復したその子が、まぁひとわたり家族と会話したあとに言ったんです。『電話をしたい』って」

「電話」

「誰に？と訊《き》いたらその子が答えたんですね」

予想がついたので真山と二人で言った。

「ハヤブサ」

八木さんが頷く。

「親御さんがなんだそりゃあ、と訊いたら、今まで、今までっていうのは植物状態の間ってことですけど、その子は意識があったそうなんです。親御さんの喋《しゃべ》っていることとか全部聞こえていたそうなんですね。でも、喋れなくて体も動かせなくて本当に辛かったそうなんですが、その時に聞こえてきたのが〈ハヤブサ〉と名乗る少年の声だったそうです」

奇妙な話だ。

「いろいろと励まされたそうですよ。その彼はね、その子が今どういう状態にあるかをきちんと説明してくれて、きっと回復するからがんばれ、と励まし続けてくれたそうなんです。そして、回復したら真っ先に電話するからとその子は電話番号を訊いたらしいんですなぁ」

「訊いたというのは、その植物状態の時の意識のままで」

「そうです」

「電話をしてみたんですか？」

煙草《たばこ》に火を付けて、一服ふかしながら頷く。

「そう、ちゃあんとハヤブサが電話に出たんですな。親御さんはまたまた驚いてしまって、とりあえず娘さんと電話を代わって、まぁそのときはそれで終わってしまったんですな。何より娘さんの体が心配でわからないことは後でゆっくり解決すればいいとね。ところが後日改めてその電話番号に電話してみると、もう解約されてしまっていた。それきりですわ。娘さんに訊いてももういいんだと笑うばかりで、まぁ実に用意周到に行動していたんですなぁハヤブサは」

「そこでまた途切れてしまった」

「そうです。それでまぁこのハヤブサなる人物なら、植物状態に陥っている件《くだん》の事件の青年を救えるのではないかと。それでなんとか事件解決に向かえないかと考えたんですよ」

その他には情報は拾えず、八木さんも定年を迎え、あとは趣味で調べるしかなくなった。そこで初心に返る意味でも、あの本を書いた真山に会いに来たってわけだ。

「何て言ったらいいか」

真山の表情に八木さんも苦笑する。

「まったくでねぇ。ピンときて調べたはいいが、本当にこんなことが現実に起こっているんだろうかと思いましたよ」

それでも、事実は事実。〈ハヤブサ〉って野郎は実在するのか。

「それで、先程の誘拐うんぬんですがね」

誘拐と聞いちゃあ、元刑事としては気になってしょうがねぇだろう。真山と顔を見合わせてから、俺が説明した方がいいってんで話し出した。

「無意味な誘拐ってぇのにね、最近気づいちまいましてね」

「無意味な誘拐？」

五年間でまったくおんなじパターンの事件が日本全国で十一件。

ボイス・チェンジャーで音声を変えたメッセージが一回きり入るのも同じ。

子供が何事もなかったかのようにひょいと帰ってくるのも同じ。

何があったと訊けば知らないおじさんに車に乗せられてドライブしてたってのも同じ。子供が言うそのおじさんの風体もまったく同じ。すべてがまったく同じパターン。

十一回の誘拐騒ぎで帰ってきた子供の数が九人。

確実に複数回誘拐されそうになって帰ってきた子供がいる。

どう考えたって奇妙な話だ。

「元刑事として、どう思います？」

八木さんは頭を手のひらでガシガシとこする。ただでさえ少ない髪の毛がなくなるんじゃないかと他人事《ひとごと》ながら心配になる。

「ひとつひとつの件を洗い出していかなきゃあ、私たちには安易な結論づけはできませんがね。範囲は日本全国にまたがっているんですな？」

「そうですね。地域的な偏《かたよ》りはないです」

「なんともいえませんなぁこれは。実際、そういうケースは私も経験していますが。それで、真山さんが調べ始めているんですか?」

「まだ始めたばかりなんですが、とりあえず近場で何軒かのお宅におじゃまして取材してみました。結論から言ってしまうと、親御さんたちからは何も得るものがなかったんですけどね」

「けど?」

「実際に誘拐されたという子供から妙な名前を聞きだしたんです。その子もポロッと言ってしまったという感じでしたけど」

「あ、じゃあそれが」

「そうです」

〈ハヤブサ〉

「奇妙な符合、ですな」

植物人間状態の患者に奇跡を起こすハヤブサ。実際そんな話は俺も真山も聞いたことがなかった。志保さんの件で二人でいろいろと調べまわったが、ハヤブサのハの字も出ていなかった。

「だとすると、その奇跡のハヤブサは、志保さんが回復されたあとに出てきた噂ってことになりますなぁ」

八木さんの言葉に頷《うなず》く。まずそうだろう。

「奇跡を起こす人物と、奇妙な誘拐劇に登場する人物。〈ハヤブサ〉なんていうあだ名を持つ人物がそうそういるとは思えませんね」

「調べてみますか、これ。その価値はありそうですな。誘拐の件を私もあたってみましょう」

「ありがたい。お願いします」

ハタ、と真山が膝《ひざ》を打った。

「どうでしょう？ その奇跡を起こすハヤブサの方は、むしろ私が調べた方がいいのでは？ 私は現実問題として妻の件もあるし、その俳優さんなんかもひょっとしたら私が訪ねていった方が」

「ああ、そりゃ好都合だ」

八木さんもポンと、同じように膝を打った。

「立場の交換ですな。いやまったくその方がいい」

誘拐事件はもちろん警察の畑だ。退職したとは言ってもしたてのほやほやだ。警察内での繋《つな》がりはまだ湯気を立てていると八木さんは笑う。

なんだか気持ち悪いぐらいにピタッと嵌《は》まっちまった。そう言って笑おうとして、真山と二人でなんとも言い難い顔を見合わせちまった。偶然と思ったことがどんどん進んでいきやがる。

偶然にこんな話がジグソーパズルのピースのように。

「どうかしましたか？」

「いや」

苦笑いして真山が説明する。奇妙な誘拐の話をしていたら八木さんからの手紙が来た。総合学習で見学に来た中学生が偶然昔出会った少女だった。その少女がリンの同級生だった。立て続けに偶然ってやつが重なるとどうにも妙な気持ちになる。

そう言うと八木さんもあごひげを撫《な》でながら頷いている。

「そういうことはありますねぇ。事件の捜査でもどうしてこんなところでこれとあれが繋がるんだろうと驚くことがありますよ」

事実は小説より奇なりといいますが本当ですと言う。

奇妙といやぁ。

「この間の交通事故の話、覚えてるか？」

真山に言う。交通事故と聞いて八木さんも反応する。

「子供がいなくなったってやつか？」

頷いた。八木さんにどういう事故かを説明する。八木さんが眉《まゆ》がひそめた。

「その子供ってのが見つかったんだってよ」

丸一日経った現場で通行人に発見されて保護された。本人は何も覚えていない。子供が事故の恐怖から現場を逃げ出して帰ってきたって警察は言ってるようだが、そりゃあねぇだろう、と言ってみた。

「子供はどんなことがあっても親のそばにいたがるもんだと思うんですがね」

どうです八木さん、と話を振ってみた。八木さんは小さく頷き、いや、と口ごもる。

「確かにそれはそうだと思いますね。いや実はねぇ、今聞いて驚いたんですが、それと同じような事故を私は知ってますよ」

「同じような？」

頷いた。少し表情が硬くなる。

「奇妙といえばそうですよ。あの事故も奇妙なもんでしたねぇ」

「差し支えなかったら」

「あぁ、もう結果としてはどうということのない事故なんですよ。生き死にはなかったのでね。私とは管轄《かんかつ》違いなんですが」

もう三年ぐらいも前になりますかねぇ、と八木さんは続けた。

十二月だったそうだ。県内の田舎道で起こったスリップ事故。午後十一時ぐらいに走っていた乗用車が突然対向車線にはみだしてきた。原因は凍結した道路によるスリップ。ほとんど車の通らない時間帯だったのに、運悪く対向車線にいたワゴン車は間一髪でそれを避けたが乗用車はそのまま道路をはみ出していっちまった。

「田んぼだったんですな。ですから運が良けりゃあケガさえもしないで済むような事故なんです。実際、結果としては軽傷で済んだんですが」

「子供が消えたんですか？」

いや、と八木さんは首を横に振る。

「なかったんですよ」

「なかった？」

「ワゴン車の男性が車を停め、慌《あわ》てて走って乗用車がダイビングした田んぼの方を見たんですがね。確かに田んぼに突っ込んでいったはずの乗用車がなかったんです」

　なんだそりゃ。

「通報を受けた警察が駆けつけてみたんですが、どこにもそんな車はない。ただ、ワゴン車の男性の証言を裏付ける跡がしっかりと残っていた」

「スリップ痕《こん》」

「それに、田んぼに落ちた車らしきものの跡も」

「それもあったんですか?!」

　唇をゆがめて頷いた。

「真新しい跡だったそうです。だとするとそういう事故があったのは本当で、問題はどうして落ちた車がないかということ。警察はワゴン車の男性が駆けつける前にそのまま田んぼから脱出して走り去ったのだろうと結論づけました」

　そうだろう。俺だってそう考える。

「ところがねぇ。現場検証した私の古い仲間はね、そうとしか考えられないんだが、落ちた跡はあるものの、脱出した跡がどうしても見当たらなかったというんですな」

　つまりそれは。

「そのままトンズラこいたんなら田んぼの中にタイヤの跡は残る」

　そう、と八木さんは頷く。

「そのタイヤの跡がなかったんです」

それでも、そうとしか考えられない以上どうしようもない。ところがねぇと八木さんはなんとも言い難い笑いを浮かべる。

「翌日にね、通報があったんですよ」

「通報」

「田んぼの中に車が転がっている、とね。駆けつけると確かに昨夜の事故の跡があった同じ場所に、乗用車が転がっていたんです」

早川かほり

土曜日に従弟《いとこ》が遊びに来るので天文台に連れていってくれないかなぁと満ちるが言った。

「従弟って、うちの裕輝くんと同い年の？」

「そう、小学三年の」

くのでケイちゃんという名前で、おじいちゃんと一緒に来るんだそうだ。一晩泊まっていくので遊んであげるんだって。メンバーは二人まで同伴者を連れていっていいんだから大丈夫だろう。

「晴れるといいね」

「そうだね」

あたりまえだけど、空が晴れていないと観測はできない。ここ何日かは天気が悪くて、わたしも天文台へは行ってなかった。

リンくんとも学校で会うだけで、さすがに教室で宇宙の話とか星の話はできないけど、なんでもない会話だけど前よりずっとできるようになった。ツトムくんや満ちるが一緒にいる時に廊下でバッタリ会うと、そこでなんだかんだ話すことも多くなった。

嬉《うれ》しかったのは、リンくんが今度わたしのお父さんの病院へ一緒に行ってみようかと言ってくれたことだ。

「行っても何もできないけどね」

いろいろ話をしてあげようと言ってくれた。星や宇宙の話をいろいろしてあげようって。そういえばお父さんも昔はアポロの月着陸を夢中になって見たって言っていた。きっと喜ぶと思う。

不思議に思っているあのことは、まだ訊《き》けなかった。リンくんの独り言のことや、あの夜のこと。急がないで、そのうちに訊けるようになるまで待ってみようと思っていた。きっとそういう時が来ると思う。

きっと私の日ごろの行いのせいね、と満ちるが笑う。

金曜日の夜から雨が降ってものすごく心配したんだけど、土曜日の午後にはすっかり晴れて夕焼けがものすごくきれいだった。

「雨が降ると空気中のゴミも一緒に落ちるのですごく空気がきれいになるんでしょ？」

そういえばそんな話も聞いたことがある。

それはそれで良いことだと思うんだけど、そうなると雨には思いっきり空気中のゴミが混じっているということになって、たとえば夏の暑い日にうかつに雨が気持ち良いなんて傘もささずに走るなんてのはマズイのかもと思う。小さい頃は落ちてくる雨を飲んだような気もする。

せっかくだから天文台には裕輝くんも連れていってあげようと思った。ケイちゃんと同い年なんだから楽しく遊べるだろうと思ったのに、そんな日に限って風邪をひいて熱を出してしまった。可哀相《かわいそう》だけどしかたない。

「今度、必ず連れていってあげるからね」

ちょっとだけ泣きべそをかいている裕輝くんの頭を撫でてやった。ご飯を食べ終わって、いつものように後片付けをする。

ふいに〈そらこえ〉さんの声が聞こえてきた。

『待ってるよ』

待ってる？　何を待っているんだろう。

なんだかこのところ〈そらこえ〉さんの声が聞こえる回数が増えてきた。以前は聞こえる度に反応してしまったんだけど、最近は驚かないでそのまま聞き流せるようになっていた。

七時過ぎに叔父さんが車で送ってくれて、駅で待ち合わせた満ちると従弟のケイちゃんをひろった。

ケイちゃんはあんまり満ちるには似ていなくて、けっこうやんちゃ坊主《ぼうず》だなこいって顔をしていた。それでもちょっと緊張気味に「こんばんは」と挨拶《あいさつ》して、満ちるに、ちゃんと今日はありがとうございますって言いなさい？　なんて言われていた。

「リンは来るの？」

「来ないはずがないと思う。明日は休みだし、今夜はこんなに空がきれいだし。わかんないけど、たぶん」

満ちるが訊《き》く。

天文台に着くともうケイちゃんは待ちきれないって感じでそわそわしていた。阪下さんが迎えてくれて、ケイちゃんのためにいろいろと持ってきてくれた。星座早見表だとか宇宙ステーションのポストカードとか、宇宙食なんかも見せてくれて、これはあとでおみやげにあげるからねと言われてもうそれだけでケイちゃんは大喜びしていた。

「リンくんは?」

「もう、観測室で待っていますよ。今日は葛木くんもいます」

葛木くん。この間会っただけでそれからは顔を見ていない。満ちるにも話しておいたけどなるほどやっぱりあの裏の家はそうだったのかと言っていた。

「スロープとかが天文台まで続いていたしね。そういうのがあるんじゃないかと思ってた」

満ちるの観察眼は鋭い。

観測室のドアが開くと、ケイちゃんはうわぁという声を出して今にも駆け出しそうだったけど、さっき阪下さんに言われた注意事項を思い出したらしく、ぐん、と足を踏ん張っていた。この建物の中では絶対に走ってはいけない。

「こんばんは」

リンくんと葛木くんが同時に言う。リンくんが満ちるに葛木くんを紹介して、満ちるはケイちゃんを紹介して、阪下さんがじゃあまずは手始めにお月さまでも観《み》ようか、と言って天体観測は始まった。

満ちるも初めてこんなにはっきり観る月や木星に感動していたし、ケイちゃんは宇宙ステーションまで観えた！　と、もう今夜は眠れないんじゃないかと思うぐらい興奮していた。

「ISS、国際宇宙ステーションのことだけどね。大きさはJリーグのサッカー場一つ分ぐらいあるんだ。そこでいろんな研究をしたりしている」

「部屋は？　自分の部屋はあるの？」

「あるよ。狭いけどちゃんと自分たちの部屋を持っている。だから、あそこは外国みたいなものだよ。外国に住んで仕事をしているみたいなものさ」

葛木くんが、わたしたちに話すよりずっと優しい顔をしてケイちゃんの質問に答えている。子供が好きなんだろうか。車椅子《いす》に乗っている人を見るのは初めてみたいで、最初はケイちゃんも緊張していたけど。

満ちるが咽《のど》が渇いたというのでロビーに行くことにした。ケイちゃんはまだ見てるーと言うので二人で観測室を出る。

「葛木って、なんか感じいい奴《やつ》じゃん」

満ちるが言う。

「そうだね」

でも、と満ちるはダイエットコーラを一口飲みながら言う。

「なに？」

「ちょっと意外と言うかなんというか」

「だから、なに」

くるんと瞳《ひとみ》を回す。

「私、リンのことならたいていのことは知っていると思っていたんだけどね」

そうだと思う。ツトムくんとリンくんと満ちるは幼稚園から一緒だ。今はもちろんそんなにずっと一緒にいるわけじゃないけど、幼なじみの間柄。

「なのに葛木のことはなんにも知らなかった」

この間話した時もそう言っていたっけ。

「なんか、あの二人似ているよね。雰囲気が」

「うん。葛木くんの方が大人っぽいけど」

満ちるは、やっぱ宇宙オタクはおんなじ匂《にお》いがするんだって笑った。事務所から静絵さんが出てきてわたしたちに手を振った。近づいてきて、挨拶をする。

「どう？　楽しんでいる？」

ケイちゃんはもう大喜びですと伝えた。

「静絵さん」

満ちるが言った。

「なに？」

「葛木くんって、昔から静絵さんは知ってるんですよね？」

もちろん、と頷《うなず》く。

「私が育てたようなものよ。ミルクもあげたしおしめも替えたし。彼のどこにほくろがあるかまで知ってるわよー」

三人で笑う。

「阪下さんが後見人ってことは、阪下さんはその葛木家とかいう家の関係者なんですか？」

そうね、と人さし指を唇にあてる。静絵さんの指はきれいだ。とても細くて。

「まぁ詳しいことは大人の話なので言えないけど、お殿様と家老みたいな関係かな？そんな感じ。ああ見えてもうちのお父さんは弁護士なのよ」

「弁護士！」

驚いた。もちろん弁護士さんに知り合いはいないのでわからないけど、イメージでは切れ者って感じだから。申し訳ないけど阪下さんは気の良いおじいちゃんって感じしかしない。

「だから後見人なんだ」

満ちるが納得したように言う。それから、静絵さんはいくつなんですか、とか、恋人はいるんですか、とか満ちるが攻撃したけど逆に満ちるちゃんはカレシがいるんでしょ、とかリンくんとはどうなの？なんて話を三人でケラケラ笑いながらしていた。

静絵さんはすごく若く見えてわたしは二十四、五歳かなと思っていたんだけど、もう三十歳を超えてるんだと聞かされて本当に驚いた。

「訊かれる前に言っておくけどね」

静絵さんはわたしたちをきょろっと見て言った。

「バツイチですからね。誰かいい人がいたら紹介してちょうだい」

ハヤブサ、と聞こえた。

観測室の自動ドアが開くと同時にケイちゃんの声で。それとまた同時にわたしたちの方に皆が顔を向けてお帰り、と声が聞こえた。

わたしは〈ハヤブサ〉という言葉がすごく気になった。あの夜に、聞こえてきた〈そらこえ〉さんの声を思い出していた。

『ぼくの名前はハヤブサ』

実は、考えないようにしていることがある。あの夜に聞こえてきた〈そらこえ〉さんの言葉とリンくんの行動は、なんていうかすごくリンクしていた。リンくんが喋《しゃべ》っているんじゃないかと思ったぐらい。

声も、なんとなく似ている。なんとなくというだけでリンくんの声だっていうはっきりしたものはないんだけど。でも、もしそうだとすると。

「ハヤブサって、なに？」

満ちるが訊いた。満ちるにも聞こえていたんだ。

「人工衛星の名前だよ。さっき追いかけていたんだ」

リンくんが答えて、ケイちゃんも頷いていた。そういう名前の人工衛星があるのは教えてもらった。最近勉強したんだけど、他にも日本が打ち上げて今も地球の周りを回っている人工衛星はいろいろある。〈みどり〉〈はるか〉〈つばさ〉〈あけぼの〉。なんだかすごく日本っぽくて、わたしはけっこう好きだ。

人工衛星の話をしていたのなら、全然関係ないんだろうと思っていた。

帰りは静絵さんの運転する天文台の車で送ってもらった。わたしと満ちるとケイちゃんとリンくん。葛木くんはやっぱり途中で疲れたと言って帰っていった。大変なんだろうな、と思う。何もできないけど何かわたしにできることはあるんだろうかって考える。

静絵さんに訊くと、葛木くんは普段はあの家で一人で暮らしている。実はあの奥に阪下さんと静絵さんの家もあって、歩いて三十秒だそうだ。だから言ってみれば部屋だけが別になっていて一緒に暮らしているようなもの。

「もう、息子みたいなもんだから」

静絵さんはそう言っていた。リンくんも頷いていた。どうして一緒に住んでいないのかって訊いたら、一人でなんでもできるようにって葛木くんがそうしているそうだ。

ああいう身体《からだ》だから誰かがいるとそれに頼っちゃう自分が出てくる。できるだけそうしないようにしてるって。

だから、初めて会ったときにわたしが車椅子を押そうとしたのをリンくんは止めたんだ。

葛木くんは日本人宇宙飛行士の真田《さなだ》さんとも知り合いなんだそうだ。ちょっとびっくりしたけど、四年ぐらい前に真田さんが記念講演した時の交流会に参加したって言っていた。

車椅子で宇宙飛行士になりたいという葛木くんに真田さんはすごく感心して、それからは友達のように付きあっているって。メールとかもしょっちゅうやりとりしてるそうだ。

「ほら、大人はそういうの好きだし。こういう立場の子供との感動的なお話が」

葛木くんが笑う。そういう考えは悪趣味だと静絵さんがたしなめていたけど。でも、そういうのもあるから、葛木くんは余計に宇宙へ飛び出す意欲をかき立てられるんだろう。それが身体を元気にさせるんだったらすごく真田さんは良いことをしてくれていると思う。

「あの人って、もう一年ぐらい宇宙ステーションを行ったり来たりしてるんでしょ？」

満ちるが言う。そうだねってリンくんが頷く。

「ほら、宇宙飛行士が長く宇宙にいて死んじゃう事件があったでしょ。あの人は大丈夫なの？」

リンくんが少しだけムズカシい顔をした。宇宙に長期間滞在した宇宙飛行士が原因不明で死んでいくという事件はわたしも知っている。ニュースでも大きく取り上げられている。最初は未知のウイルス説とか身体の免疫《めんえき》性の問題とかなんだかいろいろな原因説が飛び交っていたけど、今も原因はまだわからないままになっている。だからといって宇宙開発をやめるわけにも行かないから、長期間の滞在はあまりしないようにしているらしい。

「時間の概念とか観念とか、そういうものがなくなってしまって人が死ぬっていう説があるんだ」

リンくんが言った。

「時間の概念？」

難しい言葉だけど、人間というのは基本的に時間というものに縛られて生きる動物だっていうのは習っている。そういう観念があるから、地球上にいる動物たちの中で人間だけがこんなに突出してしまったっていうのも、いつか生物の時間に教えてもらったような気がする。

「それが宇宙ではなくなるの?」

リンくんは頷いた。でも、どうして宇宙に行くことでそれがなくなってしまうのかわからない。

「宇宙にだって時計はあるでしょう?」

地球の標準時に合わせたものがキチンと動いていて、宇宙ステーションでは昼と夜もなんか照明とか回転軌道とかそういうものでつくれるはずだ。そう言うとリンくんはニコッと笑った。

「早川さん、けっこう勉強してるんだね」

頷いて、でもちょっと照れた。

「なんとなくだけど、人間の身体っていうのはきっとそういうものではごまかされないようにできているような気がする。科学とかそういうものだけでは割り切れない何かでできているような。気がするだけだけどね」

「いまひとつ納得できない」

まじめな顔で満ちるが言う。

「難しいけど、たとえば、人間以外の動物に時間は一種類しかないけど人間には時間は二種類あるんだよね」

「なにそれ？」

「篠田《しのだ》なら考えてみたらすぐわかるよ」

そう言われて満ちるは腕組みした。下を向いて顔をしかめて考えていた。基本的に負けず嫌いだし、成績だって学年で五位から落ちたことはない。

「時計の時間？　ひとつは」

「そう、時計の時間」

「もうひとつは、寿命？」

「うん。そんなようなもの。本で読んだ話だけど、哺乳《ほにゅう》類は人間だろうと犬だろうとネズミだろうと、生まれてから死ぬまでの間の心臓の鼓動の回数は同じなんだって」

へぇ、と満ちるが声を上げる。

「不思議でしょ？」

「なにが」

「だからさ、ネズミと人間の寿命の時間なんて全然違う。それなのに心臓の鼓動の回数は同じ」

考えてみた。どういうことなんだろう。正直言ってそういう話は苦手かもしれない。

「え？　どういうこと？」

「鼓動の速さが違うんだよ。例えば人間の心臓が一回鼓動する間にネズミのは三回打つとかさ。身体の大きさが違うとそれだけいろんなものの機能のスピードが違うんだ。でも、寿命が尽きるまでの鼓動の合計回数はおんなじなんだよね。だから、十年しか寿命のないネズミも八十年生きる人間も心臓の鼓動を基本にすると同じ寿命を生きていることになるんだよ。っていうことは、人間が決めた時計の時間っていうのがものすごく乱暴なもののような気がしない？」

満ちるはしばらく頭を振りながら考えていた。わたしは考えることをあきらめて、二人の会話を理解することに専念していた。

「確か時計の時間ってのはあれよね、地球の回転とか、太陽の運行とかそういうものでまず季節が決まって、えーと、なんだかそういうもので決まったのよね？」

「そう」

「それっていうのは、自然のサイクルなんだから、無理やり人間が決めたわけじゃなくて、時計の時間ってのも自然のサイクルが基本なんだから、別に乱暴ってわけでもないんじゃない？」

「決めちゃうこと自体が乱暴っていうか違和感があるっていうか、要するに絶対じゃないってこと。人間は時計の時間を基準にしているから周りのすべてのものをその時間の眼で見ていかないと気がすまないんだよね。安心しないっていうか。そうでしょ？」

確かにそうね、と静絵さんも言う。ケイちゃんはさっきからこっくりこっくりしている。

「人間はね、時間の感覚っていうのがものすごく不確かな動物なんじゃないかって。他の動物たちはきちんとした時間の感覚を持っていて、それに従って生きているんだよ。でも人間の時間感覚っていうのはそれに比べるとものすごく不確かで、だから星の動きとかそういうものでカレンダーみたいなものを作り上げて、時計というものを作り上げて、それに従うようになっちゃったんだ。そうじゃなきゃ生きていけなくなったんだよね。だから、その時間の概念とかそういうものがなくなるということは、もう命の根っこを抜き取られるようになるんじゃないのかなぁ」

満ちるは眼を丸くしていた。

「時々リンは天才じゃないかと思う時がある」

「ホメたって何も出ないよ。今言ったことは全部本に書いてあったことだからね」

だから、宇宙で長期滞在した宇宙飛行士が死んじゃうのは時間の概念をなくしてしまうからだ、というのもわかるような気がするんだけどってリンくんは言う。問題は、宇宙で長い間暮らすとどうしてそういうものがなくなってしまうかなんだって。

「平気な人だっているのよね」

「個人差があるのかなぁやっぱり。そういう精神的とか感覚的なものだから肉体を鍛えてどうにかなるもんじゃないと思うし。適性っていうのか」

思った。どうして人間はそんな時間の感覚が不確かな動物になってしまったんだろう。そう訊《き》くとリンくんは続けた。

「これも本で読んだんだけど、人間の思考とか感覚っていうのは眼からの情報に頼っている部分がほとんどなんだって。他の聴覚や触覚なんていうものより、視覚を基準にしている。眼から入った情報を脳がきちんと整理して世界を作り上げていくんだよね」

ここまではいい？　とわたしに眼で訊いてきたので頷いた。理解できる。

「だから、極端な話だけど眼に見えないものは人間は基本的に理解できないんだよ。時間っていうのは眼に見えないよね？　見えないけど感覚としては存在するんだ。だから、納得するためにカレンダーを作り上げた。眼で見てモノを考えるっていう人間独特の感覚が、ひょっとしたら祖先にはあったかもしれない時間の感覚を不確かなものにしてしまったのかも」

宇宙どころか、自分たち人間の身体にだってわからないことは多すぎる。不安なものは多すぎる。それでも人間は宇宙へ出ていく。

「父さんは人間という動物のいいところは、わからないことを知りたいと思うところだって言ってた。それが人間の文明とか文化の根源だって」

辻谷昌隆

なんだか急《せ》かされてるように動き回った。こんなに一生懸命調べまわったのは新人の頃以来だぜまったく。

真山と八木さんと毎晩その日収集した情報をメールでやりとりしてる。データをまとめてリストにしたり図にしたりして整理しているのは俺だ。

八木さんなんざぁ引退してのんびり隠居暮らしするどころか日本全国の警察を飛び

回って話を聞きまくっている。気楽なやもめ暮らしだからちょうどいい、旅行気分で楽しんでますよって笑っていた。

真山は近ごろ夜も家を空けることが多くて、リンが天文台に行けないとブーたれているそうだ。そりゃすまねぇなぁと思って仕事帰りに好物の大福を買って寄ってやっている。いつまでもお菓子でごまかせると思わないでよって笑いながら言いやがる。なんだかそういう物言いも真山に似てきた。

まぁ調べても新しい事実は出てくるわけじゃねぇ。そのわけのわからない足跡ばっかりが出てきやがる。それがちょいとカンに障《さわ》るがしょうがない。刑事も記者もノンフィクションライターもやることは同じだ。過去の事実を丹念に調べ上げて、そこに結論を見いだすだけだ。

週末には真山の家に集まって話をすることにしていた。それが今夜だ。

「リンは？」

遅くなったので夕食は済ませてきた。真山の家に着くと八木さんはもう来ていて、晩ご飯をごちそうになったお礼にと洗い物をしていた。試しにいつもはリンとそうしているように志保さんも一緒にやらせてみると、なんの問題もなくできたそうだ。

「少しずつ変化をつけるのも必要かも知れないな」

真山が言うのでそうだなと答えた。刺激を増やしていくことは志保さんの回復のためにも良いのかも知れない。リンは八木さんにまかせて久しぶりの天文台に嬉々《きき》として走っていったそうだ。

コーヒーとお茶と大福を居間のテーブルに置いて、それぞれの資料を横に積んだ。志保さんはいつものように定位置で布と針を持ち出した。

「八木さん、そういやぁ宿はどうしてるんです？」

車で来ているわけじゃない。こないだは足のあるうちに帰ったが、今夜は遅くなるかも知れない。真山も頷いて家に泊まって行けばいいと言う。

「あぁいや、この間は言いそびれましたが、この町には娘夫婦が住んでいるんですよ」

しかもわりと近いんです、と。そうなんですか？　と真山が驚く。

「篠田と言いますが、ご存知ないでしょうね」

真山が首を捻《ひね》る。向こう三軒両隣ならともかくも、ここから一キロばかりも離れているそうだ。

「妻ならわかるかもしれないですけどね」

「真山さんをお訪ねしようと思ったのも来やすさがあったんですな」

結局、今のところ〈ハヤブサ〉のその後の新しい情報は見つからなかった。

「あの俳優さんのところへも足を運んだんだけど、八木さんが知ったこと以外は教えてくれなかったね」

「理由は？　なんで悪いことでもねぇのにそんな隠すんだ？」

あぁ、と真山は顔をしかめる。

「印象だけど、娘さんに何かがあるのだと思う」

娘さん、と八木さんが言う。

「娘さんは〈ハヤブサ〉と友人だっていうのは認めた。その〈ハヤブサ〉が不思議なことを行うっていうのもそうだ。それ以上のことは申し訳ないけど娘の不利益になるので言えないって感じだったな」

「不利益とは？」

「少し語弊があるかな。女の子だから世間体の悪くなることは避けたいってところかな」

「世間体ねぇ」

「想像するしかないけど、たとえば娘さんがその〈ハヤブサ〉と同じような、なんというか、能力を持っているとか」

確かに植物状態の患者と話ができるなら大した能力だ。

「当事者にとっては〈奇跡〉を起こす人間でも、無関係な方から見れば〈普通じゃない〉ってことですからな。普通じゃないことに世間ってのは冷たくなるもんですからねぇ」

それは、わかる。人間ってのは本当に身勝手な動物だ。俺は新聞記者になりたいなんてガキがいたら即座にやめとけと言う。見たくねぇものにも見なくていいものにも、やたらとたくさん出くわしちまう。

「その娘さんが成人でもしていればね、ちゃんと会って話だけでもできるんだろうけど、まだ中学生だからな。そうもいかない」

八木さんには各県の警察を回って、〈無意味な誘拐〉のデータを集めてもらっていた。それを表にしてまとめたものをテーブルに広げる。以前に俺が調べたものから件数は三件ばかり増えただけだったが、時間とかその経緯とかあいまいだった部分もかなりの正確さで調べあげてくれていた。

20××年四月　神奈川県　本多将斗
20××年七月　北海道　松下章男

２０××年十一月　東京　品川実希
２０××年十一月　岩手県　横内弘志
２０××年二月　鳥取県　田村敬司
２０××年六月　千葉県　郡司留奈
２０××年九月　東京　吉川裕康
２０××年十月　神奈川県　河野優美子
２０××年五月　神奈川県　本多将斗
２０××年六月　埼玉県　林　欽一
２０××年八月　北海道　松下章男
２０××年十二月　茨城県　永野勇人
２０××年一月　東京　大河原智美
２０××年二月　千葉県　川原弥生

こうしてみるとますますその奇妙さが目立つな。物の見事に全国に散らばってるじゃねぇか。

「警察の縦割りじゃあこうしたことは見えてきませんからねぇ」

頷《うなず》く。それで随分苦労していることもあるのさ。

「何回も誘拐未遂に遭った子ってのは？」

八木さんがぽん、リストに指を置く。

北海道。

「この子が」

「二回ではなく三回でしたよ。もっとも警察の記録にあるのは二回だけで、三回目は親の方がこれはもう絶対にこの子のいたずらだと相手にしていませんでしたねぇ」

「会えたんですか？」

電話だけですが、と言う。

「ご迷惑をおかけして本当に申し訳ないって恐縮してましたねぇ。まぁそれ以上は勘弁してくださいって接触はできなかったんですが」

こちらも同じでなにせ当事者が子供である以上、親に話を聞くしかない。子供に話を聞かせてほしいとお願いしても、もう終わったことだしかき回すのはやめてくれという話になっちまう。

「結局は、たいして進展はないということです。そこでまぁ捜査の常套《じょうとう》ってとこで被害者というか、誘拐未遂にあった子供たちを並べてみると、共通点というのは当時は小学生というだけですな」

「小学生ね」

「男と女はばらばらです。それ以外に何かたとえば同じようなスポーツをやっているとか、ネットで何か同じものをやっているとかっていうのも何もありませんでしたねぇ」

その資料を眺めてみる。血液型、生年月日、身体的特徴、その他もろもろ。なるほど確かに何の共通点もない。真山にもその資料を回す。

これがもし、すべての事件にその〈ハヤブサ〉ってのが関係しているとなると、どういうことになるのか。そいつはいったい何を考えてそんなことをしているのか。

「わかりませんねぇまったく。何かの利益になるかというとまったくそんなことはない。子供が何かされたということもどうやらありません」

なにより、と八木さんは続ける。

「仮にこの誘拐騒ぎを仕掛けているのが〈ハヤブサ〉だとしても、奇跡を起こしている〈ハヤブサ〉とどうも繋《つな》がらない。この誘拐騒ぎの関係者で植物状態になっている患者さんを抱えているような人は皆無なんですよ」

「子供の悪戯《いたずら》のネットワークみたいだな」

真山が資料から顔を上げないで言う。確かにそうだ。八木さんも頷いた。

「そうなんですよ。まるで子供が寄ってたかって悪戯しているみたいなんですねぇ。けれど悪戯っていうのは普通は見つからないようにするもんです。それをわざと足跡を残しているような気がしますねぇ」

「同じパターンを繰り返すってやつで」

「そうですな」

頭の良い奴《やつ》が見つからないように悪事を繰り返すなら、逆に同じパターンにならないようにするのが常套だ。

「なのに、こいつはわざと同じパターンを繰り返している」

「かといって、派手に目立ちたいという意図も感じられない。何ていうか、地味に続けている」

「そう、まるで記録として足跡を残して誰かに、それこそ私たちみたいに疑問を持った人間に発見してもらいたいみたいに感じますなぁ」

三人でうーむと唸《うな》って沈黙しちまう。八木さんがごくりとコーヒーを飲み干してから、そういえばと手を叩《たた》く。

「この間の、交通事故の話ですけどね」

「子供が消えたやつ」

　はい、と鞄《かばん》の中から紙をとり出した。

「ちょっと気になりましたんで、まぁ世間話かたがた訊《き》いてまわったんですよ。そうしましたら、もうひとつ出てきまして」

「同じような事故ですか」

　事故ではないんですが、と言う。

「四ヶ月ぐらい前に起こった千葉県での殺人事件は知っていますかねぇ？　夫婦喧嘩《げんか》で奥さんが夫を包丁で刺してしまった事件なんですけど」

　どこでも毎日起きていそうな事件だ。いちいち覚えていられねぇが八木さんの差し出した新聞のコピーを見て思い出した。

「あぁ、覚えてる」

　真山が言う。

「新聞で読みましたね」

「辻谷さんは？」

　思い出した。担当したのは俺じゃねぇがうちの新聞にももちろん載せた。

「亭主の浮気が原因の喧嘩だったな。まぁはた迷惑な話だ。さんざ大騒ぎしてあげくにブッスリで」

そこまで話して固まっちまった。真山も思い当たったように俺を見た。

「そうか、子供が行方不明だった」

そうなんです、と八木さんは続ける。

「その夫婦の子供は小学二年の男の子だったんですが、なぜか現場からいなくなっていた。そこまでは新聞記事にもなっていますが、その後のことは特に報道されてませんね。結局その子供は発見されたんですがね」

「家の中でって話ですか」

頷く。

「事件があった翌日、その家の中で泣いているところを現場検証に来た警察にね。どこに行っていたのかは誰にもわからないんですわこれが」

真山が新聞記事のコピーを眺めている。

「消えた子供か」

「同じパターンですな」

「しかしまぁ、これは〈ハヤブサ〉とは無関係だろう？」

俺が言うと八木さんも頷いた。

「でしょうな。まぁちょっと気になって調べただけなんですが、共通点といえば〈奇妙〉というところだけで」

真山がバサバサと資料をめくっている。何かを確認しながら時々記憶を探るような顔つきをしている。

「どうした」

「いや」

そう言ってまた考え込む。

「なんだよ気持ちワリいな。何かあるんなら言えよ」

あぁと言う。

「辻谷」

「おお」

「この間の、子供が消えたっていう交通事故はいつだっけ?」

「二週間ぐらい前だったか? 金曜の夜」

真山が考え込んだ。なんだ、どうした。

「八木さん、田んぼの中に突っ込んだ車の事件の正確な日付はわかりますか?」

「ええっと、三年前の十二月十一日ですな」

ちょっと待っててください、と立ち上がって自分の部屋に消えた。俺と八木さんは顔を見合わせて、何事かと訝《いぶか》しむ。開けっ放しのドアの向こうからパソコンの起動音がしたから、何かデータを調べているのか。

「どうした」

部屋からしかめっつらをしながら戻ってきた真山に言うと首を捻《ひね》った。

「なんだよ気になることがあるなら言えよ」

「車が田んぼに突っ込んだ事件は三年前の十二月十一日」

「そうですな」

辻谷、と真山が呼ぶ。

「この日付の翌日に覚えがないか？　おまえだって知ってるだろ？」

「あ？　あぁリンの誕生日だ」

三年前の。

「覚えていたんだ。三年前の誕生日にあいつは家にいなかった」

「いなかった？」

「天文台に行っていたんだ。なんでも何十年に一回しかない惑星同士のどうたらこうたらが観《み》られるって話でね」

「あいつらしいな」

笑う。

「だからその日は天文台に泊まってくるって」

「それで？」

「それから、千葉の殺人事件の日付は二月二十一日だ。その翌日は二が並ぶ日なので覚えていた。その日もあいつはなんだか珍しいものが見られるといって天文台に泊まっていた。つまり翌日まで帰ってこなかった。さっき日記で確認したから間違いない」

「だからなんだって言うんだ？　たまたまこの奇妙な事故の翌日にリンがこの家になかったっていうだけだろ？　そんな奴はこの日本中にゴマンといるだろうぜ。それに別に日付が一致したわけじゃねぇ。一日違いで、たったの二つだ」

真山が頷く。

「その一日違いっていうのが気になるんだ」

「どういうふうに」

真山が八木さんを見つめる。八木さんは資料と真山の顔に視線を往復させる。

「そうか、そうですな。日付は一致してますな。一致してますよ辻谷さん」

そこまで言われて気づいた。

「消えたものが現れた日だ！」

「そう。事件や事故が起きたのとリンがいない日は確かに一日違いだが、消えた子供や車が現れた日付はリンが家にいなかった日と一致する」

三人で同じように腕組みをする。

「いやしかし待て。たったそれだけだし、つい一週間前の子供が消えたっていう事件の時には？」

考えた。あの日は俺もここにいたはずだ。そういえばリンは天文台へ出かけて行った。

「いなかったな、確かに」

真山が言う。そうだ、かなり遅くなってから帰ってきた。ほとんど泊まってきてもいいんじゃないかと思う時間まで。

三人で顔を見合わせた。しかし、二つが三つになっただけの話だ。大した一致じゃねぇ。

「偶然ですかな」

八木さんがあごひげを撫《な》でながら言う。

「しかしなんでここにいきなりリンが出てくるんだ？　どっからそんな発想が出てき

た」

「さっき八木さんは誘拐未遂にあった子供たちに共通点はないって言ってましたが、この子とこの子、見てください」

資料をめくる。俺も見てみた。

「趣味のところ」

趣味。

「天体観測、か？」

真山が頷《うなず》く。

「珍しいな、と思ったんだ。うちの息子と同じ趣味を持った子が二人もいるなんてって」

「まぁ、そうだな」

「それは別に大したことじゃないって思いながら、そのことが頭に残っていた。そういえば二週間前のあの日にリンは天文台に行ってて家にはいなかったな、なんてことを考えてリストを眺めていたら思いついたのさ」

それにしてもだ、そう言うと真山も頷く。

「いや別にリンがどうこうだと言うんじゃない。単なる偶然だろうし、辻谷の言うようにその日にどっかに行っていた人なんか日本中にゴマンといるだろう。でも、この着眼点は奇妙な事故と奇妙な誘拐未遂を結びつけて、ひとつの彼らの〈目的〉になるんじゃないかって思いついたんだが、突飛すぎるか？」

「目的」

「子供が、小学生が、親には絶対に内緒で、ある目的のためにどこか遠くへ行かなきゃならない時はどうする？」

　どうするって。

「なるほど！」

　八木さんがポン！　と手を叩《たた》いた。

「親には絶対に言えない。秘密にしなきゃならない。けれどもなんとかして行かなきゃならない。黙って行けば親は慌《あわ》てふためくだろう、探し回るだろう、大騒ぎになるかもしれないって考えますすなぁ普通は。だから」

「だから、最初っから誘拐にしておけばいいってか⁈」

　真山は頷く。

「大人にしてみればはた迷惑な話だが、子供にしてみれば、帰ってからも親には叱《しか》られないし余計なことも訊かれない。落ち込んだふりでもしていれば、いいんだよ、とにかく無事で良かった良かったで終わってしまう。いいことずくめじゃないか」

とんでもねぇ理屈だけど、確かにそうだ。ガキが思いつきそうな発想だ。

「いや、だけどよ、ガキがそんなことをしてまで遠くへ行かなきゃならない理由って」

そこまで自分で言って気づいた。さっき真山が言っていたじゃないか。

「事故で消えた子供やなにかを助けに行くってか？」

真山も八木さんも同時に頷いた。

「そう結びつければ、しっくりする」

☆

「なぁ遠藤よ」

「はい？」

「おまえSFとかファンタジーは好きか？」

「SFですか？」

遠藤はキーボードを打つ手を止めて俺を見る。

「嫌いじゃないですよ。僕、〈スター・ウォーズ〉のコレクターです」

マジか。

「ダース・ヴェイダーのコレクションならちょっとしたもんですよ」

そういえばこいつのノートパソコンの壁紙はダース・ヴェイダーだった。

「どうしたんすか急に」

「いや」

俺は嫌いなんだ。嫌いなのに朝から仕事もそこそこにしてずっとそういうことを考えてばっかりいる。

だいたいその場から消えるってどういうことだよ。それを助けるってどうやるんだよ。そんな現代物理学をまるっきり無視するようなことを起こすんじゃねぇよと言いたくなる。

「新聞記者ってのは事実だけを追うんだよ。そして事実ってのはな、社会常識の上にどかんと腰を据えてなきゃ困るじゃねぇか」

「だから何ですかいったい。変ですよ、今日は朝から」

「変ついでにもういっこ訊くけどよ」

「なんです」

「〈ハヤブサ〉って聞いて何を思いつく?」

遠藤が首を捻る。別にこいつが隣の席に座っているだけでこんな話をしているわけじゃねぇ。まだ若いけどこいつはデキる。俺なんかとは違っていろんな意味でセンスがある。新聞記者は地道な努力ができればなんとかモノになるが、そこにある種のセンスが加われば鬼に金棒だ。

「ハヤブサ、と」

カタカタとキーボードを打って検索してやがる。

「言っておくがそれはもうやったぞ。全部見た」

「念のためと記憶を刺激するためですよ」

もちろん何万とヒットする。ありとあらゆるジャンルにハヤブサなんて言葉が網羅されている。当り前だが〈奇跡を起こす人物〉とか〈謎《なぞ》の誘拐事件に関わる人物〉なんて内容にヒットなんかしねぇ。

ずらずらと並ぶ項目を適当に流していた遠藤がひょいと顔を上げた。

「そういえば大学の時に講義で聞いたことありますね」

「なんて」

「ハヤブサが神のお使いだって」

神のお使い？

「なんだそりゃ、神のお使いの鳥っていやぁカラスじゃねぇのか」

「なんだったかなー、御伽草子《おとぎぞうし》じゃないし、どっかの民話だったかもしれないですね」

「民話とはほのぼのした話だな。おまえ専攻はそんななのか」

「民俗学もやったんですよ。確かね、神隠しがどうたらこうたらな話ですよ」

神隠し？

「神隠しって言やぁ、子供が消えるんだよな」

「普通はそうですね」

「もうちょいと詳しく思い出せよ」

「詳しくも何もそんなぐらいですよ。神隠しにあった子供がハヤブサの背に乗って帰ってきたとかいう民話。民話にはよくあるじゃないですかそういうの。鶴《つる》とか亀《かめ》とかうさぎとか。神隠しっていうのはもう古今東西にごろごろしてますからね」

「天狗《てんぐ》に勾引《かどわ》かされるんだろう、日本では」

そんな話もどっかで聞いた。もっともそれは建前で、本当は口減らしの、いわゆる間引きっていう悲しい現実が姿を変えたもんだっていう説もある。まったく悲しい話だ。

「確かにそういう現実もあるんでしょうけどね。でもまぁ、中には本当に理由もなく消えちゃった子もいるんじゃないですか？　そういう子がたまたま戻ってきて、で、たまたまその時に空をハヤブサが飛んでいたんでしょう。あるいはその子がハヤブサに乗って帰ってきたとでも言ったんじゃないですか。民話というのは事実を伝える側面もあるんですよ」

「事実ねぇ」

神隠しにあった子供がハヤブサに救われるんだったら、そのまんまじゃねぇか。思わず笑っちまった。

「まぁもう少しまともなの思い出したら教えてくれや」

立ち上がった。

「メシを食ってくる」

「もう三時ですよ」

「打ち合わせで昼飯を食い損ねたんだよ」

外に出て日差しの強さに背広の上着を脱いだ。何を食おうかと考えたんだが思いつかないので、とにかく歩き出した。ぶちあたったところに入って何でもいいから口に入るものを食えばいい。

結局、何も進展がない以上はそのファンタジーでＳＦで突飛な考えに飛びついてみることにした。

つまり、あの無意味な誘拐未遂事件は子供たちが自ら起こしている。その目的は親には決して言えない事情で遠くへ行くために。つまりその子でなければできないことをしに行くためにだ。

それは結局その子に何か特殊な能力みたいなものがあると仮定すれば頷ける。その特殊な能力っていう発想を、あの子供やら車が消えて一日経《た》ってから現れるという奇妙な現象に結びつけるとこれもすっきりする。

言ってみりゃレスキュー隊だ。

そのレスキュー隊の中心にいるのが〈ハヤブサ〉っていう奴《やつ》じゃないかと。植物状態の患者と話ができるって噂《うわさ》も、その特殊な能力とやらに結びつく。

SFだ。ファンタジーだ。

「くそっ、胸くそ悪いぜ」

だいたい昔っからそういう絵空事が嫌いだった。真山はそういう絵空事を人類は次々に達成させてきたんだろうと言う。飛行機だって江戸時代から見りゃ絵空事だと。

そりゃそうだが、それとはまた別の話だ。

「ハヤブサか」

神隠しか。遠藤の言った民話ってやつが引っ掛かる。神隠しっちゃあそうだ。事故ったところで子供が消えたんならそれは昔なら神隠しってことになるわな。そんな子供をハヤブサが連れ帰ったなら確かにそれは神の使いか。

だいたいなんでそんなネーミングなんだよ。センスないだろ。

そば屋を見つけたんでのれんをさっとくぐって中に入る。天ぷらそばを大盛りで頼んで、ラックに置いてあった他紙を拡《ひろ》げて眺める。もう既に一回目を通しているからざっと流していく。

こうやって世の中の出来事ってやつを眺めていると、ニュースってやつを追いかけていくことにつくづく嫌気が差すことがある。記者になった奴なら誰でも一度は五月病みたいなそういう感情に襲われる。そこを通り抜けてもその感情はまるで腹の底にたまった何かみたいに時々噴き出してくる。

もっとも俺自身はそういうものがねぇと記者としては失格だと思ってるんだが。慣れちゃいけねぇ。俺たちは事実を伝えるのが仕事だが、その事実ってやつに慣れちゃいけねぇんだ。

ひとつの記事に目が止まる。

藤巻武彦。鉄道会社の社長さん。

「ハヤブサ」

また呟《つぶや》いちまった。このオヤジはハヤブサって名前が好きだって言ってた。ただそれだけかも知れないし、たぶんきっとそうなんだろう。それだけだ。気にするようなことじゃねぇ。ただ、同じ時期に偶然に出てきたただけの話だ。そうに違いない。

「くそったれ」

携帯を取りだす。妙に話の合うオヤジだった。学生時代に同じ柔道やってたっていうのがきっかけになってインタビューの後の雑談の時間の方が長くなっちまって、今度一緒に酒でも飲みましょうと番号を交換した。

まぁ酒を飲むついでになんでハヤブサって名前が好きなのかを訊《き》いてみるだけだ。どこでどう転ぶかわかんねぇんだ。

記者は先入観を持っちゃいけない。

「すいませんね、忙しいのに」

いや、ちょうど息抜きをしたかったんですと藤巻さんは笑った。夕方の電話でさっそく今夜会ってくれた。開業して間もないのにまさか来られるとは思わなかった。妙に痩《や》せたおっさんだ。見た目にはとても柔道五段の猛者《もさ》には見えねぇし社長さんにも見えない。いいとこどっかの中小企業の課長止まりだ。

無難なところで居酒屋にした。馴染《なじ》みの小さいとこだとうるさい奴らに見られないとも限らないので、わざとデカいチェーン店のにした。ここはボックス風についたてでしっかり区切られているので話もしやすい。

「辻谷さんはお酒も強そうですね」

「いや、量は飲めるんですけどね。ころっと酔っぱらっちまって周りに迷惑かけるらしいんですよ」

暴力はふるわないが、どうも大声で歌を唄《うた》いだすらしい。本人はまるっきり覚えちゃいないんだが。

「それもとびっきりの音痴で。若い連中にはジャイアンって呼ばれてますよ」

笑った。「ドラえもん」を知ってるらしい。なんだかんだと仕事絡《がら》みの軽い話から、家族の話をしたりする。最近孫ができて嬉《うれ》しいと言っていた。俺の結婚とか子供とかの話になるとその場を暗くさせちまうので、なるべく訊かれないように先に言うことにしている。

「バツイチでしてね。藤巻さんとこに可愛《かわい》い社員がいたら紹介してくださいよ」

「そうでしたか。いや本気なら探しますよ。女房が仲人をしたがって困っているんです」

頼みます、と笑っておいた。

「ところでね、ちょいと訊きたいことがあったんですよ」

「はい？」

「いや仕事抜きです。安心してくださいよ。こないだ、ACランナーの話になったときに、日本語の名前を付けようと思ってたっておっしゃってましたね」

藤巻さんが怪訝《けげん》そうな顔をする。

「ええ、言いましたね」

「ハヤブサ、と」

「そうですね」

「それは、何でですかね？」

黒縁の眼鏡の奥の瞳《ひとみ》がほんの少し細くなる。

「なんで、と改めて言われると困るんですが、わざわざそれを訊くために？」

このおっさんは切れ者だと俺は思っていた。見かけに騙《だま》されちゃいけねぇし、もちろんこれだけデカい会社の社長さんだ。それなりのもんは持ってる。だから、下手な小細工はなしにしていく。

「ちょいと今、そのハヤブサってぇものをキーワードに動いてるんですよ。詳しくは言えないんですが、たまたまこないだ伺ったもんで気になりましてね」

キーワードですか、と小さく呟く。

「まぁ、そうそう他人《ひと》に言えないことも多いお仕事でしょうからね。それにしてもハヤブサというのがキーワードとは、興味深いですね」

「どうです？　単に鳥のハヤブサが好きだとかいうことですかね？」

それならそれでいいんですけどと言った。まぁすっきりしてあとは単純に酒を飲んでさよならで終われる。藤巻さんは、優しい笑みを見せる。そうですねぇ、と日本酒を一口で呷《あお》った。

「まぁ確かに好きだと言えば好きなんです」

「鳥が？」

そうですね、と頷《うなず》いた。

「それだけですね？」

少し困ったように笑った。何かあるのか？

「実はね」

「はい」

「オフレコにしてほしいんですが」

もちろんですと勢い込んだ。

「昔、親しい友人がいたんです」

「友達」

はい、と頷き、藤巻さんは手酌で酒を注いだ。その顔になんとも言えない笑みが浮かんでいる。

「ハヤブサという名前だったんですよ」

早川かほり

日曜日に葛木くんの家に行ったらダメかなぁ、と言い出したのは満ちるだった。

「どっか外に遊びに行くのはダメだよね」

「きっとね」

わたしが天文台に通うようになって、最初、満ちるは二人のお邪魔はしませんよーって言ってたんだけど、この間ケイちゃんと来てからはよく一緒に来るようになった。

それはたぶん葛木くんがいるせいだと思うんだけど、ちょっとびっくりしていた。

満ちるはそういう行動をする子じゃないってイメージだったから。そういうと満ちるはイーッと歯をむき出す。

「一途《いちず》なかほりと一緒じゃないんだよー」

「どういうことっ」

ちょっとむくれてやった。

「なんていうかなー」

前も満ちるは言っていた。男の子を好きとかなんとか、そういう感情はよくわからないって。

「わからないっていうか、ジャマくさいっていうか」

「ジャマ？」

「私の中では興味がある、という言葉に変換されてしまう」

それは好きだっていうことだと思うんだけどって言うと、満ちるは違うんだよなーと力なく言う。何でもハッキリさせる満ちるにしては珍しい。

「なんかね」

「うん」

「葛木は、私たちとは全然別のものを見てる」

「別のもの？」

うん、と今度は満ちるは力強く頷いた。

「同じ方向を見ているくせに、全然別のものを見ている。それはきっと私たちには見えないもので、なんだかそれが悔しいの」

うーんとわたしは唸《うな》った。わかるようなわからないような。

「そしてね？」

「うん」

「私はその葛木の見ているものを、すっごく見たいんだと思う」

小さい家だった。

部屋は一階に二つと二階に一つ。エレベーターが付いていて、車椅子《いす》でどこにでも行けて、なんでもできるようになっていた。二階の部屋には天体望遠鏡も置いてあって天井には大きな窓が付いている。そこからいつでも星が見えるように。

今度葛木くんの家におじゃましていいかなぁと訊いたら、葛木くんはにっこり笑って大歓迎って言ってくれた。

「案内するほど広い家じゃないし、僕が疲れて眠ってしまっても、好きにしてていいよ」

そういうふうに言ってくれて、日曜日にわたしと満ちると、リンくんも来てくれた。リンくんはもちろんこの家にはよく来ているって言っていた。

どうぞって言われて入った居間にはソファとクッションがあって、もちろん葛木くんは使わないんだけどお客様用に置いてある。大画面のテレビやハードディスクレコーダーやパソコンやゲーム機やとにかくいろんなものが壁にきれいに並んでいる。どれも葛木くんが使いやすいようにセッティングされていた。

「暇だからね」

すごいねーってわたしと満ちるが言うと、葛木くんは苦笑する。隣の台所に行って何を飲むって訊くので、手伝おうとしたけどやっぱり止められた。自分でやるからいいよって。

「料理なんかもするの？」

コーラを飲みながら満ちるが訊いた。

「するよ。毎日している」

「すごいなー」

「いつも一人分だからね。これでなかなか不経済なんだ」

「買い物は？」

「さすがにこの辺は不便だから静絵さんにお願いしている」

阪下さんや静絵さんは一緒に食べないんだろうか。

「週末は阪下さんの家で一緒に食べるようにしてる。まぁでも、ひとりの方がいいからね」

わたしは首を傾《かし》げた。どうしてひとりがいいんだろう。身体《からだ》が不自由だからっていって、自分を甘やかさないようにしてるのはわかるんだけど。

「淋《さび》しくないの？」

満ちるが真剣な顔で訊いていた。その様子に、なんだか葛木くんは少し困ったように微笑《ほほえ》んで言った。ちょっとだけいつもと印象が違う。

「孤独が必要なんだ」

「孤独」

葛木くんは少し微笑んだまま、壁を見た。そこには銀河の写真がいろいろ飾ってある。立ち上げてあるパソコンのスクリーンセーバーも宇宙の映像が流れていた。

「宇宙では、人間は断絶される」

ダンゼツって、満ちるが呟く。わたしもその言葉の漢字を頭に思い浮かべていた。

「ある宇宙飛行士の言葉なんだけど、宇宙空間では人間の周りに何もないんだ。空も大地も空気も漂う埃《ほこり》も微生物も。科学の鎧《よろい》をまとった生身の身体しかない」

それは、地球上ではありえない孤独な状態なんだと葛木くんは続けた。リンくんは黙って葛木くんが喋《しゃべ》るのを聞いているけど、葛木くんの顔を見ていなかった。

「だから、まぁ」

その言葉で、葛木くんから漂う雰囲気が変わった。いつもの葛木くんになった。

「広い意味では訓練かな。いつか、宇宙に飛びだすための」

みんなで昼ご飯を作ろうよって葛木くんが言いだして、冷蔵庫の材料を見ながら何を作るか話し合った。わたしも満ちるもそれなりに家では手伝いをしているけれど、料理が得意よって言い切れるほどじゃない。

結局パスタにしようって話になって、トマトソースを作ったり、野菜を切ったりする葛木くんとリンくんの手際《てぎわ》の良さには感心してしまった。

リンくんも料理はよくするんだって笑っていた。お母さんが何もできないんだろうから、自然と身に付いたんだと思う。

作っている間も、食べているときも葛木くんはよく喋った。こんなに喋る人だったんだなーって驚くぐらいに。小さい頃に両親を亡《な》くしてしまって、でもそれもきっと孤独になるための試練だったんだなって思うようになった、なんて重たい話もさらっと軽く言っていた。

「阪下さんに言われた」

「なんて?」

「子供のうちに起こる出来事は、全部将来のための布石だってさ。意味のないことなんか何にもないんだって」

そう考えると、淋しいとか思うことも耐えられるようになったって言う。そういうことを聞かされて、満ちるが少し考えて思いついたように言った。

「将来って言えば、リンはさ」

「なに?」

「幼稚園の時、ケーキ屋さんになるって言ってたよね」

満ちるが言って、リンくんがきょとんとした顔をした。

「そんなこと言ったっけ?」

「言った。幼稚園のバザーの時に。私それ聞いて悔しかったもん」

「なんで？」

「私もなりたかったから」

その話題はやめてほしいと心の中でお願いしたんだけど通じなかった。

「かほりは？　幼稚園や小学校の時に何か書かなかった？　将来何になりたいとか」

「書いたけど」

なんて？　って満ちるが訊《き》いて、リンくんも葛木くんもわたしを見る。困ってしまった。

「笑わないって約束して」

「なんで」

「いいから」

わかった、するって満ちるが言って、リンくんも葛木くんも頷いたけど絶対笑われると思う。

「お嫁さん」

みんなが笑いをこらえているのがわかって、わたしはむくれてしまったんだけど。

でも、そんな話をしながら、葛木くんの眼がすごく優しくなっていくのが感じられて、わたしはちょっとなんだか不思議に思っていた。

帰り道。

葛木くんはわたしたちがいる間はずっと元気にしていて、楽しそうで良かったって

リンくんが言っていた。でも、家を出たあとにすぐにリンくんは携帯で誰かに電話し

ていた。葛木の様子を見てって頼んでいたので、阪下さんか静絵さんにだろうか。

「たぶん、すぐに熱を出すと思うんだ」

「そうなの？」

「うん」

特に今日はずいぶん長い間騒いでいたから。リンくんがそう言うので、悪いことし

たかなーって満ちるが唇を嚙《か》んだ。

「そんなことはないよ。葛木も楽しんでいたし。あんまり身体を甘やかすのもよくな

い。こうやって刺激を与えるのも必要なんだ」

僕だけだと慣れているから刺激も与えられないからって、リンくんは言う。

「そういう時期に来ているのかもしれないし」

わからなかった。そういう時期？　わたしも満ちるもそういう顔でリンくんを見た。

夕暮れ時の森の中は、空気がだんだんとしんとしてくる感じがあってわたしは好きだ。遊歩道を歩いていると、木や草がどんどん密度を増してくるような気がする。

「ムリはしないようにしているんだ。僕も葛木も」

「ムリって?」

「たとえば、今日みたいなこと」

葛木くんの環境を考えたら、リンくんはツトムくんはもちろん他の友達もどんどん連れていった方が良いと思ってる。でも、葛木くんと話しあって今までそういうことはしないようにしてきた。

「その時が来たら、きっとそうなるって思ってた。僕と葛木がそういうふうに出会ったからね」

そういうふう。どんなことかと訊こうと思ったけど、リンくんは続けた。

「早川さんが天文台に自分で来てくれたみたいに。自然に流れていくのがいいんじゃないかって思ってるんだ」

そう言って、わたしの顔をじっとリンくんは見つめた。その瞳に、なんだかいつもと違うものがあるような気がして、わたしはどうしていいかわからないで俯《うつむ》いてしまった。

辻谷昌隆

「なんか進展ありました？」

遠藤が座るなり訊いてくる。

「何がだ」

「ハヤブサ探しですよ。昨日言ってたじゃないですか」

藤巻社長なんかと会ってたりしてそれも関係あるんですかって訊きやがった。見られてたのか。

「どこにいた」

「歩いているのを見かけただけですよ」

記者は同僚が社外の奴《やつ》と歩いている時はむやみに声を掛けない。なんかの取材中かも知れないし、デリケートな状況も考えられる。遠藤はちゃんとそいつを守ったって言う。

「まぁ関係あるっちゃあるんだがな」

友達がいた、と藤巻社長は言った。なんだか懐《なつ》かしむような、はにかむような笑いを浮かべて。

親しい友人で、そいつが大好きだった。ずっと友人でいたかったのだけど、ずいぶんと昔に死んじまったそうだ。詳しいことはプライベートなので言えないが、だから、ハヤブサと名付けたかった。それだけだ。それだけって言われたらそれ以上は突っ込んで訊けない。本名ではなくあだ名ってことだった。

「まぁ、とにかくハヤブサって言葉に敏感になってくれよ。詳しいことは片がついてからだ」

その日も昼飯を食いっぱぐれて、午後も二時を過ぎてから外に出た。こないだのそば屋が意外に美味《うま》かったんでそこに行こうと歩き出したら、後ろの方からサイレンの音が聞こえてきて反射的に振り返る。職業病だ。パトカーじゃねぇ消防車だ。火事か。まぁいい消防番は俺じゃねぇ。軒下がもう張り付いているだろう。

目の前をきゃあきゃあ言いながら中学生らしき女の子が二人歩いている。

その後ろ姿になんとなく見覚えがあった。

「よぉ、お二人さん」

二人で同時に振り返る。黒い髪がさっと流れて、驚いたような表情がすぐに笑顔になる。

「あ」

「やっぱりか、かほりちゃんと満ちるちゃんだったな」

立ち止まって二人とも同時にぺこんと頭を下げる。こんにちはーと笑い声交じりで言ってくる。思わず頬が緩む。

断っておくがロリコンじゃねぇ。子供が好きなんだ。

遅い昼飯に付きあってもらうことにした。

なんでこんな時間に私服でいるんだと言ったら開校記念日で休みだと言っていた。二人とも授業をサボッてそんなウソを言うような雰囲気はない。そうなんだろう。

ファミレスに入れば二人が頼めるものもあるだろうと思ってそうした。パフェにするかケーキにするか迷って、結局一人はパフェで一人はケーキセットにする。そうすれば二つとも食べられるという賢い選択だ。俺は天ぷらそば定食にした。

「そういやぁ二人とも」

「はい」

真ん丸の目玉と切れ長の瞳《ひとみ》が俺を見る。

「第一南中学の一年生だったよな」

「そうです」

「真山倫志って同級生にいないか？」

かほりちゃんの真ん丸の目玉がさらに大きくなって、思わずこぼれちまうんじゃないかと思った。

「います。同じクラスです」

「リンでしょ？」

おぉと笑った。

「リンだよリン。やっぱりそうだったか」

「なんで知ってるんですか？」

かほりちゃんが勢い込んで訊く。

「なんでもくそも、俺はあいつの親父《おやじ》さんの同級生だ。リンが生れた日にもうご対面を果たした間柄だぜ」

二人でうそぉ！　とか笑って手をばたばたさせる。まったく良い反応でメシが美味いぜ。

「すごい偶然ですね」

「まったくな。しょっちゅうリンの家には飯を食いに行ってるんだ」

この間もそうして、二人がうちの社に見学に来た話をしてひょっとしたら同級生じゃないかという話になったと説明した。

「そういやぁ、リンに先に訊くのを忘れてたな」

美人の方の満ちるちゃんがニヤニヤしてかほりちゃんを突つく。かほりちゃんがその肘《ひじ》を押し返す。そういう反応で、ははーんと思う。わかりやすいことをする年頃だ。リンの奴も宇宙にしか興味のないふりをしてなかなか隅におけねぇじゃねぇか。

「この子ね」

満ちるちゃんが言う。

「うん」

「森林天文クラブに参加しているんですよ」

「へぇ、リンと一緒にかい」

ついこの間からだそうだ。かほりちゃんが頬を染めるのでオジサンとしてはついからかってもみたくなる。

「それはあれかい？　星に興味があったのか、リンに興味があったのかどっちだい？」

ひとしきり騒いだり突つき合ったりしてから、かほりちゃんが小さな声で言う。

「両方です」

思わず微笑《ほほえ》んじまう。正直でいいや。

「あの、じゃあ辻谷さんも知っているんですよね？　リンくんのお母さんのこと」

「もちろん」

だから、とかほりちゃんは言う。

「いろいろ話を訊いてみたかったんです。リンくんの」

真面目《まじめ》な顔で言うので、あぁ、と思い出した。そういやこの子のお父さんも植物状態になってしまっているとこの間聞いたんだ。そういうことか。

そこまで考えた途端、何かが頭の中で弾《はじ》けて音を立てた。

何かと何かが繋《つな》がった。

コーヒーを飲もうとした手が止まって、かほりちゃんの顔をまじまじと眺めてしまった。満ちるちゃんがそれに反応する。

「なんですか？」

この美人の満ちるちゃんは、この間会った時も感じたがカンが良い。頭の回転も早い。仕事をさせたらバリバリのキャリアウーマンへの道を歩みそうな感じだ。

「あぁ、いや」

歯切れが悪くなる。そうだよ、なんでこの間、真山と八木さんと話している時に気づかねぇんだか俺は。

このかほりちゃんと出会った時の状況は、まさにそうじゃねぇか？ったく敏腕記者がどうかしてるぜ。

かほりちゃんを、あの家で発見したのは、地震が起きてから〈一日経《た》って〉いたんじゃないか？

なんでかほりちゃんは一人であそこにいたんだ？

記憶が蘇《よみがえ》る。かほりちゃんは台所らしきところに突っ立っていた。何が起こったのかわからないといった感じで、目の焦点も合っていなかった。赤い塗りの箸《はし》を持っていた。

なんで箸なんか持っていたんだ？

「なぁ、かほりちゃん」

「はい」

「こないだの話だけどな？震災の時の」

「はい」

何を訊くのかと二人とも少し真顔になる。

「あの時は聞き流しちまったんだが、かほりちゃんはなんで一人きりであそこにいたんだ？　お父さんやお母さんはあの時どこにいたんだ？」

二人の表情が少し難しくなる。訊《き》いちゃいけないことだったか？

「いや、言いたくないんなら言わなくてもいいんだけどよ。ちょいと気になることがあってな」

「気になるって？」

満ちるちゃんが眉《まゆ》をひそめて身を乗り出す。まったくこの子の表情は大人っぽい。あと二、三年もしたら正視できないぐらい色っぽくなりそうだ。

「いや、そうだな、なんで気になるのかを説明するのはちょいと難しいんだがよ。誓って興味本位とかネタにするとかそういうことじゃねぇんだ」

二人で顔を見合わせる。かほりちゃんがこくんと頷《うなず》く。

「わたしも、説明するのは難しいっていうか。自分でもわかんないんですけど、気がついたらそうなっていたんです」

「気がついたら？」

「地震で、ものすごく揺れてお父さんやお母さんが騒ぎ出してわたしもどうしたらいいかパニックになったところまでは覚えているんですけど」

「うん」

「その後の記憶がないんです」

「ない？」

頷く。

「気がついたら、救助隊の人に助けられていて、地震から一日経っていたのもあとから知ったんです」

気がついたら地震から一日経っていた。

思い出せ。

俺はあの時、何を見た？

あの崩れ落ちる寸前のような家から誰かが走り出してきたのを見たんじゃねぇか？　だからあの家に入ってみたんじゃねぇか？　そこでこのかほりちゃんを発見したんじゃねぇか？

走り出して、逃げるように去って行ったのは誰だった？

ガキじゃなかったか？

悲惨な状況の中にいるのが奇妙なぐらいの、元気そうな子供。まるで助けに来たみたいな。

「かほりちゃん」

「はい」

確かめてみなきゃならねぇだろ。これは。

「真面目な話をしたいんだ。仕事が終わってから会ってくれねぇか？」

早川かほり

いやまてどうしたらいいかな、と辻谷さんはさんざん悩んで、このまま会社まで来てくれねぇか？　と言った。どうせこのまま帰るつもりだったし、晩ご飯の前に帰ればいい、と言うとすまねぇなぁ、と頭を下げた。

辻谷さんの喋《しゃべ》り方は本当に乱暴だけどすごく温かい。人柄なんだろうねぇと満ちると話していた。満ちるもどうせ暇だからつきあうと言ってくれた。

この間の会議室より小さな応接室みたいなところに通された。満ちると二人でいったいなんの話なんだろねー、と話しているとすぐに辻谷さんがお盆を持って現れた。お盆の上には紙コップが載っかっている。

「済まんけどウーロン茶にしちまったぜ」

さっき甘いものを食べたからちょうど良い。ポンポンポンとテーブルの上に置いて、どさっと椅子《いす》に座る。

「さて、と」

辻谷さんは、さっきの話だけどよ、と言った。

「記憶がないって言ってたよな」

「はい」

「ほとんど丸一日経っていたっていうのに、まったく記憶がねぇのか？　そこんところを確かめたいんだ」

「何のためにですか？」

満ちるが言う。辻谷さんが満ちるを見て、にこりと笑う。

「あんたが先にそういうセリフを吐くってことは、まるっきり記憶がねぇってわけでもないんだな？」

満ちるがしまったと小さく言って苦笑いした。鋭い。辻谷さんは優しそうに見えても大人だし、新聞記者なんだ。もう満ちるの性格を見抜いている。

「言いたくねぇことをムリに訊き出すのは気が引けるんだが、そこをなんとかお願いしたい。重要なことなんだ」

隠しているわけじゃない。他の人に言ってもわからないことだと思うから言わないだけで、満ちるには話しているし。そう言おうと思ったら、また満ちるが先に話した。

「その前に、どうしてそんな話を訊きたいか教えてくれないんですか?」

うー、と辻谷さんが唸《うな》る。

「あの、言えないことならいいです。別にわたしの話も大したことじゃないし」

「だめよかほり。理由もわかんないのにああいう話をぺらぺら喋っちゃ」

そうかなぁ。辻谷さんはまたうー、と言う。

「俺の方も隠すわけじゃねぇんだが、ちょいと話がややこしい。それに他の人に話してもらっても困る。ここで話したことは絶対誰にも喋らないと約束してくれるか?」

「それは、かほりの話だって同じです。誰にも喋らないって約束してくれます?」

辻谷さんは、もちろんだ、と胸を張る。

「満ちるちゃん、俺たちはそれでメシを食っている。信用と真実を守ることが俺たち記者の仕事であり、誇りなんだ」

顔つきが変わったと思った。どこがどう、じゃなくて、辻谷さんは仕事の、記者としての辻谷さんになっているんだって。

満ちるが頷くので、わたしもそうした。

「約束します。誰にも言いません」

「よし。長くなるから、わからないことがあったら質問してくれ」

それから辻谷さんは不思議な事件の話から始めた。変な誘拐未遂事件に気づいたこと、それをリンくんのお父さんと一緒に調べたこと、そうしてるうちにある元刑事さんの訪問を受けて〈奇跡〉を起こす謎《なぞ》の人物の話を聞いたこと。その話にはちょっと驚いた。

「そんな奴《やつ》がいたら、かほりちゃんも会いたいよな」

そう言うので頷いた。本当にいるんだろうか。

それから、三人で調べているうちに、事故った人や車が消えてしまって、それが一日経ってから発見される事件のこと。

「不思議だろう？」

そして、今日わたしに会って、わたしとあの震災の時に出会ったのが、その人や車が消えて一日経って見つかる状況と同じじゃないかと思ったこと。

変な誘拐未遂を起こしている子供らしき人物の行動と、辻谷さんがわたしを発見する前に見た子供の行動と一致していること。

一通り説明し終わって、満ちるはすごい話だ！　となんだか顔を輝かせていた。でも、わたしは、なんていうか、これはいったいどうしたんだろうと思っていた。頭の中をぐるぐるぐるぐるいろんなものが駆け回っているような気がしていた。

おんなじじゃないだろうか。

リンくんが、あの日に、あの夜にしていたのは、今辻谷さんが話してくれたのと同じじゃないかって。

「辻谷さん」

「おう」

「さっきの、ついこの間、交通事故で子供が消えて一日経って発見されたって話」

うん、と頷く。

「つい二週間ほど前だよな」

「本当なんですね？」

「本当だが、どうした？」

ピッタリ、合う。日付も時間も場所も。わたしはちゃんと覚えている。リンくんが阪下さんとあの夜にいた場所と。

「消えて一日経って見つかった子供って、女の子じゃないですか？　小学二年か三年か、それぐらいの」

ガタッと音がした。辻谷さんが腰を浮かせたんだ。

「何で知ってる？」

また顔つきが変わった。真剣な表情。

「それは記事になってねぇ。警察も発表していない情報だ」

満ちるが驚いたようにわたしと辻谷さんの顔を代わる代わる見ている。言っていいんだろうか、このことは。リンくんが、何かまずいことになるんじゃないだろうか。

でも。

「ちょっと、待ってください」

わたしは、ウーロン茶を飲んだ。落ち着こう。落ち着かなきゃ。お父さんがいつも言っていた。慌《あわ》てなきゃ大丈夫って。おまえは慌てさえしなきゃ落ち着いてやればなんでもできる子なんだからって。

辻谷さんの話してくれたことは理解できた。

不思議な話だけど、全部事実なんだ。記者さんと元刑事さんと作家さんが三人でそのたくさんの不思議な出来事を調べて、結びつけようとしている。それは、オッケー。理解できた。

それと、わたしと辻谷さんが出会った時の状況が結びつくのもわかった。

確かにおんなじようなことだ。ひょっとしたら、わたしもその不思議な力を持った子供たちに救われたのかもしれない。もしそうならお礼を言わなきゃならない。その子たちは〈良いこと〉をしているんだ。少し騒がせて警察や両親に迷惑をかけているけど、しょうがないと思う。

だから、もしあの夜のリンくんの行動がそれなら、話しても大丈夫だ。特に辻谷さんはリンくんと知り合いなんだから。

この人ならきっと大丈夫だ。満ちるもそう言っていた。わたしは満ちるを信じている。そう思って満ちるを見ると、ちょっと目を大きくして、それからニコッと笑って、わたしも笑った。

辻谷さんは、わたしが考え込んでいるのをじーっと待っていてくれた。わたしが顔を上げると、少し安心したような顔をした。

「大丈夫か？」

「はい」

「よし、言えるか？」

「言えます」

じゃあ、と辻谷さんは言う。

「もう一息入れよう。こういう時はな、慌てちゃいけねぇんだ」

わたしは思わず笑った。

「なんだ？」

「お父さんにもよく言われました。慌てちゃいけないって」

そうか、と辻谷さんも笑う。

「お父さんといえばな、さっきはしょっちまったが、その〈奇跡〉を起こす人物の名前がな」

「名前もわかっているんですか?!」

満ちるが言う。

「どうやらあだ名らしいんだがな。そいつがこのすべての不思議な事件の中心にいるような感触だ。少なくとも俺たちはそう思っている」

「なんて言うんですか？」

「〈ハヤブサ〉」

また、わたしの息は止まった。満ちるもわたしの顔を見た。辻谷さんもなんだまた何かあったのか！　という顔をした。

間違いない。

リンくんは、その事件に関係している。関係しているどころか。

リンくんが。

「わたしは」

「うん？」

「わたしは、リンくんに助けられたのかもしれない。リンくんが〈ハヤブサ〉なのかもしれない」

☆

辻谷さんがリンくんのお父さんに電話をしてわたしたちの待つ応接室に戻ってきた。

リンくんはツトムくんと映画を観《み》に行っているそうだ。携帯の電源を切っているので呼び出せないけど、どっちみち晩ご飯には帰ってくるからその時に確かめると言っていた。

震災の時にわたしが体験したこと。

真っ白なところで、何もわからないままにいて、誰かの手がわたしの手を掴《つか》んで気がついたら家の台所に立っていた。

それと、この間の夜にリンくんがやっていたこと。リンくんが手を差し伸べるとそこに突然女の子が現れた。

その二つは、まったくおんなじことを指し示している。全部を話し終えると辻谷さんはなんてこったいと呟《つぶや》いて、しばらくソファの背にもたれてずっと考え込んでいた。

「どう考えても、そうとしか考えられねぇな」

辻谷さんの言葉に満ちるも頷《うなず》いていた。

「あのリンがなぁ」

「でも」

わたしは思わず言った。

「悪いことをしてるわけじゃないですよね？　もし、リンくんが〈ハヤブサ〉だとしても、人助けをしているんですよね？」

辻谷さんはわたしがあんまりにも勢い込んで言ったのできょとんとした。それから、にこっと笑ってクマのプーさんの顔になった。

「もちろんだ。まぁ方法に多少の問題はあるかもしれねぇが、やっていることは、間違ったことじゃねぇ」

なぁ？　と満ちるにも同意を求めた。満ちるも大きく頷いて、わたしの肩を叩《たた》く。

「まだ決まったわけじゃないし、でも本当だとしたらわたしはリンを尊敬するね。幼なじみとして鼻が高い」

辻谷さんも言う。

「大したもんだと感心するぜ、今の今まで誰にもわからずにやってきたんだ。正直言うと、あのリンがこんなネットワークを作り上げて仕切っているなんて想像つかねぇ」

ちょっとそんなタイプじゃねぇよなぁと笑う。そういえばそうだね、と満ちるも笑った。

「まぁとりあえず、俺はこれから真山の家に行く」

長々と引き止めて悪かったな、と言うと満ちるがえー?!　と不満の声をあげた。

「なんだ？」

「このまま帰れって言うんですか？」

唇を尖《とが》らせた。

「帰んないのか？」

冗談じゃないです、と言う。

「ここまで話を聞かされて、後はちゃんと教えてやるからじゃ納得できないです。さっきも言ったけど私はリンの幼なじみですよ？」

ファミレスでもそういう話になった。辻谷さんは時々リンくんの家で遊んでいた近所の子供たちを見かけてはいたけど顔と名前までは覚えていなかった。けれどもきっとあの中に満ちるちゃんもいたんだろうなって話していた。

「それに、かほりはリンのカノジョです」

そうじゃない、とわたしは慌てて否定した。

「今はそうじゃなくてもじきにそうなります。実際にリンくんに助けられた子供かもしれないのに、リンくんの話を聞く現場にいなくてどうするんですか」

辻谷さんは困った顔をして頭をぼりぼりしていた。まぁ確かにそれはそうなんだけどよぉ、と言う。

「事が事だけにあまり関係者を増やしたくねぇんだが」

「もう関係者です」

「あー、まぁそりゃそうだが、遅くなるとお父さんやお母さんが」

「リンの家にいるならなんの問題もないです」

満ちるはもちろんリンくんのお父さんも知っているんだ。

「かほりだって、このままじゃ帰れないでしょ」

思いっきり頷いた。帰れない。一緒に話を聞きたい。そう言うと辻谷さんはまぁしょうがねぇか、そうだよなここで帰れって言うのは不人情ってもんだよなって笑った。

三人で駅からリンくんの家に向かっていた。わたしたちは辻谷さんの広い背中を見ながら歩く。本当にクマみたいだね、と満ちるが小声で言う。まさか辻谷さんとこうして一緒にリンくんの家へ向かうなんて想像もしなかった。

どっちにしろ同じ方向なんだろうからいったん自宅に帰ってもいいんだぞ？　と辻谷さんは言ったけど、帰ったら帰ったでいろいろやらなきゃならないことがあるし説明するのが面倒くさい。リンのお父さんに電話してもらうと満ちるが言う。

町でリンとばったり会ったので、久しぶりに晩ご飯でも一緒に食べようということになったとでも適当に言い訳してもらった方が良いって言う。わたしもそうだ。家に帰って叔父さんに面と向かって適当な作り話はできそうもない。

「一緒に天文台に行くことになってとか」

そう言うと辻谷さんも頷いていた。そりゃ真山に任そうと。あいつはあんな誠実そうなツラしてるが、実はウソをつくのがうまいんだって言う。

「そうなんですか？」

「おおよ。俺はあいつのウソの巧《うま》さに何度感心したかわかりゃしねぇ」

小学校からずっと一緒だったそうだ。高校も大学も合わせたわけじゃないのに一緒になってしまった。性格は全然違うのにどういうわけかウマが合って今の今までつるんでいるって。

「まぁかほりちゃんと満ちるちゃんみたいなもんだ」

そう言っている時にちょうどリンくんの家に着いて、呼び鈴を鳴らすと同時に辻谷さんはドアを開けた。リンくんのお父さんが玄関に出てきて、わたしたちの顔を見て、おや、という笑顔を見せた。

「よぉウソつき。将来お前の娘になるかもしれねぇお客さんだ」

「なに？」

わたしは顔が赤くなるのを感じて、このオジサンはいい人だけど余計なことを言う、とちょっと怒りたくなった。満ちるが笑いながら、お久しぶりです、とリンくんのお父さんに頭を下げてわたしも一緒にそうした。

「満ちるちゃんか、大きくなったなぁ」

こうやって面と向かって会うのは本当に久しぶりだそうだ。

「小さな頃はよく家にも遊びに来てたけどね」

リンくんのお父さん、真山さんが言う。リンくんは顔の輪郭や雰囲気はお父さんによく似ているけど、目とか鼻のパーツはお母さん似みたいだ。そのお母さんは部屋の隅っこでクッションに囲まれてパッチワークをしていた。わたしたちが挨拶《あいさつ》すると、柔らかい笑顔で少しだけこっちを見てくれて、でもそのままパッチワークを続けている。すごくきれいな人だ。満ちるもきれいだけど、なんだか質が違う。満ちるはシャープだけど、リンくんのお母さんはすごく柔らかい感じ。

わたしは、リンくんと同じクラスで、この間から天文クラブでも一緒に星を見ている早川かほりですと自己紹介した。そして辻谷さんが、社に見学に来た例の子だと言うと、真山さんもにこにこしながら頷いていた。

まだリンくんは帰ってきていない。とりあえず話を聞こうかと真山さんが言った。電話では大ざっぱなことしか聞いていないって。

「八木さんには電話したのか？」

辻谷さんが真山さんに訊《き》いた。

「大急ぎで来るそうだ」

満ちるがちょっと首を傾《かし》げた。それから辻谷さんに訊いた。

「八木さんって」

「あぁ、さっきの話に出てきた定年退職した元刑事さんだ」

満ちるが顔をしかめた。

「やっぱり」

「やっぱり？」

「八木宗治でしょう」

また辻谷さんが驚く。真山さんも、なんで？　という顔をした。辻谷さんは今日は驚くことばっかりだ。

「私の祖父です。八木宗治。定年退職した元刑事」

パシン！　と音を立てて辻谷さんがおでこを叩いた。

「なんでそんなことになっちまうんだ」

真山さんは、満ちるを見て言った。

「やっぱりって？　さっき辻谷の話の中では出てこなかったのかい？」

そういや名前は言ってなかった、と辻谷さんは言う。わたしも頷いた。満ちるもこくんと頷いてから皆を見渡した。

「さっき辻谷さんから元刑事さんが訪ねてきたって話を聞いて、どうも気になるなぁって。おじいちゃん、ここんとこよく家に来るんですよ。考えてみたら時期は一緒だし、これはひょっとしたらって。それと」

「それと？」

満ちるがわたしを見る。

「あの日ね」

「あの日？」

「ケイを天文台に連れて行った日」

頷いて、真山さんにも教えた。この間、従弟《いとこ》のケイちゃんが来て天文台に連れて行ってあげたことを。

「じゃあ、その日は八木さんがケイちゃんを連れてきてたんだ」

真山さんが言う。それで、なに？　とわたしは満ちるに訊いた。あの日がどうしたのか。

「ほら、かほりと静絵さんと三人でロビーで話して観測室に戻った時、聞こえてきたじゃない」

わたしは手をパンと打った。

「ハヤブサ！」

「そう！　ケイがハヤブサって言ったのを聞いたでしょ？　なんだって訊いたら人工衛星の名前だってリンが言っていたけど変だなって思ってたのよ」

「どうして？」

ケイちゃんの様子がおかしかったって。

「なんだか妙な表情をしていたのよね、なんていうか、何かモノを壊して見つかった時のような表情」

いや待てよ、と辻谷さんが言う。

「それって、そのケイちゃんとかいう従弟のボウズもハヤブサのことを知ってるっていう意味なのか？」

そうなんじゃないかと思った、と満ちるが頷く。

「変だな変だなとずっと思っていた。ケイは確かにわたしと仲が良くて遊びには来るんだけど、夏休みとかそういう時だけ。しかも甘えんぼさんだからいまだにお父さんかお母さんが一緒じゃないと泊まりになんか来ないのよね。いくらおじいちゃんが一緒だって言っても」

「でもその日は、八木さんと一緒に来た」

「そう。少しはケイもお兄ちゃんになったのかなぁと思ってたんだけど。おじいちゃんに訊いたら突然一緒に行きたいと言い出したって言うし、しかも、天文台に遊びに行きたいって言い出したのはケイなのよ」

みんながみんな、腕組みしたり下を向いたりして考え込んでいた。

わたしの体験したこと。

植物状態の患者さんに〈奇跡〉を起こす人。

よくわからない誘拐未遂。

人や車が消える不思議な事故。

そういう、本当にわけのわからないものの中心にリンくんがいるみたいだ。

そして辻谷さんや八木さんやケイちゃんや、真山さんもわたしも満ちるも。わたしたちは、みんなそれに引き寄せられるようにして集まってきてしまったみたいだ。

まるで何かが始まるみたいに。

「とにかく、倫志が帰ってきて話を聞かないことには始まらないな」

真山さんが、静かに言った。ほとんど同時に家の電話が鳴って、辻谷さんが噂《うわさ》をすればなんとやらでリンからじゃねぇか？　と言う。真山さんが少し笑いながら電話に出て、でもすぐに急にこっちを振り返った。

顔が強張《こわば》っている。辻谷さんが腰を浮かせた。

「間違いないです。うちの息子です。病院にいるんですね？」

すぐに伺います、と言って電話を切る。病院って。

「リンか？」

辻谷さんが訊いて、真山さんが頷《うなず》いた。

「火事に巻き込まれたらしい。命に別状はないし大した外傷もない、念のための検査で病院にいるそうだ」

# 空へ、届ける声

真山倫志

初めて聞こえてきたその声を、僕は忘れてない。

母さんと一緒に事故に遭って、病院に行って一日だけ入院して帰ってきた夜。

母さんの身に何が起こったのかはわからなかったけど、とにかく大怪我《けが》をして眠ってしまっている。もうしばらく家には帰ってこられない。父さんはいつか必ず目を覚ますと言っていたけど、一緒にいた医者や看護師さんの雰囲気からそうじゃないんだなって僕は感じていた。

父さんの話では、僕は親離れの早い子供だったそうだ。

ずっと小さい頃から一人で寝るのを嫌がらなかった。親戚《しんせき》の家に一人で泊まっても平気だった。留守番も喜んでやっていた。そういう性質なんだろうと思う。

だから、母さんがこの家にしばらくいないというのが淋《さび》しいとか悲しいっていうのは病院では感じなかった。でも、家に帰ってきたらその空気の冷たさにすごく驚いたのを覚えている。

買い物なんかじゃなく、母さんはこの家に帰ってこない。それってこんなに家の中の空気を変えてしまうものなんだ。そういうことを実感した。少し身体《からだ》が震えるような気もした。

なんだかわからない感情が自分の中に湧《わ》き上がってくるのが恐《こわ》くて、さっさと自分のベッドにもぐりこんだんだ。

気がつくと、眠ってしまっていた。時計を見ると夜中の三時。どうして起きたんだろうと考えると、何かが聞こえたような気がしたからだ。

頭の奥が妙に熱い感じがして、熱でも出たのか風邪でもひいたのかと考えていた。父さんを起こさなきゃならないかなと思っていた時。

『聞こえる?』

耳元に響く声。

たとえばそれはささやくようなものじゃなくて、何て言うか、耳元にスピーカーがあってそこから普通に聞こえているような感じ。思わず辺りを見回したけど、もちろん僕の部屋に他の誰かがいるわけじゃなかった。

『やっぱり聞こえるんだ』

恐いとかそういうのはなかったんだ。そうだ、僕はこういうのが聞こえるんだって素直に思って、返事をした。

『聞こえるよ。君は、僕の声が聞こえるの？』

嬉《うれ》しそうな声が返ってきた。

『聞こえる！　やっぱり君だったんだね』

それが、最初の〈遠話〉での会話だったんだ。


「トオワ？」

ツトムがなんだそれはって言う。

病院の個室で僕とツトムはベッドに腰掛けていた。検査は一通り終わったけど結果が出るまでしばらくかかるから寝て待っていなさいと言われたけど、どこもなんともないんだから寝ていられるはずがない。

ツトムはやたらめったら興奮して何が起こったのか早く説明しろ！　って騒ぐし。

今までずっと秘密にしていたんだけど、巻き込んじゃったんだから話すしかないかって思った。ここは個室だから誰かに聞かれる心配もないし。それにツトムは信用できる。たくさんの友達の中でも本当に僕のことを心配してくれるイイヤツだ。

「〈遠話〉っていうのは、遠く話すって書くんだけど、文字通り遠くにいる人と話ができるもの」

「電話じゃん」

「電話を使わないんだ」

「じゃ無線」

「無線も使わない。トランシーバーもネットも使わない。僕たちは何も使わないで、ずっとずっと遠くにいる人に〈声〉を届けることができるんだ」

ツトムが顔をしかめた。

「声を届ける?」

「だから会話ができるんだよ。何も使わないで」

「それってテレパシーじゃん。おまえ超能力者だったの?」

だから違うって、と僕は手を振った。もちろん僕たちもどうしてこんなことができるのかなんてわからない。どうして足が速いの? って聞かれたって説明できないのとおんなじで、僕らがどうして遠話できるのかなんて知らない。

「それで、その遠話ってやつであの子を助けられたのか？」

頷いた。でも、危なかった。あんなに危険なことをしたのは生まれて初めてだし、もう二度とごめんって気もする。ツトムなんか思わず漏らしそうになったって言ってたし。

☆

映画を観《み》に行ったのはいいけど、どういうわけか僕らの席には他の人が座っていて、何でって思ったら入力ミスによるダブルブッキング。満席だったので次の回に観るしかなくて、そうなると晩ご飯の時間にかかってしまう。それじゃ観られないじゃんと不満を口にすると窓口の人は「こちらのミスだから」と無料の招待券をくれた。いつでも席が空いている時間に来れば観られる。でも今は観られない。なんとなく気分が盛り下がってしまったけどまぁいっかって。

ビルを出てこれからどうするかを話していたけど、お金を使うのももったいないし天文台にでも遊びに行こうかと話していた。あそこに行けば夜じゃなくても適当に時間を潰《つぶ》せるものはたくさんある。

「葛木は元気なのか？」

「相変わらず」

サッカー部で忙しいツトムは夜中に天文台に向かうパワーがない。だから最近は全然来ていないんだ。

二人で自転車で天文台に向かっている途中だった。僕の耳に〈遠話〉の声が響いてきた。

でもそれはいつもの仲間の声じゃない。誰か特定の人に向かって発したものじゃなくて、たとえて言えば〈悲鳴〉。

誰かがわけもわからないで〈遠話〉を使っている。そんなことができるなんて全然わかっていないで。

僕らにはそれがわかる。

急ブレーキを掛けた。

どこから？　誰？

必死で探したけどわからない。ツトムがそばに寄ってきてどうした？　と訊《き》いたけどちょっと待っててと言った。

何かが起きたんだ。また事故か何か。そして誰かの、僕らの知らない誰かの〈遠話〉が暴走している。

『ルナ！ 今大丈夫？ 聞こえた？』

『聞こえた。そんなに遠くじゃないような気がするんだけど。ヤヨイは？ 今話せる？』

『大丈夫だよ。私は遠い感じがするんだけど』

『ヤヨイは遠いって言ってる。ショウトはどう？ 話した？』

『また〈囲もう〉。ショウトは参加できる？』

何人かの受け取った仲間から〈遠話〉が入る。

いつもなら、何人かで〈囲って〉その声の主の居所を探って行く。そうしようと思っていたら、また僕の独り言かと気を使って少し離れていたツトムが急に声を上げて向こうを指さした。

そして、聞こえてきたのは、サイレンの音。

「リン！ 火事だ！ あそこの家！」

見た途端にわかった。そこからだ。あの火事になっている家の中で、誰かが。

☆

「その〈遠話〉が暴走すると、その子とか周りのモノが消えちゃうって」

わかんないなーってツトムが言う。わかんないけど、ツトムは見てしまった。僕が消えるのを。突然何もないところから人が現れるのを。僕が手をしっかりと摑《つか》んだまままで。

「最初から説明しなきゃならないんだけど」

「いいよ」

「音が聞こえる仕組みはわかるよな？」

「うん。わかる」

「言葉は空気を伝わる波となって、それが鼓膜を震わせて声として伝わる。小学生でも習う仕組み」

ツトムは頷く。僕はこの話をするたびに糸電話を思い出すんだ。

「遠話は、まず口できちんと普段の会話のように喋《しゃべ》らなきゃダメなんだ。普通だとそれは近くにいる人にしか伝わらないのに、なぜか僕たちの間では距離なんか関係なくって相手の耳に届いてしまう。だから、遠話は電話と同じようにすぐ耳元から声が聞こえてくるんだ」

わかる？　と訊くとツトムは頷いて、ちょっと待てよって言う。

「つまり、リンの声はちゃんと普通と同じように音波となって空気を伝わって鼓膜を震わせて、その向こうにいる誰かの耳に届いてるってことだな？」

「そう」

「じゃあさ、なんでオレには聞こえないんだ？　俺の耳のところに届けてくれれば俺でも聞こえるんじゃないのか？」

「僕たちも最初はそう思ったんだけどね」

そうじゃなかった。それは〈遠話〉が使えるようになるとすぐにわかる。あの人は〈遠話〉を受け止められるな、とか喋ることができるな、とか。板前さんが包丁の持ち方でプロか素人《しろうと》かを見分けられるようなものだと思う。

「アンテナみたいなものだと思うんだ」

「アンテナ？」

「電波は飛び交っているけど、アンテナがないと衛星放送もスカパーも観られないだろう？　それとおんなじで」

ツトムは頷《うなず》く。

「アンテナのようななにかを持っていないオレには遠話が届かないのか」

「そういうこと」

で？　とツトムがごろんとベッドに腹ばいになった。まだ誰も病室には来ない。

「そこまではいいけどさ」

「そうやって考えるとさ、僕たちはこうやって喋った声を、なんていうかワープでもさせて相手の耳に届けているって思えない？」

ワープ。まだ実現していない宇宙航法のひとつ。誰でも知ってるしツトムだってもちろんわかってる。

「ワープか。うん、そうだな。そんな感じだ」

「もちろんわかんないんだけどね」

誰も、〈遠話〉ができる仲間はこれを説明できない。でもそうだとしか思えない。

「僕たちの暮らしているこの空間で喋った声が遠くに伝わるためには、空気中を振動する波として伝わらなきゃならない。しかも進行方向をきちんと決めてね。波ってことはいろんなものに制約を受けて自然に弱まってくる。普通に喋った声が、例えば一キロ先まで届くっていうのは地球上ではあり得ないんだ」

「でも、時空の歪《ゆが》みやワームホールを通って、時間の流れを飛び超えてしまうワープならできるってか」

頷いた。

「僕らが遠話で話した瞬間に、目の前の空間がねじ曲げられて言葉の音波が相手の耳元に届く」

「なんかすげぇなそれ。マジで超能力じゃん」

「でも、実際はそんなに便利なものでもないんだ」

「なんで」

だって、使いようがないんだ。

「会話するならケータイ使えばいいじゃないか。それで十分なんだから。遠話を使って会話をしようと思ったら周りに誰もいないのを確認して隠れるようにしてやらないと、あいつアブナイんじゃないかって」

そうかってツトムが頷く。

「オレがおまえには目に見えない友達がいるんだなって勘違いしたみたいに」

「そう」

日常生活にはなんの使い道もない〈遠話〉。一人きりになれる状況なんてそれこそ自分の家の自分の部屋にいるか、トイレとかお風呂《ふろ》とか。そんなもんしかない。そういう時じゃないと〈遠話〉で会話することができない。メチャクチャ不便だ。まぁ電話代がかからないっていうのは確かにいいけど。

「だから僕らだってあんまりこれは使わないんだ。時々シャレで元気か？　って夜中に送るぐらいで」

「なるほどね」

ツトムが納得する。

「いやそれで、その遠話が暴走して人が消えるって。あ、そうか」

「そう」

「そのワープでもさせるみたいなのが暴走してどっか違う空間に行っちゃうのか?!」

そこがどこかはわからないし、本当にそうなのか確かめる方法なんかない。でもそうだとしか思えないんだ。

☆

「マジやべぇ！」

ツトムが叫んだ。

一軒の家からものすごい煙があがっている。炎も見える。消防車が到着するより早く僕とツトムはそこに着いた。周りにはたくさんの人が集まってきていて、ホースで水を掛けている人もいる。危ないから近づくな！　って叫んでいる人もいる。

ここまで来てもう僕にはわかっていた。

この中に、消えてしまった子供がいる。

家族はどうなったのかはわからない。あそこで気が狂ったように叫んでいるおばさんがいるけど、あの人がお母さんなのかもしれない。確かめている暇はないし。

『リン！　わかったのか？』

『火事だ。子供が消えている。そこに僕はいるんだ』

『危ないよ。近づかないで』

『いつものように火が消えてから』

『でも』

『リン！　絶対ダメだよ！　火事の中に飛び込んで行ったって君が死んじゃうだけだ！』

わかっている。でも、火事の場合は特別だ。どうしてなのかわかんない。ものすごい熱を持った空間になっている火事の現場がそうさせるのかもしれないけど、〈遠話〉の暴走でどこかへ行ってしまった、消えてしまった子供がすぐにその現場に戻ってきてしまうことがあるんだ。

燃えさかる炎の真ん中に。

そうやって、死んでしまった子供の〈遠話〉を僕らは聞いていたことがある。苦しんで死んでいく子供の声。

悲しくて、辛《つら》くて、どうしようもない思い。女の子たちが泣いていた。みんなが悔しくて悔しくて自分の部屋の壁を蹴飛《けと》ばしたり机を叩《たた》いたりした。

あんな思いは、二度とごめんだ。

あんな声は、二度と聞きたくない。

今ならまだ家の中に入っていけるかもしれない。

「リン！　なにするんだ！」

ツトムの声が聞こえた。僕はホースで水をかけている人からそのホースを奪うと、頭から水を掛けた。

そして、玄関から家の中に飛び込んで行った。

☆

「マジ、死ぬかと思ったよな」

「死んだと思ったよ」

こうやって生きているし、火傷《やけど》もほとんど何もなかったから笑っていられるけど。

「でも、いきなりあの子が目の前に現れた時はビビッたな。熱いなんてのも忘れてた」

「うん」

「いっつもあんなことやってんじゃないいんだろ？」

「もちろん」

火事は難しい。燃えている建物に飛び込んだらそれで死んでしまうから。

「かといって、僕らは〈引き戻し〉って言ってるんだけど、それは消えたその場所に行かないとできないんだ。なるべく早く引き戻してあげたいんだけど」

「わかんのか？　その〈引き戻し〉っていうのは、どういうふうに？」

その場所に、子供やものが消えた場所はそこに立てばすぐにわかる。ここだ、とわかってしまうんだ。

「そしてその子に遠話をしてみようと考える。その場所にその子がいることがなんとなく感じられる。そして、うまく捉《つか》まえられたら、そこから引き戻しが始まる」

何て言うか、眠ってしまう寸前のなんだか気怠《けだる》いような暖かいような感じに身体《からだ》が包まれたと思うと、すっと周りの景色が消える。そして、その子が急に目の前に現われるんだ。まるでテレビのスイッチを入れたみたいに。

「人によってその時の感覚は違うんだけど、僕の場合はなんだか水槽を通して見ているようなゆがんだ感じ。自分の身体が自分のものじゃないような感覚はある。その子の手を握るとだんだん元に戻っていくのがわかる。どうしてわかるんだと言われても困るけれど、飛行機に乗っている時の空を飛んでいるんだなぁ、となんとなく感じるあんな感覚に似ているかもしれない」

ふーん、とツトムは感心したように言う。

「まぁうまくいって良かったよな、ホント」

頷いた。本当に良かったと思う。

「まさかツトムも飛び込んでくるとは思わなかったけどね」

「オレだって思わなかったよ。でも、おまえはいきなり飛び込んじまうし、なんだかもう勝手に身体が動いてた」

☆

僕とツトムが家の中に飛び込んで行って、すぐに二階に駆け上がってその子の部屋まで行った。その子は二階にいるってわかったからだ。

「なんだよ！　どうしたんだよ！」

「子供がいるんだ！　ここに！」

誰もいないその部屋の真ん中に立って、熱さや煙《けむ》たさを我慢して僕は消えた子のことを考えた。

「誰もいないって！」

ツトムが騒ぐのをちょっと待ってって手で制した。

『大丈夫。すぐに助けるから』

『落ち着いて、僕の声を聞いて』

ふっと周りの景色が溶けるように消えていって、その次の瞬間に僕はその子の姿が見えて、すぐにその手を握る。ゆっくりと周りの景色が戻っていって、僕とその子は部屋の中に帰ってくる。

ツトムの話では僕の姿がまるで霧にでも包まれるようにして消えていって、それからすぐに現れたって言う。

「どこから、こいつ」

「いいから！　早く出よう！」

僕とツトムがその子を抱きかかえるようにして階段を下りだすとすぐに消防士の人の姿が見えた。

「大丈夫か！」

子供を渡すと、もう飛ぶようにして僕らはそこから逃げ出した。消防士の人が子供を抱えていてその後ろについて外に走り出すと現場はすごかった。何台もの消防車が集まっていて、僕らが飛び出してくると急に拍手やらなんやらが巻き起こったんだ。すげぇヒーローみたいだぜ、って後からツトムが言ったけど、その瞬間は僕らはもうただホッとして疲れて消防車のそばに座り込んでしまった。

それで、ここまで運ばれてきたんだ。

☆

「新聞に載るかな」

ツトムが言う。

「かもね」

「おまえの知り合いのあの人、新聞記者じゃなかったか?」

マサおじさん。

「そうだよ」

「取材に来たりしてな」

その前に思いっきり怒られると思う。おまえはせっかく拾った命をなんだとおもっているんだ！　って。

そんなことを考えているとドアがノックされた。ツトムがはい、と応《こた》えるとドアが開いて、父さんとツトムのお母さんが顔を出した。

早川かほり

『いつかこんな日が来るとは思っていたんだ』

真山さんと一緒に帰ってきたリンくんは、待っていたわたしたちを見てびっくりしていた。それからどうしてこんなに集まっているのかを真山さんが、「ハヤブサのことを知りたいんだ」と言うと、静かに頷《うなず》いて少し笑ってそう言った。

ツトムくんも一緒に来ていて、なにはともあれ、わたしたちはどうして火事に巻き込まれたのかを聞いた。真山さんも警察の人から話を聞いていて、人命救助で表彰されるそうだって苦笑いしていた。

「すげぇなおまえたち」

辻谷さんが感心していた。俺が特別に素晴らしい記事を書いてやるって笑っていた。

真山さんもまぁ良いことをしたんだけどって言って。

「でも、どうしてそんな危ないことをしたんだ？」

すぐに消防車が来たんだからって言う。やったことは立派だったがって。リンくんとツトムくんは顔を見合わせてから言った。

「それに答えることが、みんなが知りたがっていることへの説明になるかな」

「じゃあ、なに、ツトムも関係しているの？」

満ちるが言った。

「関係って、なに」

「あの変な事件に」

変な事件？　ツトムくんがわけがわからないって顔をする。リンくんがツトムは関係ないよって言う。

『ツトムには、まぁ火事騒ぎの成り行きってやつでさっき説明したんだ。少しだけど』

ただ、ってリンくんは続けた。

『全部を説明するのは長くなるし、僕だけじゃダメなんだ』

「他にも仲間がいるんだろ？」

真山さんが訊《き》く。リンくんは頷いた。

『ハヤブサがいないとね』

そう言ったのでみんなが驚いた。

「おまえがハヤブサって野郎じゃねぇのか？」

辻谷さんの言葉にリンくんがきょとんとした顔をする。

「違うよ？」

違うの？

「じゃ、誰だ」

リンくんは、ニコッと笑う。

『天文台に行こうよ。みんなで。そこで全部説明するよ』

天文台。じゃあ、ハヤブサは。

「その前にさ」

ツトムくんが言う。

「メシ食ってからでいい？　ハラへってるんだよね」

大人数になってしまってこれからいろいろ料理を作るのも面倒だからと、すき焼きにでもしようっていう話になった。八木さんも待っていなきゃならないからちょうどいい。

わたしと満ちると辻谷さんが買い物を担当した。真山さんの車で近くのスーパーまで出かけて行った。辻谷さんは意外と買い物上手でびっくりした。ちゃんとお肉の値段や品質までチェックしている。

「独身が長いからな」

そう言って笑う。

「なんだか大騒ぎになっちゃったね」

満ちるが言うとにぎやかでいいやな、と辻谷さんが答えた。準備が出来る頃には満ちるのおじいちゃんでもある八木さんが着いて、満ちるがいたのでびっくりしていた。八木さんは満ちるとリンくんが同じ学校だってことはもちろん知っていたんだけど、最初に会った時に言いそびれてついそのままになっていたと苦笑いしていた。

わたしもこんなにたくさんで食事をするのは久しぶりだ。ハヤブサというものに関わる話はひとまず置いといて、食べながら学校の話や八木さんや辻谷さんが担当した事件の話で盛り上がっていた。リンくんのお母さんもにこにこしていた。お母さんはお客さんが来るのが嬉《うれ》しいみたいで、真山さんもリンくんも喜んでいた。

「天文台には連絡しなくていいのか？」

真山さんがリンくんに訊いた。

「さっき言っておいたから大丈夫」

「さっきって？」

「天文台に行こうって言った時」

みんなの顔に疑問符が張りついて、ツトムくんだけが、あぁって頷いた。

「なにツトムは納得してるの？」

満ちるが訊いた。

「〈遠話〉ってやつなんだってさ」

「トオワ？」

それが、全部の始まりだったんだってリンくんは言う。

真山さんの車には七人乗れるんだけど、数えてみると全部で八人いた。真山さん、辻谷さん、八木さん、リンくんにツトムくん、わたしと満ちる。これだけならちょうど良かったのだけど、リンくんのお母さんもいる。一人では残していけないので、リンくんとツトムくんはそのまま自転車で行くことにした。近道を走っていけば車とは時間的にそんなに変わらない。帰りは天文台の車で帰ってこられる。

行きの車の中では、少しでもわかっているツトムくんもいなかったので、結局誰も事件の話は何もしなかった。真山さんは天文台に行くのは何年ぶりかだそうで、辻谷さんは初めてだと言っていた。

「いいもんだよな、星を観《み》るのは」

辻谷さんが言う。

「昔、取材でオーストラリアに行ったことがあってな」

「はい」

誰に言うともなく言ったけど、きっとわたしが答えるべきだろうなって。だって星を観に行っているのはわたしぐらい。

「現地のガイドに夜になんとかってぇ平原に連れてかれたんだよ。ちょいと小高い丘になってて、寝ころんで空を見上げてみろって言われてそうしたら、驚いたね」

「どうしたの？」

満ちるが訊いた。

「星が落ちて来やがった」

「落ちてきた？」

辻谷さんが笑う。

「そう感じるぐらいにものすごい数の星が見えた。満天の星って言葉はこういうものを示すためにあるんだって実感したぜ。なんたって星と星の間に奥行きがあるってわかるんだぜ？」

ここらで観るみたいな平面的な星空じゃないって言う。

「大昔は、地球のどこから観てもそういう星空だったんだろう」

真山さんがハンドルを握りながら言った。

「だからこそ、星座の物語なんていうのもできあがっていった。あの星々の向こうに神々がいるとも思えた」

知識が増えたから人間はそういうものを失ったんじゃない。いろんなものが増えすぎて見えなくなってしまったんだろうって。

「人間は、目に見えないものを本当には理解できない動物なんだ」

天文台には先に自転車のリンくんとツトムくんが着いて門の前で待っていた。わたしたちの車が着くとリンくんがカードキーで門を開いた。入り口のところで待っている阪下さんが見える。

ここで話すということは、阪下さんも静絵さんも、そして葛木くんも。

「どうもご無沙汰《ぶさた》しています」

阪下さんと静絵さんと真山さんが挨拶《あいさつ》をしている。それから今日初めて会う辻谷さんや八木さんを紹介している。ロビーのテーブルがいくつかくっつけられてみんなで座れるようになっていたけど、リンくんのお母さんは長い間椅子《いす》に座っていられない。静絵さんもそれは知っていたみたいで、机のすぐそばの壁際《ぎわ》の隅にクッションがいっぱい置いてあった。リンくんがお母さんをそこに連れていって、お母さんはちょっとだけポンポンと叩《たた》いて確かめてにっこり笑って座った。

「気に入ったみたいだね」

奥の方から葛木くんが姿を見せてわたしやツトムくんを見て軽く右手を上げた。わたしたちのところまでやってきた葛木くんの横にリンくんが立って、みんなに言う。

「彼が、父さんたちが探していた〈ハヤブサ〉」

リンくんがそう言って、葛木くんが頷いた。

やっぱり。葛木くんが、〈ハヤブサ〉だった。

リンくんじゃなかったんだ。

「葛木尚史《ひさし》です」

それから、でもハヤブサって呼ばれる方が慣れてるんですって言う。

みんなが、こくんと頷いた。そのまま葛木くんはテーブルにつく。考えてみたらこのテーブルも車椅子の高さに合わせてあるんだ。リンくんがその隣に座るとみんなが席にそれぞれに座って、静絵さんが奥の事務所からコーヒーやお茶を持ってきた。わたしたちは自販機で好きな飲み物を買った。

「そうか」

辻谷さんが拳《こぶし》でコン、と机を打った。葛木家の、と言ってから口をつぐんだ。

「そうなんです。大丈夫ですよ」

辻谷さんを見て葛木くんがニコッと笑う。

「僕は葛木家の最後の生き残りです」

辻谷さんが頷く。みんな知らないだろうから軽く説明していいか？　って葛木くんに訊くとお願いしますと言った。

「この町の大地主だったのが葛木家ってのは、真山は知ってるな？　お若いの、そうなんだよ。知らねぇと思うがこの町はもともとはいわば葛木というお殿様の土地だったのさ」

満ちるちゃんの親もわたしの叔父さんも先祖は家来だったかもしれねぇぞ、と言った。そうだったんだ。

「まぁそんな時代があったが、戦後は土地はほとんど手放して、その代わりに森林公園のようなものを作って市民の憩《いこ》いの場にするようにしたのも葛木家だ。なかなかに人の良い地主さんだったわけだな」

ただなぁ、と辻谷さんは口ごもる。言いにくそうにする辻谷さんに頷いて、阪下さんがそれを引き継いだ。

「葛木家はどうも身体《からだ》の弱い体質を受け継ぐようで、ようやく細々と続いていた家系も、この尚史さんのお父さんだけになりました」

「俺らの年代だって葛木家って聞いてもピンと来る奴《やつ》はあんまりいねぇ。まぁ俺は職業柄知っていたわけだけど。その葛木家の当主だったハヤブサの親父《おやじ》さんも、事故に遭っちまったんだよな。リンと同じような時期だったはずだ。俺が取材したから覚えてるよ」

葛木くんが頷いた。

「父と母と、僕が車に乗っていました。僕だけが助かったんです」

こんなになっちゃいましたけどって言う。

「なんで、ハヤブサっていう名前になったの？」

満ちるが訊いた。葛木くんは頷く。

「それを説明するのは最後になるかな？」

始まりは、僕とリンでしたって葛木くんは続けた。

「今の仲間で最初に集まったのは僕とリンなんです」

離れていても声が届く。不思議なことだけどおもしろいもんだなって二人で遊んでいたって言う。

「そのうちに、僕は他にもいろんな声が聞こえるようになってきました。これはひょっとしたら他にも仲間がいるのかもしれない。そんなふうに話してました」

「それで、ここに来だしたのか？」

真山さんが訊いた。リンくんが頷《うなず》く。

「でよ、その〈遠話〉ってのは、実際のところ何なんだ」

辻谷さんだ。リンくんがさっきはツトムに話したんだけどって言って、火事のことを話しだした。ちょうどいいからそれで説明しちゃうって。

リンくんや葛木くんが考える〈遠話〉とは何なのか。

どうして、事故が起きてしまうのか。

どうして子供や物が消えてしまうのか。

それをどうやって助けているのか。

リンくんが今日の火事の現場でやったことは、あの夜にわたしが目撃したのとまったく同じで、そしてそれは、わたしが震災の時に体験したのと同じことだ。

「じゃあ、わたしを助けてくれたのもリンくんなの？」

ようやく訊くことができた。でもリンくんはニコッと笑って、首を横に振った。

「実は違うんだ。でも、その話をする前に実際に遠話をやってみようか」

話だけ聞いても信じられないだろうから。そう言って、リンくんは八木さんを見た。

「八木さん」

「はい」

「ケイも遠話の仲間なんです」

なんです？ と八木さんが目を丸くした。

「満ちるが気づいたみたいに、ケイはもう何年も前から僕やハヤブサと遠話で会話していた。友達なんだ」

だから、今回八木さんが真山さんの家にお邪魔するようになってその話を聞いたケイちゃんは一緒に行きたくてしょうがなかったんだって言った。

『ケイ、聞こえる？』

リンくんは、普通に喋《しゃべ》るようにそう呼んだ。みんなきょとんとしている。八木さんはケイちゃんがどこかにいるんじゃないかってきょろきょろした。

『今、僕は遠話でケイと会話してます。ケイの返事は僕の耳には聞こえているんです』

それから八木さんに携帯でケイちゃんに電話してもらえますかって言う。八木さんがしかめっつらをしながら電話をした。

「あぁ、ケイちゃんか」

電話に出たんだろう。八木さんの顔がころんっておじいちゃんの顔になった。すっごいにこにこしている。

『この距離で僕の話す言葉が、八木さんの携帯を通してケイに聞こえるはずはないですよね？』

リンくんと八木さんの位置はテーブルを並べた端と端だ。わざと小声で話すリンくんの声が携帯からケイちゃんに届くはずがない。でも、八木さんがびっくりしてリンくんを見た。

『でも今、ケイは僕の喋っている言葉をそのまま八木さんに伝えている。八木さんそうですよね？』

八木さんは少し驚いた顔で携帯を見て、それからリンくんを見ている。

『じゃ、今度はケイが喋る言葉をそのまま僕が繰り返すから』

八木さんはじっとリンくんを見たまま携帯を耳に当てている。

『黙っててゴメンねーおじいちゃん。えーと何を話そうかな。今日の晩ご飯は麻婆豆《マーボー》腐と納豆で豆豆になっちゃったってお母さんが言ってた。えーと、これぐらいでいい？　リン兄ちゃん』

合間で区切りながらリンくんがそう言った。八木さんは苦笑して首を軽く振る。携帯に向かって、よくわかったよケイちゃん、また電話するからねって言って携帯を切った。

「信じられないことの連続ですなぁ」

「同じだったんですか？」

真山さんが訊《き》いた。

「一言一句同じでしたよ。イントネーションまでねぇ」

これは信じざるを得ないでしょうって八木さんが頷いた。辻谷さんがなんか小さく唸《うな》って腕を組んだ。

『マサおじさんも確認しないと気が済まないんでしょ？』

リンくんはそう言って、わたしに壁際のラックから適当に本を持ってきて、と言う。

『マサおじさん適当なページを開いてよ。それを僕が読む。ケイが同じことを繰り返すから八木さんから携帯を借りて聞いてよ』

頷いて八木さんはもう一度ケイちゃんに電話をして、辻谷さんに携帯を渡した。辻谷さんが電話の向こうのケイちゃんと一言二言優しそうな顔と声で話をする。でも、リンくんが雑誌の記事をゆっくりと読みだすと途端に顔をしかめて、また、うーとか唸ってからケイちゃんにありがとな、と言って携帯を八木さんに返した。

「完璧《かんぺき》だぜ。信じるしかねぇやな」

八木さんと顔を見合わせて頷く。真山さんもその二人の様子を見て頷いた。

「理屈はまるっきりわかんねぇが、とにかくお前たちの〈遠話〉ってのは存在する。間違いねぇよ」

少し嬉《うれ》しそうにリンくんが笑って、じゃあ八木さんの話を先に済ませましょうかって言った。

「植物状態の件ですかね？」

葛木くんが頷く。それからあれは、僕らの活動ではイレギュラーだからって言う。

「イレギュラー」

「そう。基本的に〈遠話〉が使えるのは子供だけなんです。理由は未《いま》だにわかりません。でも、何故《なぜ》か大人からも時々遠話が入ってきて、それが本当に突然勝手に入ってくるんです。しかもこちらからのはまったく受け付けてくれない。そして話す内容もなんだかめちゃくちゃで」

「めちゃくちゃ」

「なんだか酔っ払いの話を聞いているみたいな感じです。仕事のことを延々と話す人もいれば、家族のことをあれこれ喋る人もいるし。根気よく記録していくと中には自分のパーソナルデータを喋りだす人もいた。それで電話番号がわかった人のところにかけてみると」

「それは植物状態の患者さんで、話なんかできるはずもなかったんだな？」

辻谷さんが言う。

「そうです。驚いて、じゃあ他の大人で遠話してくる人たちもそうなんじゃないかって。遠話の仲間のお父さんが興信所に勤めているんですよ。その人は自分の子供がそういう能力を持っていると理解しているので頼んで調べてもらったんです」

真山さんも八木さんもうーん、と同じように唸って下を向いたり天井を向いたりしてしまった。

「でもね、父さん」

「うん？」

「植物状態になった人全部が遠話をしてるわけじゃないんだよ。母さんとはできなかったから」

リンくんが言う。

「そうなのか。それで？　それはどういうわけで」

「実はまったくわからないんです。どうしてそういうことになってしまうのか」

葛木くんは静絵さんや阪下さんと顔を見合わせて苦笑した。阪下さんが、あくまでも私見ですけどって言う。

「人間には意識というものがあって、実はそれは脳の働きとか肉体とかそういうものを超えたところに存在するんだというような話はご存知ですか」

真山さんが頷いた。八木さんも聞いたことがありますなって。

「大げさに言ってしまうと、意識はこの時空間を超えたようなところにあるのではないか。そして、遠話というのもある意味では時空間を超えるものと考えるのなら、そんなところからリンクしてしまうんじゃないかと。そんなふうに考えて我々は納得したんですけど」

「あれですなぁ、今の話なんかも聞いて思ったんですが」

話しながら八木さんの手が動いて胸ポケットから煙草《たばこ》を取り出した。それに自分で気づいて慌《あわ》ててしまいこんだ。

「あ、いいんですよ、どうぞ。ここのエアカーテンは最新式です。煙はすぐに上に吸い込まれますから」

「ああ、いやこりゃすいません」

そりゃあ助かるって言って辻谷さんも真山さんも煙草を取り出した。火をつけて煙が出るとすぐに何かモーターのようなものが動く低い音が聞こえだして、本当に煙はまっすぐに天井の方に吸い込まれていった。

「えーと、そう、あれですよねぇ、インターネットなんかは回線で繋《つな》がれた網ですよねぇ。するとハヤブサくんやリンくんなんかは〈遠話〉という網で繋がれたネットだと。これは何かで読んだんですがね、人間には無意識の領域なんていうものがあって、その奥底ではそれが全人類的に繋がっている、なんていう考え方もあるそうですねえ？」

真山さんが頷いた。そうなんだろうか。なんだか難しそうな話だけど。

「そうですね。読んだことがあります」

「じゃ、ま、それもひとつの網だと。もちろん、普通にこうやって生身の人間同士が知りあってできる網もある。そうやってこの世界というのは様々な網の目が無数に多層で構成されている世界だと。それぞれの網は交錯するものもあればリンクするものもあれば決して交わらずに存在するものもある。たまたまハヤブサくんたちの〈遠話〉の網は、なんだかよくわからないけど人間の意識の領域の網と繋がってしまったんだと。もちろんそういうものがあるのだと仮定してだけどねぇ」

「あ、もう本当にそう思います」

葛木くんが嬉しそうに頷いた。真山さんが、そうだとすると、と話を受け継いだ。

「例えばその意識というのは人間が死んでしまうと、あるいは脳細胞や肉体が活動を停止してしまうとそれこそリンクが外れてしまって拡散すると考えましょう。そうやって人間は肉体の消滅と意識の拡散の二つをもって本当の意味で死を迎える。しかし植物状態の患者さんの意識というのは、肉体や脳細胞の活動に不安定ながら繋がれている。その不安定な状態が、たまたま遠話という能力を持つ人間たちのネットワークにリンクしやすい状態。そして不安定だからその意識の会話はほとんど酩酊《めいてい》状態のようなもので何を言っているかわからない。そんな感じで理解すると納得できますね。まぁなんだかとらえどころのない話になってしまいますけど」

辻谷さんが、大丈夫か？　理解できるか？　とわたしたちに言う。

「なんとか」

わたしが頷くと辻谷さんが言った。

「それで？　話を続けようか。そうやってハヤブサたちは植物状態の患者さんの意識の、まぁ言ってみりゃ独り言みたいなものを受け取ってしまったわけだ」

「そう、それでほとんどの場合は自分の置かれている状況を理解していないんです。夢を見ているような感覚なのかなぁと思うんですけど。でも中にはきちんと筋道立った話をする人もいる。自分がどういう状態に置かれているのかも理解していて、どうしてこんなにも意識ははっきりしているのに身体《からだ》が動いてくれないんだろうってずっと喋っている。辛《つら》いですよね。もう聞いている僕たちの方も苦しい」

「それはお前も聞いたことがあるのか？」

真山さんがリンくんに訊いて、リンくんは頷いた。

「遠話は基本的には一対一なんだけど、この植物状態の人からのメッセージは、複数の子が受け取ることが多いんだ。ハヤブサが受け取っている時、同じ内容を他の子が受け取っている時もある。でもひょっとしたらそれはハヤブサが無意識に中継しているのかもしれないけど」

「中継？」

「僕だけなんですけど、誰かからの遠話を同時にそのまま別の人間へ送ることができます。だから間に僕がはいると、何人かで話ができます」

「サーバーみたいなものか、ハヤブサくんが」

葛木くんが頷く。

「それで、そういう自分の状態を把握している人の話を聞いていると、なんとかしてあげたいって考えてしまう。僕らにできることはないだろうか。八木さんが話していた銀行口座の件が、それです。あの人は家族を本当に心配していて、あの口座のお金に気づいてくれればなぁって繰り返し繰り返し言っていました。もうたまらなくなって、考えたのが遠話のできる子のお父さんに一芝居打ってもらうことだったんです」

うん、と八木さんが頷《うなず》いた。

「そうやって、幾人かの望み、というか、そういうものをかなえてやって、〈ハヤブサ〉というのがまるで奇跡を起こすかのような噂話《うわさ》が拡《ひろ》がったんですな？」

「そうだと思います。もちろん僕らのことが表に出ないようにはお願いしてあったけど、何回かやっているうちにどうしてもそういうのが出てしまう。これは仕方ないと思っています」

なるほどねぇ、と八木さんが感心したように深くため息をついて椅子《いす》の背に寄り掛かった。

「決して奇跡を起こして回っているわけではなかったんですなぁ」

ちょっと残念そうだった。

「植物状態の人とちゃんと話ができたり、回復させたりできるのならお役に立てたんですけど」

「ああ、いやいや、とんでもない」

なんだかすっきりしましたよ、と八木さんが笑う。それにしてもいきなりムズカしい話だぜ、と辻谷さんが言ってみんなが笑った。

「それで、次は誘拐騒ぎだな？」

辻谷さんがリンくんを見て、リンくんが頷いた。

真山倫志

さっきも言ったけど、遠話が暴走してしまうことがある。それは今のところ、遠話ができる子供がパニックに陥った時に起こるんだって説明した。

「パニック」

「事故った時は誰でもそうなるよね」

「それで、消えてしまう」

頷いた。

「そして、ハヤブサはそれがわかるんだ」

遠話が暴走している時の、信号のようなものをハヤブサは感じ取れる。

「信号機みたいな感じで」

「信号機」

基本的にハヤブサの遠話は僕らの中で誰よりも強い。いろんなことが感じ取れるようになっている。

「最初からそれに気づいたわけではないんです。僕の頭の中に浮かぶ信号みたいなものも、どういうことかわからなかった。青信号なら確実に遠話で話ができるようになる。ところが赤だと何かとんでもないことが信号を発している子供のところで起こっている、ということはわかります」

それが、暴走している状態なんだな？　とマサおじさんが言う。

「会話さえできればそこはどこだとか、何があったとか聞けるけど、会話もできない状態では信号の発信源さえハヤブサにも摑《つか》めない」

だから僕たちは〈囲む〉っていうのをみんなでできるようにした。

「囲む」

「そうです。なんとかしなきゃいけない。そこで遠話ができる皆にその気配を、僕が摑んでいる赤信号を発している子供の気配を中継するんです。そうやって何人もの仲間に中継していくうちに、頭の中に地図ができ上がってくる。誰それはここ、というふうに日本地図の上にラインが引かれていく。そうすると、その信号の発信源が見えてくる。多くの仲間と繋げば繋ぐほど、その発信源がハッキリわかってくるんですよ」

「そうなのか？」

父さんが僕に訊《き》いた。

「ハヤブサほどハッキリとは感じ取れないけどね。相手との距離感っていうのはぼんやりと感じるんだ。東京にいる子と話している時と、北海道にいる子と話している時ではやっぱり違う。だからそうやってハヤブサを通して何人も繋がっていると、その問題の発信源が、例えばここからなら東京より近いな、とか」

頷いてハヤブサが続けた。

「それで、暴走を起こしている子供がどこにいるかはわかります。少しでも早く遠話ができる人間が現場に行って、その子を助けなきゃならない。でも、僕は基本的にこんな身体だし、リンが行けるような近いところならいいんだけど」

「なるほど」

八木さんがぴしゃりと、自分の腿《もも》を叩《たた》いた。

「それで、誘拐騒ぎになるわけだねぇ」

「そうです。そこからいちばん近くにいる仲間に行ってもらうんです。昼間なら学校をサボらなくてはならない。中学生ぐらいになると一日ぐらいはいいっていう子も多いけど、一日で終わるとは限らない。運悪く遠話のできる子が近くにいないと泊まりがけになるかもしれない。親がすべて事実を知っているわけじゃない。八方塞《ふさ》がりになるとどうしても狂言誘拐を仕組むしか方法がなくなってしまって。警察を振り回したり、心配をする親には申し訳ないと思ってます」

急いで助けたいというのはわかるが、たとえば自由に動ける土日になるまで待つとかはできないのかって父さんが訊いた。

消えてしまった子供たちがいったいどこに行ってどういう状態になっているのかは未《いま》だにわからない。そうなってしまった子に聞いても要領を得ない。こっちの感覚ではまったくタイムラグはなくてそれが起きた瞬間のまま還《かえ》ってくる。それこそ、血が乾く暇もないぐらい。でも、だからってまるっきり同じ状態でいるわけじゃないんだ。

「消えてから時間が経《た》てば経つほど、その子の状態は悪くなるみたいです」

「どういうふうに」

「精神的におかしくなってしまうんですよ」

そういうのを僕らは何回も経験した。何もわからない周囲の人からみると、行方不明になっていた子供が戻ってきたはいいけど、事故かなんかのショックでおかしくなってしまったってみられる。

「そういうのは、本当にイヤなんです」

ハヤブサが言う。

「だから、できるだけ早く助けたい」

「なぁ、気になったんだがよ」

マサおじさんが、少し眉《まゆ》をひそめながら言う。

「その、なんだ、助けられなかった子供はいるのか」

ピクリと、ハヤブサの身体が震える。その様子を見て、マサおじさんが短く息を吐く。

「いるんだな」

うなずく。ハヤブサの唇が、まっすぐになる。

「今でも聞こえるような気がします。助けられなかった子供の、どこへ行ってしまったのかわからない子供の声が」

ハヤブサの様子にマサおじさんが言う。

「そりゃあけっこう、キツイな」

「でも、辛いのは僕じゃないんですよ。直接現場に行って、引き戻すことができなかった仲間の方が僕より辛い。僕はほとんどこの家の中にいて高みの見物を決め込んでいる。自分が嫌になります。なんでもっと自由に動けないのかなんでもっと強い身体になれないのか。本当に自分のふがいなさに腹が立つ。情けない」

下を向く。髪がさらりと流れる。

ハヤブサは、普段は自分の身体について不平不満を漏らしたことはない。でも、そういう時だけは、悲しみ、恨む。自分が昼も夜も関係なしに一瞬で助けに行ければ皆に辛い思いをさせずに済むのにって、悔しがる。

でも、とハヤブサは言う。悔しがっている場合じゃない。悩んでいる時間もない。やらなきゃならないんだ。

いつもハヤブサはそう言っている。

「僕たちも、遠話の仲間たちはみんなそういう気持ちで動いている」

ハヤブサはできれば全部一人でやりたい。みんなにそんなことさせたくないって思っている。〈引き戻し〉だってそれをすることでひょっとしたら、やる方も戻ってこられなくなるかもしれない。

「いったい何が起こるのか、それは誰にもわからないんです」

ハヤブサは、僕には家族が誰もいないって言う。どこでどうなっても構わない。でも遠話の仲間にはみんな家族がいる。みんなを危険な目にはあわせたくない。そう言うんだけど。

「最初に引き戻しに参加した子は、自分からやるって言いだしたんだ。ハヤブサは動けない。だったら僕がやるって。ハヤブサは何度もくどいくらいに説明した。引き戻しに成功してもその子が生きているとは限らない。目の前で死んでいくかもしれないし、もう死んでいるかもしれない。そういうことはあったんだ今までも。それに、引き戻しに行った仲間がそれに巻き込まれて帰ってこられなくなったことも今までにあったんだ。それでも、やっているんだ。みんな」

「どうしてだ？」

父さんが、そう訊いて、僕の眼を見つめてもう一度ゆっくりと繰り返した。

「どうして、そんな辛いことを、危険なことをやっているんだ？」

僕はハヤブサと眼を合わせてから、父さんに向かってハッキリと言った。

「僕たち以外、誰もできないから」

救えるのは、僕たちしかいないから。

## 早川かほり

まだ訊きたいことはたくさんあったんだけど、葛木くんは辛そうだった。きっとまた熱が出てきたんだと思う。まったくいやになるよねって淋《さび》しそうに笑って、静絵さんに連れられて帰って行った。後はまかせてよ、とリンくんが言っていた。

葛木くんの姿が見えなくなると、真山さんがハヤブサくんはどういう状態なんですかって阪下さんに訊いた。

「もともと虚弱体質だったんです。大ざっぱに言えば貧血性のものなんですが」

普通に生活していれば死に至るような病いではないけれど、決して無理はさせられない。もちろん無理をさせれば危なくなることだってあるって言う。

葛木くんやリンくんのやっていることがどういうものだったのか、だいたいの内容はわかって、わたしたちはしばらくの間それぞれいろんなことを考えていたと思う。みんなが何も言わないでコーヒーを飲んだり煙草《たばこ》を吸ったりしていた。辻谷さんなんかは席を立って星の写真を眺めたりしていた。

宇宙飛行士の写真を見ていたので、リンくんがハヤブサは真田さんと友達だよって言うとすごいうらやましそうな顔をした。

「俺もなぁ、こいつぐらい頭が良ければ宇宙にだって行きたいぜ」

オレも、とツトムくんが言う。みんなが少し笑った。

「あたりまえの話だけど、遠話ができるのは何も日本人の僕たちだけじゃない。世界中に遠話のできる人がいる」

そう言うリンくんに、みんなが少し考えた。

「まぁ、そりゃそうだよな。日本人のお前たちだけってこたぁないよな」

ハヤブサは英語もフランス語も喋《しゃべ》れるから便利だよって言う。わたしたちの学校は英語に力を入れているから日常会話ぐらいはできる。辻谷さんがちょっと待てよ！って叫んだ。

「なにか？　リン」

「なに？」

「おまえは、地球の裏側と遠話で話ができるのか？」

「だからできるって言ったじゃない」

うーんと辻谷さんは唸《うな》った。

「例えばだけどよ、宇宙ステーションに遠話のできる子がいたらどうだ？　遠話ってのは宇宙にいる人とも会話ができるのか？」

「できると思うよ」

リンくんは苦笑する。だから説明したじゃないって。ワープみたいにして声を届けられるんだから、そこが地球の裏側だろうと宇宙ステーションだろうと月だろうと関係ないと思うって。

「空気があれば、だと思うけど」

耳に聞こえてくるんだから、鼓膜を震わせる音波が伝わるための空気がなきゃダメだろうけどってリンくんは付け加えた。確かにそれはそうなんだろうけど、やっぱりみんなが感心した。特にツトムくんはものすごいびっくりして、なんだかすごい悔しそうだった。

「それって、すげぇよな。なんかリンとか葛木ってそれだけで今すぐアストロノートになれるんじゃないのか？」

「どうして？」

満ちるが訊いた。

「だって、何も使わないで宇宙と交信ができるんだぜ！　科学者が寄ってたかって何億円もかけて作った通信システムなんか、なんも使わないで！」

これってすごいことじゃん！　とみんなに同意を求めて、辻谷さんも同じように興奮していた。

「それが、ハヤブサの望みなんだ」

リンくんが騒いでいるツトムくんやみんなに静かに言った。

「ハヤブサは、自由になりたがっている。車椅子《いす》に繋《つな》がれた自分を宇宙空間で自由にさせたいってずっと願っている」

それはわたしも前に聞いたっけ。少しだけ悲しくなったのを覚えている。

「それから、遠い遠い星から自分の声をみんなに届けたいって願っているんだ

遠い宇宙でも、どこへでもって」

訊いていいかな、ってわたしは言った。

「わたしは、どうなのかな？」

ずっと聞こえていた〈そらこえ〉さん。地震の時に変な場所に行っていたと思うわたし。リンくんが〈引き戻し〉をしていた時に聞いた声。

「わたしも〈遠話〉ができるの？」

　でも、いつも聞こえるわけじゃないし、わたしが誰かに声を届けられるわけじゃない。そう言うとリンくんは頷《うなず》いた。

「それが、葛木じゃない〈ハヤブサ〉の話になるんだ」

「葛木じゃない？」

　みんなが不思議そうな顔をする。

「最初に満ちるが訊いたよね？　どうして〈ハヤブサ〉って名前なんだって」

　満ちるが頷いた。

「〈ハヤブサ〉は一人じゃないんだ」

「一人じゃない？」

　辻谷さんが言った。

「実は〈引き戻し〉も〈囲む〉ことも僕や葛木が考えだしたことじゃないんだ。僕たちがやっていることは、ずっとずっと昔から代々行われていたことなんだ」

　代々って。真山さんが身を乗り出して言った。

「子供だけって言ってたな？　遠話ができるのは」

「うん」

「大人になると消えてしまうんだな？　その能力は」

「そうみたい。大人になっても受けるのはできる人もいるけど、届けるのはほとんどは中学生ぐらいで消えちゃう。理由はわからないけど」

「じゃあ、あれか！」

辻谷さんが手をぶんぶん振り回して言う。

「〈ハヤブサ〉ってのは、その時その時で、遠話のリーダーかなんかが受け継ぐ名前なんだな？」

そうなんだ、とリンくんはニコッと笑った。

「僕たちの能力はいつかは消える。でも、またそれはどこかの子供たちに現れる。その中で、仲間内でいちばん遠話が強い人間が〈ハヤブサ〉の名前を受け継ぐんだ」

「じゃあ、葛木の前のハヤブサは？」

ツトムくんが訊《き》くと、リンくんは少し悲しそうな顔をした。

「僕たちは直接は知らないんだ。彼は消えてしまったから」

「消えた」

「引き戻しに行って、そのまま帰ってこなかったって。葛木は残ったその時の仲間から、ハヤブサの名前を受け継いだ」

「そういうことも、あるんだな」

辻谷さんが呻《うめ》くように言った。そういうふうにさっき聞いてはいたけど、改めて言われると、少し怖くなる。あの、わたしが行ったような真っ白な空間から出てこられなくなるんだろうか。

待ってよ！　って満ちるが慌《あわ》てて言う。

「かほりのことでそういう話になったってことは」

リンくんは頷いた。

「早川さんのことはだいぶ前から知っていたんだ。僕が遠話ができるようになった頃から」

「そんなに？」

まだこの町に来るずっとずっと前。リンくんは嬉《うれ》しそうに少し笑った。

「転校してきた時は本当にびっくりしたよ。ハヤブサと二人で運命なんだなーって話していた」

「じゃあ、かほりも遠話ができるの？」

満ちるが訊いた。

「今はただ受け止められるだけだけど」

「受け止めるだけ？」

「アンテナだけは持っている人はけっこう多いんだよ。自分でも気づかないだけで僕らが話していることを受け止めちゃう人っているんだ」

「普通にか？」

真山さんが訊いた。

「普通に。でもその力が弱いと本当にただの〈そらみみ〉だなって思ってしまって、気づかないいんだと思う」

「空耳なら誰だって覚えがありますなぁ」

八木さんが頷く。

「それが遠話を受け止めている状態だと思うんだ。中には遠話ができるのに気づかない人もいる。不安定な人もいる。そういう人たちは実はいっぱいいて、だから、ぼくたちの遠話は実は珍しいものでもなんでもないって思うんだよね」

「気づかないだけか。自分がそれをしたり聞いたりしているのを」

真山さんがリンくんに言った。

「そうだと思う。調香師の鼻が普通の人よりすごいのと同じで、僕たちは単に遠話の力が強いというだけの話だと思う」

「それはわかったけど、かほりは」

満ちるが真剣な顔で言う。わたしは。リンくんが、真剣な顔でわたしを見た。

「早川さんの遠話はきっとものすごく強くなる。今の葛木と同じぐらい。それが僕たちにはわかるんだ。わかっていたから、僕らはときどき早川さんに呼びかけていた。昔から空耳がよく聞こえたのはそのせいなんだ」

あれは、〈そらこえ〉さんは、リンくんや葛木くんだった。

「いつか、早川さんは〈ハヤブサ〉になれるんじゃないかと思う。そうなってほしいと思っていた。僕も葛木も」

満ちるが息を呑《の》んだのがわかって、わたしも思わず何かを飲み込んでしまった。

わたしが〈ハヤブサ〉？

「どういうこったよ。ハヤブサは葛木がいるじゃねぇか。しかも同い年だ。大人になったら〈遠話〉は消えるんだろ？　次のハヤブサになるには、かほりちゃんじゃ年が合わないじゃねぇか」

「もちろん。でも、さっきも言ったけどいつどんなふうになるかわからない。何より、葛木は自分の身体《からだ》の弱さを気にしているんだ。それこそ、いつ死ぬかわからないから」

リンくんは急ぐように言った。わたしの顔を、少し微笑《ほほえ》みながら見ていた。

「もっとちゃんと〈遠話〉が使えるようになってから言うつもりだったんだけどね」

わたしがハヤブサになるなんて。

「無理強いなんかしない。別に義務でもなんでもないんだから。ごめんね。気にしなくてもいいって言っても気にするだろうけど、どうするかは、早川さんが決めてくればいいよ」

急がないで、ゆっくり考えて、とリンくんは言った。

「僕にできることはなんでもするから」

なぁ、真山、って辻谷さんが言う。

「なんだ」

「ずっと考えていたんだけどよ」

「うん？」

「五島のことだ」

みんなが何のことだろうって辻谷さんを見た。

「五島だよ、ゴトー。小学校の時の」

「あぁ、そうか」

真山さんがうん、と頷いて辻谷さんが続けた。

「小学四年の時の遠足だ。ちょっとした小高い山で、展望台やらロープウェーやらがあるところで。まぁなんてこたぁない普通の遠足だったんだけどよ、何人かの生徒が先生の目を盗んで山ん中に入っていった。虫でも探しにいったのか何なのか。ところがそれきり帰ってこねぇ。先生方が探しても見つからない。日没になる前に警察やら消防団やらが出て捜索が始まってね、まぁ俺らはさっさと帰されたから、それを知ったのは次の日に学校に行ってからなんだけどよ」

「誰かが見つからなかったんですな？」

「そう」

八木さんの質問に真山さんが続けた。

「五島という私たちのクラスの生徒でした。一緒に行った数人の子は全部明け方に見つかったんですけど。結局道に迷ってしまって河原にいるところを発見されたんですが、その五島という子は、暗くなってしばらくして、気がつくといなくなっていたそうです。あの日から、ずっと行方不明なんですよ、五島は」

きっとそういう事件は今も世界中でたくさん起こっているんだろうと思う。

「遠話のせいかどうかはわかんねぇけどな。この件で思い出しちまったよ、何十年ぶりかで」

「お前とけっこう仲が良かったよな」

「おう。絵がうまくてな。俺はからっきしだったからうらやましくてよ。写生の時間とかくっついて回って真似《まね》して描いてた。覚えてるよ、動物園に行ったときあいつはライオンを描いててな、真似したはいいけど俺のはどうひいきめにみても太ったドラ猫だった」

　皆が少し笑った。なんだか辻谷さんらしい。

「まぁなんだかんだ言って、しばらく淋《さび》しかったもんだ。五島も、ひょっとしたら遠話であっちの世界に行っちまったのかもな」

「そうだな」

　もしそうなら、その時代の〈ハヤブサ〉は、五島さんを助けられなかったのかもしれない。

「子供っていうのは、本当に不思議な存在ですなぁ」

　八木さんだ。

「昔からね、大人の眼に見えないものを見るのは、子供でしたでしょう？　日本ばかりじゃなく世界中で、子供たちの眼は我々には捉《とら》えられないモノを見ていた。もちろん、我々だって見ていたはずなのに、それをいつしか忘れてしまうんですなぁ。これはどうしてなんですかねぇ。遠話の能力を持つのが子供だけだったりするのも、実にあれですな」

「倫志、お前も赤ん坊の頃からよく誰かと話していたぞ」

「誰か?」

真山さんが少し笑った。

「赤ん坊はみんなそうだ。誰もいない空間に向かって手を伸ばす。まるでそこにいる誰かと手をつなごうとしているように話しかける、笑いかける。きっと父さんも辻谷も八木さんもそうだったんだろう」

「昔々の神隠しなんてのもねぇ、そういえば子供ばっかりそういう目に遭ってきたんじゃないですか?」

「そういやそうだよなぁ。大人が消えちゃあ、それはただの蒸発だな。その辺の駅前に行けばホームレスの姿で見つかる」

みんなが笑った。

「今さら言うことじゃないんだろうが、実感するな」

真山さんが言う。

「なんだよしみじみと」

「子供はいつでも驚くべき可能性と能力を秘めた存在だなってさ。いつか失ってしまうものでも、それは大人が守ってやらなくちゃならない。ただの普通の人間になってしまった大人が」

「同感だが、今回に関しちゃ俺が役に立つか疑問だな。あいにく俺は遠話どころか人の話さえろくすっぽ聞かねぇんで有名だからな」

またみんなが大笑いした。

☆

学校ではそろそろ夏休みの話も出ている。満ちるは毎年瀬戸内海の方にいる親戚《しんせき》の家を訪ねる。

「良いところなんだよー。すごい海がきれいで」

いつも行こうよと誘われていて、でもお父さんのことがあったから今までは断っていた。今回こそ一緒に行こうって言うから、叔父さんに訊いてみると先方がご迷惑でなければ構わないよって言う。お父さんのことは心配しないで行っておいでって。

天文台でみんなで話し合った日から二週間ぐらい経《た》っている。

土曜日の夜になってきれいな晴れ間が広がっていたので、わたしはリンくんと満ちると一緒に天文台に行ってみた。葛木くんは少し具合が悪いらしくて青い顔をしていたけど、少しは動いた方がいいからって出てきた。それでもだいぶん調子が悪いようなので観測とかするのはやめてみんなでロビーで話をしていた。

リンくんの話では、あれから八木さんと真山さんと辻谷さんは、葛木くんやリンくんが今までしてきたことの裏付け調査というものをしているそうだ。阪下さんや静絵さんもそれに協力している。今までリンくんや葛木くんがやってきたことを全部記録していたのは阪下さんと静絵さんだ。

葛木くんはずっとそれを望んでいたって言う。

「ずっと言っていたんだ。いつか大変な事が起きるかもしれないから、その時のためにもちゃんと理解してくれる大人が必要だって」

「大変な事って?」

満ちるが訊く。葛木くんはわからないけどねって言う。

「時々考えたら恐《こわ》くなる時があるんだ。車が消えちゃうってすごいことだろう?」

頷《うなず》いた。すごいことだけど、あまり実感はない。そう言うと満ちるがそれってさ、と言い出した。

「私たちってさ、映画とかテレビとか、とにかく映像で何でもスゴいのを見慣れてるじゃない？」

「そうだね」

「だから、車が消えるって言われても、あぁそうかって思うだけなんだよね」

これってなんだか逆に想像力の欠如に繋《つな》がっているんじゃないかって言う。

「絵を描いていても、なんだかそういうのを感じるんだ。逆に山とか川とか自然をスケッチしている方が、すごい！　とか思っちゃうの」

リンくんが、わかるなそれって感心していた。それから話を続けた。

「実感はないんだけど、でも確かに遠話の暴走は危険なことだと思うんだ。それで何かあった時に、たとえば父さんたちはもうちゃんとわかってくれるけど」

そうじゃない人はきっとたくさんいるって、リンくんは言う。その時のために、理解してもらうための材料は必要だって。

実は、誘拐未遂をワンパターンなものにしていたのもわざとなんだって。

「そうしておけば、いつか誰かが気づいて調べてくれるんじゃないかと思ったから」

それがまさか辻谷さんになるとは思ってもみなかったけどって笑う。こうなるんだったら最初から真山さんとかに相談していた方が早かったって。

「葛木ってさぁ」

満ちるが呼ぶ。呼び捨ての方が呼びやすいそうだ。

「嫌なこと訊《き》くかもしれないけど、全然外の世界を知らないんでしょう?」

葛木くんは苦笑した。

「外の世界って大げさだけど」

まぁそうだねって頷いた。事故に遭ったのは小学校一年生の時。それからずっと車椅子《いす》とベッドの上での生活しかしていない。学校にももちろんほとんど行っていない。すぐに熱を出したりしてしまうから遠出もできないそうだ。

「葛木の宇宙に憧《あこが》れる気持ちはすごくわかるけど、この町だってけっこう楽しいし、地球上にだって楽しいところはすごくいっぱいあると思うんだけど」

そうだねってみんなが頷いたけど、何を言いたいのかよくわからなかった。満ちるは無駄話をする子じゃない。何か言いたいんだと思うんだけど。

「空ばっかり見ていないでさ、今度みんなで一緒にどっか行こうよ」

わたしやリンくんと一緒に、海でも山でも町でもって満ちるは言った。

「いつか宇宙に行った時に、地球が懐《なつ》かしくなるようにね」

故郷の星がきれいだと思えるようにって。

リンくんも葛木くんも、わたしも頷いた。それが言いたかったのか。でも本当にそうだと思う。

わたしを助けてくれたのは、本多将斗《ほんだしょうと》くんという人だそうだ。みんなにはショウトって呼ばれているらしい。お母さんと二人暮らしで、一つ上の先輩。もちろん他にも遠話ができる子はたくさんいて、リンくんが知っているだけでも世界中に四、五十人はいるって言う。でも遠話のできる子が全部繋がっているわけじゃないし、それを理解しているわけじゃない。だから本当はもっと多くの子供たちがいるはずだって。

「中にはもちろん僕らがやっていることに無関心な子もいるし、批判的な子もいる」

だから仲間として活動しているのは十人ぐらいしかいないそうだ。

「そういえばこの間、ケイちゃんの声が聞こえた」

わたしが言うと、そうなの？　ってリンくんが笑う。

「遠足が楽しみだーっ、て叫び声だった」

「あぁ、僕も聞いたな、それ」

ケイちゃんの遠話は本当に強いって葛木くんが言う。葛木くんはそういうのも感じ取れるそうだ。

「ケイは本当にゃんちゃって感じだよね。遠話も自分では意識しないでやっているんだよ」

だから時々友達と遊んでいるだけの会話が延々と遠話で入ってくることがあるって言う。そんな時はちょっと怒ってやるそうだ。

「うるさいぞ！　って」

「他にはなんて子がいるの？」

満ちるが訊いた。なんか私とツトムだけなんにもないなんて不公平だと笑っていたけど。でも従弟《いとこ》のケイちゃんがそうだってことは私にも可能性はあるよねって言っていた。

「ルナに、アキオ、ミキ、ケイジ、ショウト、キンイチ、トモミ、ヤヨイ。今一緒に活動しているのはそれぐらいかな」

満ちるが指折り数えて、ケイちゃんとリンくんと葛木くんを入れて十一人かと言った。

「サッカーチームが作れるってツトムなら言うね」

夏休みの約束をしてみた。

わたしと満ちるは、満ちるの親戚の家に遊びに行くけど、それにリンくんも葛木くんも行こうって。ツトムはどうでもいいけど、このメンバーで誘わないとひねくれるから呼んであげようって満ちるが笑う。

葛木くんも、行けたらいいなぁって嬉《うれ》しそうに言う。海なんか幼稚園の時に行ったきりだって。

もう休むねって言って葛木くんが家に帰っていった。少し辛《つら》そうだったので阪下さんが事務所から出てきて送っていった。静絵さんもやってきて、わたしたちのテーブルに座りながら葛木くんの後ろ姿を見ていた。

そういえばリンくんが言っていたけど、静絵さんはあれから時々リンくんの家に顔を出しているそうだ。パッチワークに興味があって、リンくんのお母さんのやっているのを見学させてもらっているって。お母さんがやっているのはアメリカンキルトっていって本格的なものだそうだ。今まで作ったものも見せてもらったけどすごい作品がいっぱいあるって言う。

「母さんは静絵さんのことを好きみたいだよ」

リンくんが言う。静絵さんが来るとすごい嬉しそうな顔をする。真山さんも静絵さんがいる時には、お母さんが今までとは違う反応を見せるのでぜひ来てほしいと言ってるって。

「嬉しいな。ちょくちょく通ってしまおう」

リンくんはなんだったら母さんをここに連れてきてもいいって言う。

「父さんが取材とかでいない時は便利だし」

「それは私に任せて自分は羽を伸ばそうという魂胆じゃないの？」

静絵さんが言うとリンくんはバレたかって笑う。わたしのイメージではリンくんはお母さんのことをいつも考えている良い子って感じなんだけど、そうでもないよって
リンくんは言う。

「ぶっちゃけ、めんどくさいって思う時もあるし」

それが普通よって静絵さんが言う。

「無理をしちゃダメ」

わたしのお父さんのことも、自分の気持ちに負担をかけないようにねって言ってくれる。わたしが毎日楽しく過ごすのがいちばん大事なんだからって。お父さんのことばかり考えて自分の気持ちを殺してしまうのは良くないって。

葛木くんのことを満ちるが訊いていた。夏休みに旅行は可能かって。静絵さんは少

しムズカしい顔をする。

「そうね。ちゃんと準備をして、そうだなぁ、いざという時の態勢を整えておけば。

そういうこともさせてあげたいな」

大変なことをやっている葛木くんだけど、普通の男の子なんだ。わたしたちのクラスにいる男子と何も変わらない。やりたいことだってたくさんあるはず。

「不平不満を言わない子だから」

なんとか計画してみようかって静絵さんも笑う。リンくんもそれがいいねって言う。

でも、夏休みが始まる前の、あの日に。

☆

火曜日。

二時間目の授業の真っ最中に、それが飛び込んできた。

最初は何かわからなかった。

〈遠話〉と、〈そらこえ〉さんと似た感覚があったけど違う。何かが聞こえてきたような、でも、なんだかとても嫌な感じだった。何だろうって思っているとリンくんの声が教室に響いた。

「すいません！　トイレいいですか」

「我慢できないのか」

数学の渡辺先生はちょっと融通がきかない。あんまり好かれている先生じゃない。吊《つ》り上がった目がリンくんを睨《にら》んだけど全然怖くないところがこの先生の特徴。

「今朝から下痢しているんです」

「しょうがないな、行ってこい」

リンくんは行ってこい、を聞く前に走った。ちらっとわたしの方を見たからきっと何かが起きたんだと思った。

満ちるが振り向いて少し顔をしかめてわたしの方を見た。わたしは小さく頷く。とてつもなく嫌な予感。一緒に教室を飛びだしたかったけど、きっと後から連絡があるだろうと思っていた。

そうしたら、それが聞こえてきた。はっきりとわたしの耳に。

『ハヤブサ！』

『リン、気がついたのか？』

『なんだあれ？』

『あれが、いつも言っている赤信号なんだ』

赤信号？　前に言っていた、葛木くんが感じ取れる〈遠話〉の暴走。

『でも今までのものとは全然違う。強い遠話を持った子が、とんでもない暴走をして消えたとしか思えない』

『どの辺で？』

『まだわからない。今ショウトも参加してくれた。そう遠くない場所だとは思う』

リンくんと葛木くんの遠話がわたしの耳に届いている。どうしてなのかわからないけどはっきり聞こえている。

とんでもない暴走。考えられるのはなんだろう。わからない。

『ルナも、ヤヨイも参加できた。今、ネットでいろいろ見てはいるけれどわからないんだ。真山さんに連絡を取ってくれないか？　辻谷さんに、どこかで大きな事件が起きていないか調べてもらってほしいんだ』

『わかった。すぐやる。父さん？　僕！』

携帯で真山さんと話しているんだろう。間が空いた。あたりまえだけど電話の向こうの真山さんの声は聞こえない。

『どこかで大きな事件が起きていないか、すぐ辻谷さんに確認してもらって！　とんでもない暴走をして消えてしまった子がいるかも知れない！』

嫌な感じはまだ続いている。

胸騒ぎ。

吐き気をもよおす一歩手前のような感覚。どこで、何があったんだろう？

葛木くんたちが遠話で〈囲んで〉いくのをわたしは感じていた。

どうしてかわからないけど、いきなり遠話の、わたしのすべての感覚が総動員されたように感じる。たとえばプールに入って泳げるって感じるのと同じように、リンくんたちの遠話のすべてを感じ取れるということがわかる。

葛木くんの遠話が何人かの人の間を飛び回って、この嫌な感じを発信している場所を少しずつ絞り込んでいる。ショウトくんって呼ばれるわたしを助けてくれた子もいる。それから、ルナ、ヤヨイ、ケイちゃんもいた。アキオ、ミキ、ケイジ、キンイチ、トモミ。

よく参加してくれるって言ってたみんなが、葛木くんを中継して遠話の会話をしている。

葛木くんはみんなの住んでいる場所を知ってる。それをどんどん頭の中で繋いでいいく。遠話のみんなが感じる自分のところから南の方向とか、東京の方とか、そうやって感じるものを葛木くんは繫《つな》げていって、場所を絞り込んでいく。

『海の方角！　遠くないよ！』

『待って、ルナのいるところから西の方に感じる！』

『南西だ。南西に、車で二時間ぐらいの距離感』

みんながそれぞれの感覚で感じるものを葛木くんに伝える。その葛木くんが感じているものを、わたしも感じ取れる。何かが、なんだかとても大きな力を持ったものが消えてしまったような感覚。確かにそんなに遠くはないとおもう。

どうしようって考えていた。リンくんは今どこで遠話しているんだろう。一人きりになれる場所だから男子トイレだろうか。

満ちるが手を挙げるのが見えた。

「先生！」

「なんだ」

「早川さんが具合悪いそうです。保健室に連れていっていいですか？」

「早川？」

渡辺先生がわたしの顔を見る。満ちるったら。

「確かに顔色が悪いな。大丈夫か？」

そうなんだろうか。このなんとも言えない感覚のせいかも。満ちるの計画に乗ることにした。

「すいません、なんだか吐きそうで」

行ってこい保健室って先生が言って、満ちるが立ち上がってわたしの手を取った。鞄《かばん》なんかはあとで誰かがなんとかしてくれる。携帯とか財布が入っているポーチだけを取ってわたしたちは教室を出た。

角を曲がるまではゆっくりと歩く。満ちるは目をくるんとまわして唇の端を上げる。それから真面目《まじめ》な顔になった。

「なにかあったの？」

「わからない」

わからないけど、遠話が聞こえてきて何かが起きたみたいだって説明した。リンくんはどこにいるんだろうって話した時、また遠話が飛び込んできた。

『リン！　場所が特定できた。坂崎市あたり。あるいはその近辺。その辺で調べるように辻谷さんに』

『わかった。このまま電話するから聞いてて』

『ああ』

『父さん？』

『辻谷さんと繋がっているの？』

『ハヤブサとは遠話で話している』

『マサおじさん？　場所が特定できたんだ。坂崎市あたり、あるいはその近辺だってハヤブサが言ってる』

『ゴメン、もう少しはっきりした。坂崎市じゃない。隣りの蒲浜市あたり』

『マサおじさん？』

そこまで聞いた時にリンくんの姿が見えた。屋上にいた。満ちるが一人きりになって遠話を使えるのはそこぐらいじゃないかってあたりをつけて正解だった。

リンくんはわたしたちの姿を見てちょっと目を大きくしたけどすぐに真面目な顔になって頷《うなず》いた。それから携帯のスピーカースイッチを押した。わたしたちにも聞かせるため。

(辻谷？　聞こえているか？　おい！)

(聞いている！　真山！)

(どうした)

辻谷さんが黙り込んだ。三人で同時通話をしていたんだ。

（まだ未確認だけどな、しん・みらい線のダイヤが混乱している）

（しん・みらい線？）

（くそっ！　なんだこりゃ！）

（どうした！）

辻谷さんが、電話の向こう側で怒っている。誰かに何かを怒鳴りながら指示を出しているようにも聞こえる。

（真山！　話は後だ！　犯行声明が送られて来やがった！）

犯行声明？

（爆弾テロだ！　やつら、ＡＣランナーに爆弾を仕掛けてやがった！）

☆

真山さんの車で天文台に行くと、もう葛木くんは出かける準備をしてロビーで待っていた。阪下さんも静絵さんもそこで待っていた。

わたしたちはあのまま学校を飛びだして、リンくんの家まで飛ぶように走った。リンくんは、わたしたちがいてもどうにもならないんだから来なくていいって言ったんだけど聞かなかった。

「そういう言い方はないでしょ！　心配しているのに」

満ちるの剣幕にリンくんはしょうがないなって顔をしていた。わたしたちが着くとほとんど同時に辻谷さんも天文台に駆け込んできた。

「お二人さんも来てたのか」

わたしたちを見て頷く。

「状況はわかったのか？」

真山さんが訊《き》いた。

「爆破の犯行声明はほとんど全部のマスコミに一斉に流されてきやがった。腐った時代の象徴であるしん・みらい駅タワーを爆破するってな。やつらあのニューヨークの悲劇の再現を狙《ねら》ってやがる」

わたしたちも知っている。あの日のテロ。

「ただ飛行機じゃなくて電車だ。ACランナーに爆弾を仕掛けて、それが駅に着くと同時に爆発するようにしたってな」

真山さんが首を傾《かし》げた。

「そんな犯行声明は無意味だろう。電車が着く前に出したら、駅の前で停められる」

「だからよ」

辻谷さんは顔をしかめた。

「たぶん、爆破時間と同時にファックスやメールが流れるようにセットしてあったんだろうさ。ところがどっこい、その時間に爆発は起こっていない。起こっていないどころか電車が駅に着いていない」

じゃあ、消えてしまったのは。

わたしは満ちると顔を見合わせた。

「未確認だ。未確認だし問い合わせても何もわからないの一点張りだけどよ、電車だろうな。ACランナー。現代の最新技術を集めたその電車が、軌道上のどこにもいねぇんだろう。でっかい爆弾と乗客二百人以上を乗せたまま消えちまったとしか思えねぇ」

葛木くんはすぐに行こうってリンくんに言って、でもリンくんはムチャだって言う。

葛木くんの身体《からだ》を心配しているんだろうけど、葛木くんは首を横に振った。

「悪いけど、リンだけじゃ無理だ。わかってるだろう？」

「そうなのか？」

真山さんが訊く。リンくんは少し考えて頷いた。わたしにもなんとなくそれがわかる。不思議だけど、今のわたしには遠話の暴走で消えてしまったものの多さと大きさが感じ取れる。そう言うと、葛木くんはにこっと笑った。

「感じていたよ。さっき急に早川さんの感覚が強くなるのがわかったから」

リンくんも頷いた。そういうことはよくあるらしい。

「ショウトとルナとヤヨイも来てくれる。ヘリコプターを辻谷さんが用意してくれたから、みんなすぐに着く」

ヘリコプターは辻谷さんの新聞社の取材用ヘリコプターだそうだ。こういう時のために偉い人たちにすべてを説明しておいたって言う。

「あれだけきちんとしたデータを揃《そろ》えれば納得するしかねぇさ。ましてやブン屋だぜ？　こんな時に言うセリフじゃねぇけどな。スクープの匂《にお》いがぷんぷんしてるものを見逃すはずがねぇ。我が社は全面的にバックアップ態勢を取っているから安心しろ」

みんな遠話の強い仲間ばかりだそうだ。そう言われてわたしはさっきの〈囲んだ〉感覚を思い出す。まだ誰が誰かの違いはわからないけど、なんとなくその強さはわかる。泳ぐフォームを見て速さがわかるのとおんなじだ。

真山さんたちはそういうみんなの親に一度会いに行っている。遠話のことを説明しに行ってくれた。これからのことを考えたらそうしておいた方がいい。いつまでも誘拐ごっこを続けるわけにもいかないからって。

自分たちにはどうしようもないことを、理解し難いことを始めてしまった子供たちをできるだけ見守りましょうって、何かの時には連絡しあいましょうと約束してきたそうだ。どのお父さんもお母さんもとまどっていたけど、納得して理解してくれたそうだ。

わたしのお母さんも生きていたら理解してくれるだろうか。お母さんなら笑って、すごいねーって感心したかもしれない。

でも、こんなに早く、その時が来るとは誰も思っていなかった。

ケイちゃんも呼ばれていた。まだ三年生のケイちゃんを呼ぶことを葛木くんはためらったそうだけど、でも最悪のことを考えた時、ケイちゃんの力が必要になると言っていた。とりあえず現場がどうなっているか。それによってはケイちゃんは参加させないと言った。みんなの中でもいちばん小さいケイちゃん。

「ケイは、八木さんと一緒にパトカーで向かってる」

葛木くんが満ちるに向かって言う。満ちるも真剣な顔で頷いた。八木さんは、八木さんがいた警察署の署長さんにすべてを話して、理解してもらったと言っていた。そのうちに日本全国の警察に理解してもらうと言っていたけど、間に合わなかった。みんなが、遠話に関わるみんなが葛木くんの心配していたとんでもない事態に向けての準備をしている途中だった。

それなのに。

「時間がもったいない。とにかく行こう」

蒲浜市にある新聞社のヘリポートにショウトくんたちは着くっていう。そこで合流して現場に向かう。まだ向こうも合流している最中だから今から車で出ればちょうどいいタイミングで一緒に行けるって辻谷さんは言う。

「問題は」

辻谷さんが、言葉を切った。

「誰が行って、誰が残るかだな」

リンくんのお母さんもいる。だから静絵さんはここに残ってもらわなきゃ困ると辻谷さんが言った。静絵さんはちょっと眉《まゆ》をひそめたけど、頷いた。それから少しかがんで葛木くんに言った。

「絶対、ムチャしないで。いい？」

葛木くんは笑う。大丈夫だよって。リンくんが行くので真山さんはもちろん一緒に行く。辻谷さんも新聞社に協力してもらっているから行かなきゃならない。阪下さんは葛木くんに付いていきたいけどこういう事態の時にあまり人数が多いのも問題があるでしょうって言った。

「すいませんが真山さん、よろしくお願いします」

真山さんは頷いていた。もちろん、葛木くんがどうにかなったときの対処法はもう聞いている。

わたしたちは。

「満ちるちゃんは、留守番だ」

辻谷さんが言う。冗談じゃないって満ちるが言った。

「ケイだって行くんでしょ？　おじいちゃんも。どうして私が行っちゃダメなの」

「満ちるちゃんが行っても何もできねぇだろう？　それぐらいはわかってるんだろう？」

辻谷さんが優しく言う。満ちるが、何か言いかけたけど、やめた。やめて、わたしを見た。

「かほりが行くんなら、わたしも行く。ゼッタイ行く。もし置いていったら辻谷さんにレイプされたって新聞社に投書してやる。ネットにガンガン流してやる」

こんな時だけど、静絵さんが思わず吹き出した。真山さんも葛木くんも笑って、リンくんはお腹《なか》を押さえていた。辻谷さんの顔は怒ったような困ったような変な顔になった。

「笑ってねぇで何とか言ってくれよリン」

リンくんは笑いすぎてお腹が痛いって言いながら手をひらひらさせる。

「ダメダメ、満ちるになんかかなわないもん、僕は」

「早川さんは来てもらいましょう。だから、しょうがないんじゃないかな?」

葛木くんが言ってくれた。今のわたしの遠話は他のみんなと同じくらい強いって。

辻谷さんはまた説得しなきゃならない相手が増えたじゃねぇかってブツブツ言う。わたしの叔父さん叔母さんと、満ちるの両親。

阪下さんがその役を引き受けてくれた。家に寄っている暇はないから、真山さんや八木さんと携帯で連絡を取りながら説得してみますって。

「大丈夫、二人とも危ない目にはあわせないから」

リンくんがそう言って、葛木くんも頷いた。

「そうと決まったら行くぜ。一刻を争うんだろ？」

辻谷さんの言葉に、みんなが頷いた。

真山倫志

新聞社のヘリポートにみんなが集合した。

ショウトやヤヨイ、ルナと直接会うのは僕もハヤブサも初めてだったけど、もちろん、もう何年間も遠話で話してきたんだから、そんな気がしない。よぉ、とか、こんにちは、とか挨拶《あいさつ》して、すぐに車に分乗して駅へ向かった。

天文台から乗ってきた車はマサおじさんが運転して、僕とハヤブサと早川さんに満ちる。それに集まった皆が乗った。ちょっと定員オーバーだけど着く前に話し合っておかなきゃならないから。

近づいたことで、状況が僕らには手に取るようにわかってきた。皆がそれを口々に言い合う。

「どうなんだリン？　何かが消えちまったのは間違いねぇんだろ？」

「間違いない。二人の子供が暴走している。それが」

「それが？」

考えたくないけど、間違いない。

「たくさんの人と、大きなものが一緒に消えている」

「大きなものって」

ハヤブサが口に出した。

「きっと電車なんだろうね。何両編成かわからないけど」

マサおじさんがごくりと何かを呑《の》み込んだ。

「六両編成だ。六両編成のＡＣランナー。犯行声明にあった時間の電車はそれだ。まともにゃ現場に辿《たど》りつけねぇな」

ちらっと後ろを見た。後ろのパトカーには八木さんとケイ、そして父さんが乗っている。なんでも運転しているのは八木さんの相棒だった刑事さんだって話だ。もう一台ついてくる車にはショウトとルナとヤヨイのお母さんだ。

「警察なら八木さんがなんとかしてくれるだろうがよ」

そうじゃないのが出てくるだろうなって言う。

「そうじゃないのって?」

ヤヨイが訊いた。

「テロリストどもから犯行声明が出ちまった。当然政府の危機管理チームがもうできあがっているはずだ。あの巨大な駅ビルを崩すぐらいの爆弾が仕掛けられたってことは、周辺にも避難命令を出さなきゃならないし、そうなると警察だけじゃなくて自衛隊も出てくる」

「すごいね」

「だろうさ。戒厳令だ。一般市民の俺たちがどうやってその中心に行くことができるか」

政府相手じゃ八木さんや、八木さんのいた警察署の署長クラスじゃどうにもできねぇかもしれんってマサおじさんは唇を噛《か》んだ。

「ハヤブサ」

時間が気になる。消えている子供のことはもちろんだけど、ハヤブサが少し辛《つら》そうだ。

「大丈夫? 何か飲む?」

満ちるが心配そうに言った。

「大丈夫、まだ大丈夫」

早川さんは同じ女の子のヤヨイとルナといろいろ話している。ショウトもそれを聞きながらどういうことでここまで来たかをお互いに確認しあった。

「かほりさんはすごいよね。さっきいきなり入ってきたからびっくりしちゃった」

ルナだ。ルナは六年生。髪の長い、切れ長の眼がとても印象的な女の子。読書好きで、よく本を送ったり送られたりしていた。おとなしくて、頭のいい子。ニコニコして頷《うなず》いているヤヨイは同級生だ。幼稚園の頃から剣道をやっている。しっかりして芯《しん》の強い子っていう印象がある。

「やっぱりな。交通規制だ。くそっ、出たぜ！」

マサおじさんが怒鳴った。向こう側にしん・みらい駅の大きなタワーが見えて、やっぱりそこに続く道路が封鎖されている。警察と、自衛隊だ。指示に従って、マサおじさんは車を止めた。

「ここから先には行けません。事故で通行規制が入っていますので、引き返していただけますか？」

お巡りさんが、ぐるっと車内を見渡した。向こう側で自衛隊の人がこっちを見ている。

「どうするの」

「とりあえずは八木さんにまかせるしかないだろうさ。お前たちは乗って待っていろよ」

後ろの車から、八木さんと父さんが降りてきた。マサおじさんも車を降りた。

父さんたちは向こうの方に歩いていった。話している。自衛隊の人も寄ってきた。うまく話をつけてくれればいいけど、どうなるか。正直言ってわかってくれるとは思えない。ケイが僕たちの車に移ってきた。心配そうな顔をしてハヤブサを覗《のぞ》き込む。

「大丈夫だよ」

ハヤブサの瞳《ひとみ》が、笑う。

「僕は大丈夫。そしてきっとなんとかなる。現場に行けるよ」

頷いて、皆で顔を見合わす。

なんとかしなきゃならないんだ。

時間がどんどん過ぎていった。外ではずっと父さんたちが話をしている。マサおじさんがどこかへ電話をしていた。何も喋《しゃべ》らないで、僕たちは車の中でじっとしていた。あのうるさいケイでさえ、唇をかみしめて、じっとしていた。

僕たちは感じてる。

消えてしまった子供たちを。そして一緒に消えてしまったものの大きさを。

「ねぇ」

ルナが口を開いた。

「わたし、人しか引き戻したことないんだけど、物を引き戻すってどうやるの？」

「おんなじ。遠話をする感覚でそれを感じ取ればいいんだ」

ショウトが答える。この中では、ショウトがいちばん多く引き戻しを経験している。確か四回。車を引き戻したこともあるんだ。ルナもヤヨイも人の引き戻しを二回ずつ。

「重さは関係ないみたいだな。ただ、なんだろ、すごく抵抗はあるんだよ。手ごたえっていうか、そういうの。戻ってくる時に、何かなぁ海の中にいて波に持っていかれそうな感じ？　あんなの」

車はそうだけど、電車はどうなのだろう、見当もつかない。

「来てもらってから言うのも、あれだけど」

じっとうずくまっていたハヤブサが顔をあげた。顔が青白い、いつも以上に。

「なに？」

「ヤヨイ、ルナ、ケイ、ショウト、リン、早川さんも」

みんなが、頷く。

「危険なことだと思う。これまでの引き戻しとはぜんぜんスケールがちがうと思う。命に関わるかもしれない。参加しなくてもいいんだ。このまま、帰ってもいいんだ」

ショウトが首を少しかしげる。ケイは眼をパチクリさせている。ヤヨイとルナは、お互いに顔を見合わせた。早川さんと満ちるは僕を見ている。

「誰も責めない。僕たちはレスキューでもないし警察でもないし自衛隊でもない、ただの子供だ。何もする必要はない。義務もない。電車と爆弾が消えたからって、危険だとは限らない。あっちの世界へ行ってしまってそれっきりかも知れないんだ。放っとけばそれで済むかもしれない。消えてしまった人たちはかわいそうだけど、引き戻すことで事態を悪化させるかもしれない。だから、何もしないで帰ってもいいんだ」

ハヤブサの言う通り、そうかも知れない。このまま放っておいたほうがいいのかも知れない。でも。

「でも、ハヤブサはやるんだろう？」

僕が言うと、ハヤブサは少し待ってから、頷いた。

「じゃあ、つきあうよ」

「あ、俺も」

「私も」

「うん」

「僕も！」

　笑顔が見えた。

「消えた子供を見捨てて帰れないよ。僕たちにしかできないことなんだ。やるよ」

「ヒーローになれるかもしれないぜ」

　ショウトがそう言って笑う。中学にあがってからバスケット部に入ったって言った。短く刈り上げた頭だけど、後ろ髪だけが妙に長い。ハヤブサとは対照的に、日に焼けて健康そうだ。

　ケイが足をじたばたさせていた。この雰囲気に慣れたのか、表情が生き生きとしていた。じっとしてられないっていう感じだ。ヤヨイはニコニコしている。ルナは、ハヤブサの額の汗を拭《ふ》いてあげていた。早川さんと目が合うと、にっこり笑って頷いた。

死ぬかもしれないっていう危機感はない。っていうか、よくわからない。やってみなければ何が起こるかわからない。

　わかっているのは、消えてしまった子供たちを助けられるのは、僕たちだけだってこと。

それだけだ。

「ありがとう」

ハヤブサが言う。

「でも、約束してくれ。君たちの父さんや母さんが反対したら、逆らわずに、やめるんだ」

「でも」

「駄目だ。それだけは前からの約束だったろう?」

封鎖されている道路の向こう側から、パトカーが走ってきた。その後ろには黒いデカい乗用車もついてきてる。バリケードの手前で止まると、中から背広姿の人たちがわんさかと降りてきた。警察の偉そうな制服を着ている人もいる。全員がまだ立ち話をしている父さんたちの方へ走っていった。

「なんだろ」

マサおじさんと父さんが手招きをした。来いって?

「僕が行ってくるよ、みんなはここにいて」

扉を開けて、車椅子《いす》を降ろす。ハヤブサは父さんたちの方へ動き出したけど辛そうで見てられない。

「僕も行くよ」

車を降りる。ケイが僕も！と叫んで結局みんなが車を降りた。父さんが、僕たちの方を指さした。皆がこちらを見た。駆け寄ってくる。

「君が、ハヤブサ？」

自衛隊の、なんだか偉そうな制服を着た人がそう訊《き》いた。ハヤブサは頷いた。

「葛木です。ハヤブサと呼ばれてます」

車でやってきた人たちが顔を見合わせて、頷いた。

「どういう事情かはわからないが、君たちを大至急連れてきてほしいとのことだ」

ハヤブサがニコッと笑う。

「行きましょう。詳しい話は、すべてが終わった後に」


「やれやれだぜ」

車をスタートさせたマサおじさんが言った。

「何があったの？」

「まぁとにかく混乱している。犯行声明は出たものの、肝心の列車が消えちまった。その消えたってのが誰も理解できねぇからな、どうにも判断のしようがない」

そうだと思う。こういうときは内閣官房危機管理チームというものができて、いろいろ対策を立ててるらしいんだけど。

「あぁだこうだ話してもラチがあかねぇから、ダメ元で社長さんに電話したんだよ。現場の鉄道会社の社長さんにな」

「社長さん？」

「知り合いになったばかりなんだが妙に気が合ってな。詳しい事情を話している暇はねぇけど、今起こっている事態に必要な子供たちを連れて行きたいから、とにかくそこまで行かせてくれってさ」

「そうしたら？」

振り返ろうとするからやめてよって僕は叫んだ。

「ちゃんと運転しながら喋ってよ」

「おうよ。そしたらな、何て言ったと思う。その社長さんは『ハヤブサですね』って言ったんだぜ！」

じゃあ。ひょっとしたら。

「まぁ行けばわかるだろうさ。とにかくこれで第一関門通過ってわけだ」

早川かほり

「なんだか、少し怖いね」

満ちるが小さな声でそう言って、わたしも頷いた。

先導してくれたパトカーや多分政府や自衛隊の偉い人たちを乗せた車がタワーの前で止まった。そこにも何人かの人が待っていた。

皆、どういう表情でいればいいかわからないって顔をしている。

車を降りると、皆が集まってくる。誰かと誰かが何かを同時に言いかけて止《や》める。どうしたらいいかとか、どうして子供がなんてささやきが聞こえてきた。なんだかごたごたした感じがするのは、きっと皆どう動いていいかわからないからだと思う。

葛木くんの車椅子が車から降ろされるのを、みんなが黙って見ている。下に着くと葛木くんはゆっくりとみんなの待つ方へ向かっていった。

「ハヤブサくんですか？」

「はい」

背広姿の、少し太ったおじさんだった。鉄道会社の人なんだろうか。いつもはきっと人でいっぱいのはずの駅には、本当に文字通り人っ子一人いなくてシーンとしていた。それがものすごく怖い感じがする。

「とにかく、社長のところへご案内します。詳しい話はそこで」

三人の男の人がわたしたちの後に付いてきた。制服を着ているのは警察と自衛隊の人で、スーツ姿なのは政府の人なんだろうか。さっきのおじさんに先導されて、みんなで駅のエレベーターに乗った。

降りたフロアーでは誰もいなかった駅のタワーの辺りとは違って、忙しく鉄道の人たちが動いている。きっと駅の事務所のようなところなんだろう。その中に入っていって、案内されたのは、壁一面に鉄道の路線のパネルがあって、たくさんの人がパソコンのようなものに向かっている部屋だった。なんとなくわかる。空港でいうなら管制塔。鉄道の場合は何ていうんだろうか、制御室とかっていうんだろうか。

そこに痩《や》せたおじさんが立って待っていた。

この人が、社長さん。

「初めまして、藤巻です」

優しそうな人だった。葛木くんを見て、リンくんを見て、それからみんなを見てなんだか嬉《うれ》しそうに笑っていた。

その理由が、わたしにはわかった。きっと今までならわからなかったんだと思う。今のわたしには、わかる。

「もう、わかっているね？」

「はい」

葛木くんが答えた。真山さんや辻谷さんが不思議そうな顔をしている。この藤巻さんという人は、〈遠話〉のアンテナを持っていた人だ。今はもう受け止めることもできないのかもしれないけど、きっと子供の頃は〈遠話〉ができた人なんだ。

「そうじゃねぇかとは思ったんですがね」

会議用のテーブルに座って、藤巻さんが説明すると辻谷さんが頭を掻《か》いた。

「この間の居酒屋のことでね、きっと辻谷さんはハヤブサのことを調べているんだろうなと思っていたんですが」

黙っていてすいません、と藤巻さんは言う。

「私のところまではたどり着けないだろうし、今のハヤブサのことは今の子供たちにまかせておけばいい。そういうふうに昔からなっていますから。しかしこんなことになるとは予想もしてませんでしたが」

「友達が、かつての〈ハヤブサ〉だったんですね？」

真山さんが訊《き》いた。警察や自衛隊や政府の人には藤巻さんが説明したそうだけど、よく話がわからなくて、とりあえず座っているだけだ。

「そうです。幼なじみでしたよ。残念ながらもう亡《な》くなってしまいましたけど」

でもそれは〈引き戻し〉とは関係なくですって付け加えた。

「じゃあ、時間がないです。どうなったか聞かせてください」

葛木くんが言うと、藤巻さんの顔が引き締まった。

「あのパネルを見てください」

藤巻さんが指さしたのは、壁一面のパネルの中の液晶のモニターだった。電車の中が映し出されている。そこには時間やいろんな数字も並んでいた。

「ACランナーに搭載されている監視カメラの映像です。あの電車にはすべての車両に監視カメラが付いていて、随時ここに映し出されて記録もされています。今映っているのは十時二十五分、川添駅発のACランナーがあと十分ほどでしん・みらい駅に到着するところの先頭車両の映像です。その手前の新岸津駅に着くまで十秒です。よく観《み》ていてください。ビデオを進めましょう」

藤巻さんが合図すると、さっきわたしたちをここまで連れてきてくれた人が何かのスイッチを入れた。

ビデオが流れ出す。電車内で座っていた一人の男の人が席を立った。降りようとしているんだろう、ドアの前に立つ。そのすぐ後ろに、男の子が何か荷物を持って男の人に近づいていった。大きなトランクのようなもの。

何かを言い合っている?

「音声は入りません」

男の人は怒鳴っているみたいだ。よく見ると電車の中は子供がたくさん乗っている。小学生。ケイちゃんぐらいだろうか。

「あの子供たちは、警察が確認を取りましたが、小学校の遠足で乗っていた子供たちのようです」

警察の人が頷いた。画面の中でいきなり男の人が子供を突き飛ばした。びっくりしていると、周りにいた大人の人が立ち上がって、怒っている。子供を突き飛ばした男の人を捕まえている。電車は駅に停まったみたいで、ドアが開いた。男の人が降りようとするのを、周りの人が押さえている。まだ怒鳴り合っている。子供たちの中では泣いている子もいるみたいだ。

いったい何が起こっているのか全然わからない。そのうちにドアは閉まって電車は走りだした。その途端に、暴れていた男の人が急に大人しくなってしまった。

「この後、しばらくこの状態が続きます。進めますね」

早送りになった。画面の時計の表示のひとつがどんどん減っていくのはしん・みらい駅に着くまで後何分ということだとはわかった。それが一分になったところで、早送りが終わった。急に大人しくなって、席に座っていた男の人がまた立ち上がった。立ち上がって、さっきのトランクのようなものを持って、何かを喋《しゃべ》っている。急に、車内にいた人たちが動き出した。ものすごく慌《あわ》てている。立ち上がった男の人はまだ大声で騒いでいるようにみえる。手に何か持っている？　拳銃《けんじゅう》？

パニックだ。電車の中でパニックが起きている。駅に着くまであと二十五秒。

そこで、プツンと映像が消えた。

「ここまでです」

藤巻さんが、難しい顔をして言う。

「ここで、消えたんですね？　電車は」

葛木くんが言って、藤巻さんが頷《うなず》いた。辻谷さんが何か唸《うな》って、リンくんは唇を噛《か》んだ。その様子を見て、警察の人が口を開いた。

「車内で騒いだ男がテロリストの一味であることは映像から確認できました。間違いなく、あの大きなトランクのようなものは爆発物だと思われます」

爆弾。

「犯行声明からすると、時限爆弾なんでしょうかね」

辻谷さんが訊いた。警察の人も自衛隊の人も頷いた。

「ああやって持ち運んでいることから考えてもそうでしょう。振動や何かで爆発する類《たぐい》のものではないと思われます」

みんなが黙り込んでしまった。わたしも満ちると顔を見合わせて、それから知らないうちに二人で手を握りあっていた。葛木くんもリンくんもショウトくんも、下を向いたり上を向いたりして何かを考え込んでいる。

消えてしまった電車。そこに遠話の子供がいるのはわたしにもわかる。それが感じられる。あの小学生の中にいたんだろう。パニックを起こしてしまって遠話が暴走したんだと思う。

走る電車が消えてしまった。

藤巻さんが口を開いた。

「ハヤブサくん」

「はい」

「動いている最中に消えたものを引き戻したことは?」

「ありません。藤巻さんの頃はどうですか」

「私も、聞いたことはない」

リンくんが溜《た》め息《いき》をついた。

「どう考えたって、ムリだろうよ」

辻谷さんだ。

「走っている電車だぜ?〈引き戻し〉ってやつはその現場に立たなきゃならないんだろ? 立ってその消えたものを感じなきゃできねぇんだろ?」

葛木くんが頷いた。

「撥《は》ねられちまうじゃねぇか! そうだろ? 電車を引き戻した瞬間に動き出して!」

わたしも、そう思った。でも、わからない。

「そうでもないと思う」

リンくんだ。

「ショウトの話だけど、そうだよね?」

ショウトくんが頷いた。

「僕は、車を引き戻したことがある。その時は停まっている車だったけど、車がそこにあったんだ。手で触ることができた。それにあそこではなにもかもが止まっている」

「だからたぶん電車も停まっている。それに乗り込むことはできると思うんだけど」

リンくんの言葉に葛木くんも頷いた。でも。

「ムリじゃない？」

満ちるだ。

「止まっていたって、電車のドアは開いていないんだもの。外から電車のドアを開けられるの？」

藤巻さんを見た。藤巻さんは、首を横に振った。

「中から操作をしなければ、ドアは開けられません」

「割ればいい。窓を」

ショウトくんだ。

「車に触ることができたんだ。僕はその時は窓に触った。普通の感覚だった。割れると思う。何か割る道具を持って向こうに行って窓を割って電車に乗ってから〈引き戻し〉すればいい」

「けれども」

真山さんが少し大きな声を出した。

「仮に電車に乗り込むことができて、引き戻しをして成功したとしても、その中にはあと二十秒で爆発する爆弾があるんだぞ？　それをどうするんだ？　爆弾だけ引き戻ししないで、そこに残しておくなんてことができるのか？」

またみんなが黙り込んだ。葛木くんが、首を捻《ひね》った。

「保証はできないですね。そういうことをやったことはない」

「それに」

藤巻さんだ。

「電車ほどの大きさのものを引き戻したこともないだろう？」

「そうですね」

「車一台引き戻すのにも、かなりの疲労感を伴うはずだ。そうじゃないかな？」

ショウトくんが頷いた。

「一人でそれが精いっぱいのはずだ。私たちの時の経験からもそうだった。一度だけだが、トラックを引き戻したことがある。一人では無理だった。二人でやっとだった。だとしたら、電車六両。車の大きさや重さと単純に比較しても最低でも十二人以上の、引き戻しをできる子が必要になる勘定だ」

「ムリじゃねぇか、絶対に」

辻谷さんが呟《つぶや》いた。でも、リンくんは言った。

「ムリだってあきらめたら、あの電車の中にいる子供たちはどうなるの？　他にもたくさんの人たちがいるんだよ？　見殺しにするの？」

「助けた瞬間に爆弾でドカーンか？　倫志、気持ちはわかるが結論を急ぐな」

「急がなきゃ！　もう何時間も経《た》っているんだよ」

「とにかく」

葛木くんが、真山さんとリンくんの会話を遮った。

「とにかく、現場に連れていってください。実際にそれを感じてみたいんです」

☆

駅からほんの少し離れた線路の上。十番まであるホームのうち、六番ホームに続く線路だ。こんなところから周りを見るのは初めて。こんなことじゃなかったらなんだか少し楽しかったかもしれない。

駅のタワーからわたしたちは歩いてここまで来た。葛木くんは車椅子《いす》で線路の近くを移動するのは無理だったので、辻谷さんが背負ってくれた。車椅子はみんなでかわるがわる運んだ。

葛木くん、リンくん、ショウトくんにルナちゃん、ヤヨイちゃん、それにケイちゃんもわたしも線路の上に立ってみた。藤巻さんが、時間からいってこの辺りで電車は消えたはずですって言った場所に。

感じられる。ここに、この場所に電車があるのがわかる。

「わかるの？」

隣に一緒にいる満ちるがわたしに訊いた。

「わかる。説明できないけど感じる」

「後ろに人が立つとさ、気配を感じるよね？」

リンくんだ。満ちるが頷いた。

「あんな感じ」

たくさんの人がいるのもわかる。その人たちの、声が聞こえてくるような気がする。初めての感覚にわたしはなんだか寒気がして、震えてしまった。満ちるがわたしの手を握ってくれた。

少し離れて、真山さんや辻谷さん、八木さん。警察や自衛隊の人。それに一緒に来たショウトくんとルナちゃんとヤヨイちゃんのお母さんもこっちを見ている。みんなが、どうしたらいいかわからない顔をしている。何をしていいのか、何を言っていいのかわからない感じで。

葛木くんとリンくんとショウトくんが、小声で何かを話していた。それから、少し離れたところにいた真山さんたちの方を見たので、みんなが近寄ってきた。

「警察か、自衛隊の人に訊《き》きたいんですけど」

リンくんが言った。

「何かな？」

「爆発物処理班とか、そういう人たちも来ているんですよね？」

頷いた。

「声だけの指示で、爆発物の解体はできますか？」

「声だけ？」

「ぼくたちが、こういう爆弾だって説明して、どこをどうすればいいか指示してもらって、それでぼくたちが爆弾を解体できますか？」

辻谷さんが唸《うな》った。警察の人も自衛隊の人も驚いた顔をした。そんなこと、できるんだろうか。

「それは、なんとも言えない」

無理だと思うが、って警察の人が言うと、自衛隊の人は少し首を傾《かし》げた。

「この状況を無視して、一般論で話をするなら不可能とは言えないでしょう。爆発物の種類にもよる。もし、もっとも単純な構造のものなら声だけの指示で、子供が起爆装置を解体することもできるでしょう。要はスイッチさえ壊せばいいのだから」

「いや、しかし」

「あくまでも一般論です。リンくんと、ハヤブサくんだったね？」

「はい」

「自己紹介が遅れたが、方面司令部の高崎です。未《いま》だに君たちのやっていることはよく理解できないんだが、仮に君たちが、その、見えなくなった電車に乗り込み、声だけの指示で爆弾を解体しようというのなら、その勇気には敬服するが承諾することはできない。犠牲を伴う可能性が高すぎる。あまりにも危険だ」

「犠牲を伴うのは、どの選択肢を選んでも同じです」

葛木くんは、車椅子から高崎さんを見上げて言った。

「このまま放っておくのは、電車の中にいる何百人もの人を見殺しにすることになる。

爆弾を解体できないなら、引き戻した瞬間に電車が動きだしたら、窓から爆弾を放り投げればいい。停まっていたとしても、二十秒あれば電車を降りて少しでも遠くに走れば助かる可能性は増える」

「それに」

リンくんが続けた。

「このまま放っておいたら、ひょっとしたら突然電車が戻ってくる可能性だってあるんです。そうですよね？　藤巻さん」

藤巻さんは顔をしかめて、頷《うなず》いた。

「ないとは言えない。そういうこともあった」

「もしそこに他の電車がいたら、そのまま人がいっぱいいる駅に入ってしまったら、そうしたらとんでもない数の人が犠牲になります」

高崎さんや、真山さんや、大人の人がゆっくりとそれぞれに顔を見合わせた。辻谷さんが、まるで苦いものを飲み込んだような顔をして言った。

「どっちにしても、やるっきゃないってか」

また、みんなが黙り込んでしまった。線路の上を風が吹き抜けて、どこからか車のクラクションの音が聞こえてきた。

「倫志」

真山さんが、リンくんを呼んだ。

「引き戻しをするときに、遠話ができない大人を一緒に連れていくことはできないのか？」

リンくんの眼が丸くなった。葛木くんも驚いている。

「引き戻しの現場を目撃したかほりちゃんの話では、姿が一瞬消えると言っていたね？」

わたしに訊いたので、頷いた。

「消えました。確かに」

「だとしたら、倫志が着ている服も一緒に向こうの世界に行っているということだ。現実に車なども一緒に消えていることを考えるなら、たとえば私が倫志にぴったりくっついていれば、一緒に行けるんじゃないか？」

「わかんない。やったことないから」

真山さんは藤巻さんを見たけど、首を横に振った。

「やってみよう」

「真山！　何を考えてる！」

「いずれにしても犠牲を伴う状況になってしまうことに変わりはないんだ。だったら少しでも多くの人が助かる可能性を高めることだけを考えよう。今まで話し合った中でベストを考えると、電車の中に乗り込み、爆弾を解体してしまうことだ。それから引き戻しをするのが最良の方法だろう」

「お前がやるってか！」

「そうだ」

真山さんは、大きく頷いた。

「その知識があるんですか？」

藤巻さんが訊いた。

「ありませんが、大学では電気工学も少しかじっていました。ハヤブサくんや倫志にまかせるよりははるかに可能性は高まるでしょう。時間はないがある程度爆弾についてもレクチャーしてもらえばさらに良い。仮に解体が無理だったとして、引き戻した瞬間に放り投げるにしても大人の力があった方がベターでしょう。電車の中にいる状況を把握できない大人に頼むよりタイムロスがない」

「それがなんでお前なんだ」

「倫志は、俺の息子だ。行けるのなら爆発物のプロが一緒に行った方が良いと思うかもしれないが、引き戻しはたぶん精神的にデリケートなものなんだろう。見知らぬ他人を連れていけるとは思えない。そうだろう?」

　真山さんの言葉に、葛木くんもリンくんも頷いた。藤巻さんも、小声で確かにって呟《つぶや》いた。

「正直に言うと、お前にも、ハヤブサくんたちにも何もしてほしくない。どう考えても危険な状況だ。すんなり引き戻せてそれで終わるとはどうしても思えない。それはわかるよな?」

　みんなで頷いた。

「大事な息子を危険な目にはあわせたくない。消えてしまった人たちには気の毒だが、父さんは他人の命と息子の命、どちらか選べと言われたら、迷わずに息子の方を選ぶ。八木さんだって同じ気持ちだろう。目の中に入れても痛くない、お孫さんだ」

　八木さんも、ゆっくりと首を縦に振った。

「もちろん、ヤヨイちゃんやルナちゃん、ショウトくんのお母さんも同じだと思う」

　周りで小さく声が聞こえる。

「だけどな、このまま放っておけば安全という保証だってどこにもないんだ。どうなるのか見当もつかない。だから、お前がやってみるというのを、父さんは止めることはできない。悩んでいる暇はない。すぐに爆発物処理班の方を呼んでください」

自衛隊と警察の人が連絡をして、両方の爆発物処理班が来て、真山さんにいろんな道具や何かの説明を始めた。

葛木くんはみんなに集まって、と言った。わたしたちと藤巻さんと、それにみんなのお母さん。

「僕とリンは、やってみる。でも、ショウトやヤヨイやルナには強制はできない」

みんなが、ハヤブサとそれぞれのお母さんの顔をかわるがわるに見た。

「母さん」

ショウトくんが、お母さんに声を掛けた。まっすぐにお母さんを見つめている。

「止めないよ。あんたは母さんの言うことを聞いたことないんだから。やめなさいって言ったってやるんでしょ？」

「うん」

「行ってきなさい」

そう言って、ショウトくんのお母さんは葛木くんを見た。

「ハヤブサくん」

「はい」

「この子ね、実は登校拒否してたの」

ショウトくんがなんだか変な顔をした。

「今はこんな元気そうにして学校に楽しそうに通っているけど、ひどかったのよ。家の中で暴れるし反抗的だし、手首まで切るし」

信じられない。今ここにいるショウトくんはすごいスポーツマンみたいで、心身ともに健康そうなのに。

「ある日を境にしてがらっと変わったのね。なんだか友達ができたって言って、すごい見る見るうちに変わっていったの。そりゃあ嬉《うれ》しかったんだけどずっと不思議に思っていたのね。だってその友達っていうのがいったい誰か全然わからなかったんだから。でも、この間、真山さんたちとお話ししてようやくわかった」

お母さんは、少し目が潤《うる》んでいた。葛木くんや、リンくんを順番に見ていた。

「ハヤブサくんや、リンくんだったんだなって。この子をこんなに変えてくれたのは、あなたたちだったんだなって。本当にね、本当に感謝してるの。もうあの頃は、毎日が地獄みたいで」

お母さんは、声を詰らせた。眼から涙がこぼれた。ショウトくんは下を向いている。

頭を掻《か》いている。

「がんばんなさい、将斗」

お母さんが、顔を上げて言った。ショウトくんもお母さんを見た。

「あんたにしかできないことがここにあるんだから。あんたの助けを待っている人が大勢いるんだから」

「うん」

「だけど、いちばんあんたの帰りを待っているのはお母さんなんだからね。かならず帰っておいでよ？　いいね？」

ショウトくんはにっこり笑って、わかったって言った。

ルナちゃんとヤヨイちゃんのお母さんも、頷いていた。

「女の子なんだから、なんて言ったらこの子怒るんですよ。男女平等だっ！　って」

「ここで行くな、なんて言ったら、たぶん、この子に一生恨まれます」

そう言ってたけど、二人のお母さんも目に涙を浮かべていた。ルナちゃんとヤヨイちゃんをぎゅっと抱きしめていた。

八木さんは、辛《つら》そうな顔をして葛木くんの前に歩いていった。

「なんというかねぇ」

「八木さん、ケイは避難してもらいます」

葛木くんは、笑顔を見せて言った。

「いや、そりゃあ」

「ハヤブサ！　僕も行くよ。僕だって引き戻してできるよ！」

「ケイ」

葛木くんはケイちゃんに笑って言った。

「ケイには、重要な役割があるんだ」

「何？」

「避難して、向こうからの僕たちの遠話を受け取ってほしい」

「僕が？」

「爆発を止めなきゃならないんだ。ケイは、僕が遠話で伝えることをちゃんと警察や自衛隊の人に伝えて、そしてみんなが言ってることを僕に伝えてほしい。大事な役割なんだ」

「どうして、僕だけぇ」

ケイちゃんは、もう涙声になっていた。

「ケイは、この中で一番受ける力が強いんだ。ケイにしかできない。わかるか？」

頭をなでられて、ケイちゃんは、頷いた。それがいいと思う。まだ小さいケイちゃんを参加させるのはなんだか怖い。

「八木さんはケイを連れて離れてください。爆発物処理班の指示が、僕たちに的確に伝わるようにケイをフォローしてください」

頷いて、八木さんは涙を浮かべて、葛木くんに深々と頭を下げ、しばらく動かなかった。真山さんが八木さんを促して、近くに止めてあった車に連れていった。ケイちゃんは何度も振り返ってわたしたちを見ながら乗り込んでいった。

皆が、それを見送った。それから誰かが振り返ると、皆がそれに続いて、消えてしまった電車のところを見た。しばらく、誰も何も言わなかった。

「早川さん」

「はい」

葛木くんが、わたしを見上げる。にこっと笑う。

「早川さんも避難して」

「わたしも？」

頷いた。

「早川さんは、僕と同じで全員の遠話をいっぺんに受け止めることができる」

そう、さっきもそうだった。

「それは今まで僕にしかできなかったんだけど、それをしてほしい」

わたしが。

「全部を、覚えていてほしいんだ。向こうでは普通に会話ができないかもしれない。向こうに行った僕らが何をして、どうなったのかを」

リンくんも微笑《ほほえ》んで頷いた。ショウトくんもヤヨイちゃんもルナちゃんも頷いた。

わたしにできることならなんでもする。できれば、リンくんと一緒に向こうに行きたい。引き戻しの手伝いをしたいけど。

そう言うと、リンくんはまた笑って言った。

「大丈夫。帰ってくるから、待ってて」

満ちるがわたしの肩を抱いた。わたしは、頷いた。

わたしにできることを、ここでする。

「もちろん、満ちるは早川さんと一緒にいてよ?」

リンくんは満ちるに言う。

「いるけど、どうして?」

「満ちると一緒にいる時の方が、早川さんの遠話が強くなる」

「そうなの？」

わたしと満ちるは驚いて顔を見合わせた。

「よくわからないけど、精神的なものなんだろうね」

そうなんだろうか。

「ひょっとしたら、早川さんは、ものすごく辛い経験をするかもしれない。ここに残されて、たった一人で」

リンくんが真面目《まじめ》な顔で言う。

「辛いことってなによ」

「わかるだろ？　満ちるなら」

満ちるは、言葉を詰まらせて唇を噛《か》んだ。わたしにだってわかる。わたしだけがみんなの遠話を受けることができる。ひょっとしたら、そのまま誰も帰ってこなくて、わたしだけがその状況を把握できて。

想像するだけで怖くなる。

「早川さんを、ちゃんと見ていてあげて」

リンくんが優しく微笑んだ。満ちるは、小さく頷いてから言った。

「リンは私に借りがあること覚えてる？」

「借り？」

リンくんはわかんないって顔をした。

「覚えてない」

「幼稚園の時に私、ヴァレンタインデーのチョコあげたのよ。もちろんみんなに義理でだけど」

「そうだっけ？」

「ツトムでさえちゃんとホワイトデーのお返しくれたのに、リンだけがくれなかったの。来年返してよね。コンビニのクッキーでいいから」

満ちるが右手を挙げて掌《てのひら》をリンくんに向けたので、リンくんはそこに自分の右手のひらを打ち付けた。パン！っていい音がした。満ちるの目がちょっとだけ潤んでいた。

「やりますよ、真山さん」

葛木くんが言った。

「電車と一緒に消えてしまった人を同時に引き戻します」

真山さんの唇が、一直線になった。辻谷さんは天を仰いだ。

「皆さんは、避難してください。できるだけ、遠くへ」

警察の人や高崎さんに向かって言った。顔を見合わせた。

「それでいいのですか？　他に何か手伝う必要は？　我々にできることはないのですか？」

高崎さんが言う。

「誰かが、ここで何をしてどうなったかを報告する必要があるでしょう。すぐに避難してください」

「真山さん、でしたな」

警察の人だ。

「茅野《かやの》と言います。あなたの本を読んだことがあります」

真山さんはそうですかって答えた。

「おっしゃる通り、私たちには私たちの役割があります。我々はここから避難します」

「はい」

「未《いま》だにあなた方が何をしようとしているのか理解できないのですが、できれば、無事に戻って、これに関しての本を書いてください。そうすると私も登場できて皆に自慢できる」

茅野さんは、真山さんに右手を差し出した。真山さんも少し笑って握手をした。

「辻谷」

茅野さんや高崎さんが動きだすのを見てから、真山さんが声をかけた。

「おう」

「お前も避難しろ」

「な！」

「今も、あの人が言ってたろう。これの報告をしなきゃならない。何があって誰がどうしたかを正しく世の中に伝える必要がある。それは他の誰でもない、お前の仕事だ。お前にしかできないことだ」

「冗談じゃねぇぞ、俺だけのけ者かよ！」

手を振って怒鳴りながら、辻谷さんの目が淋《さび》しそうだった。

「わかってるんだろ？　いい歳《とし》して駄々こねるな。お前はここにいなきゃならない人間じゃない。とっとと避難して原稿でも書いていてくれ。こんなものすごいスクープを逃したら、お前さんの名がすたる」

辻谷さんは、くそッ！　とか言って、それからわたしたちを一人ひとり見渡した。

「ハヤブサ、いや葛木よ」

「はい」

「頼むぞ」

わかりましたって葛木くんが頷《うなず》く。

「リン！」

「うん」

「絶対帰ってこいよ！　わかったな！　みんなもだ！」

みんなだ！　って辻谷さんは叫ぶ。

「辻谷」

歩き出した辻谷さんに真山さんが言う。

「なんだ！」

「女房を、志保をよろしく頼む」

そうだ、リンくんのお母さん。天文台で待っているお母さん。

考えたくないけど、もしリンくんや真山さんに何かあったら、あのお母さんは独りぼっちになってしまうんだ。辻谷さんは勢いよく戻ってきて、真山さんの肩をどついた。

「なんでもかんでも俺に押し付けるなこの野郎！　いいか、俺は人様の女房の世話なんかしてるヒマはねえんだ！　さっさと片付けて帰ってこい！　迎えの車は出してやる！」

辻谷さんの目が真っ赤になっている。そのまま振り返らないで、すごいスピードで走って行っちゃった。満ちるがちょっと涙ぐんでいる。

藤巻さんが、わたしたちの方へ来た。

「ハヤブサくん」

「はい」

「私はね、何人かのハヤブサを知っている。彼らがどういうふうにしてきたかを。帰ってきたらいろいろ話をしよう」

葛木くんが頷いた。リンくんと握手をした。藤巻さんはわたしと満ちるに一緒に行こうって言って、わたしたちは頷いた。

「さぁ、やろうか」

葛木くんが言って、みんなが頷くのをわたしと満ちるは見つめていた。葛木くんの肩に真山さんが手を載せていた。リンくんは真山さんの腰に手を回していた。ショウトくんとルナちゃんとヤヨイちゃんは、手を繋《つな》いでいた。

何もない、ところへ。

みんなが向かっていった。

真山倫志

来た。

そういう感覚。向こうの世界からこっちの世界へ来たっていうのはすぐにわかったんだ。でも、今までのとは違った。

隣にいるはずの父さんの姿が見えない。

すぐ近くにいるはずのみんなも見えなかった。

『父さん？』

「なんだ？」

返事はあったけど、父さんがいなかった。

『どこ？』

『リンくん？　どうしたの？』

早川さんの遠話が聞こえてきた。
『父さんの姿が見えないんだ。みんなの姿も』
『僕は電車が見えないんだけど』
ショウトの遠話が聞こえていた。早川さんが中継しているのがわかった。
『ハヤブサは？』
『大丈夫。僕には電車が見えるし、みんなも見えてる』
『私も電車が見えない。電車に乗っている人は感じるんだけど』
『私はみんなが見えるけど電車は見えないな』
「すまない。私には何も見えないんだ。真っ白の世界だ」
『父さんは？　無事なの？　身体《からだ》はなんともない？』
「大丈夫だ。しかし何にも見えない。ひどいな、まるで雲の中にいるみたいだ」
『じゃあ』
「爆弾も見えていない」
最悪だ。
『爆弾は、放り投げるしかないね』
『でも電車が見えないんじゃ』

『大丈夫。僕には見えている。なぜかはわからないけど、みんな電車の中にいるよ。僕には見える』

「乗客は、どうしているんだ？」

『いますよ。みんな動かない。いつもこうなんだよね？　ショウト？』

『そう。まるで眼を開けたまま眠っているみたいに』

『爆弾は？』

『爆弾は、あぁ、あれだ。あった』

ハヤブサの車椅子《いす》が動く音が聞こえてきた。

『大丈夫なのか？　投げられるか？』

『ダテに車椅子で生活していないよ。これでも腕の力は強いんだ』

「私が投げよう。私はどこにいるんだ？　ハヤブサくんの近くか？」

『すぐ右隣です。じゃあ爆弾は僕が持ってます。電車が戻ったらお願いします』

『ドアは？　どうやって開けるの？』

『非常の時のスイッチが、あぁ、これだ』

ガタガタと音がして、それからハヤブサの舌打ちする音が聞こえた。

『どうしたの？』

『ダメだ。ドアが開かない』

「最悪だな。窓は割れるのか？」

『道具がないです。探してみます』

しばらく誰も何も言わなかった。

『ダメだ。真山さんの持ってきた鞄《かばん》の工具を使ってみたけど割れやしない』

ハヤブサの落胆する気持ちが伝わってきた。

『待って！』

早川さんだ。

『犯人は拳銃《けんじゅう》を持っているんでしょう？』

『それもダメだった。引き金も引けないんだ。たぶん、この場所では全部が止まっているから僕たち以外は、何も動かないんだ。引き戻しさえしたら、ドアを開くことができる。その瞬間にドアを開けて爆弾を外に捨てよう』

『それっきゃないね』

『ただ、ドアを開けるスイッチの位置が高いんだ。さっきはポールに掴《つか》まって無理やりやってみたけど時間がかかりすぎる』

『誰かがドアの前にいればいいんだろ？　誘導してよ。俺がやる』

ショウトが言って、ハヤブサが移動先を指示した。

『見えないから。あぁこれか、オッケーわかった』

『葛木くん！』

『なに？』

『電車が動きだせばいいけど、もし停まっていたら？　爆弾はそのままにしてみんな、電車の中の人も外に出なきゃならないでしょ？』

『そうだね』

『だから、ドアをすぐに開けられるようにみんながドアの前にいた方が』

早川さんの言う通りだ。

『そうしよう。ルナはそこからまっすぐ五歩ぐらい歩いて』

ハヤブサがもう一度指示を始めた。どうやらハヤブサとショウトが先頭車両にいて、ルナは二両目、ヤヨイが三両目で僕が四両目。あとふたつあるけど、それは急いで僕が走るしかない。

『確認しよう。引き戻しした瞬間に電車が動いていれば、ショウトがドアを開けて僕が爆弾を真山さんに手渡して、真山さんが外に捨てる。みんなは周りにいる人に何が起こってもいいようにどこかに掴まるように言って。もし停まっていたなら、すぐにドアを開いて外に出て走り出すように言う。とにかく電車から離れるように。いいね？』

「その時は私がハヤブサくんを引き受けよう。車椅子は無理かもしれないな。置いていこう」

『もう少し待って！　引き戻しは私が合図してからにして』

早川さんだ。

『どうしたの？』

『警察と自衛隊の人を今配備しているの。犯人は銃を持っているんでしょ？　狙撃《そげき》とかそういうのを今準備してもらっているの！』

『わかった』

あの中で交わされた言葉はこれだけ。これだけなんだ。早川さんが全部聞いていた。

僕らの感覚ではほんの何分かだったんだけど、でも、外では一時間が経《た》っていた。

外にいた人たちは、一時間もずっと待っていた。遅い、とかどうしたんだ、とかいう会話がしょっちゅうあって早川さんに中の様子はどうなんだと訊《き》いていたそうだ。

早川さんはとにかく遠話の間隔が間延びしていて、それを聞き取るのに必死だったって言う。

僕たちは、それぞれ自分が感じることのできる、そこにいるはずの人たちを連れ戻そうとイメージした。姿が見えないんだからそれ以外に方法はなかった。手を取って、元の場所に帰ろうとイメージする。それは遠話をする時に、話したい相手をイメージするのとおんなじやり方だ。難しいことでもなんでもなかった。

早川さんから準備が出来たという遠話があって、それからハヤブサの合図でせーのと声を掛け合って、僕たちは引き戻しを始めた。

そして、突然、本当に突然、僕たちは戻ってきた。

電車がその姿を現した。空気が流れるとか、凄《すご》い音がするとか、突風が吹くとかそういうものは何もなし。その瞬間にまばたきしていてもしていなくても変わらないぐらいの瞬間的なことだったって言っていた。

戻っていく感覚があって、電車の窓から外の景色が流れているのが見えて、僕はすぐに先頭車両に向かって走り出した。走り出しながら叫んだ。

「みんな！　しっかり何かに掴まって！」

電車に乗っている周りの人がびっくりして僕を見ていた。

二十秒。

それしか時間がない。ヤヨイと一緒に走って、ルナはもう先頭車両にいるのが見えて、そこにハヤブサの姿が見えた。

でも、ショウトが倒れていた。ショウトが倒れていて、その向かいに男がトランクのようなものを抱えていた。

もうあと十五秒。

爆弾は？

ドアが開いていないのがわかった。テロリストの男が気がついてハヤブサから爆弾を奪ったんだ。ドアを開けようとしたショウトを倒したんだ。父さんが口から血を流して床に座り込んでいた。立ち上がろうとしているのを、男が拳銃で脅している。

電車は駅の構内に入っていく。男が何か叫んでいるけど何を言っているのかわからない。車内の人たちが騒いでいる。泣いている子供がいる。叫んでいる大人の人がいる。

ショウトが立ち上がって男に向かって行こうとした。男が拳銃をショウトに向けたその一瞬の隙《すき》に、父さんが男の手にしがみついた。

銃声が一発。

でも、銃口は真上を向いていた。父さんが男の腕を天井に向けていた。

「皆逃げろ！　隣の車両に行くんだ！　早く！」

父さんが叫ぶ。周りにいた人が一斉に動き出して、僕やルナやヤヨイやショウトの身体は揉《も》みくちゃにされていた。ハヤブサたちの姿が見えない。もう時間がない。人波に押されて僕は車両の繋《つな》ぎ目まで押し返されていた。

『リンくん！』

早川さんの遠話が聞こえてきて、それは皆にも聞こえて、その瞬間にハヤブサが両手をぐん、と動かした。

車椅子が弾《はじ》かれたように飛び出して、男にぶつかっていった。

『ハヤブサ！』

電車が減速してホームに停まろうとしている。まるでその停まる速度に合わせるように、窓の外に見えていた風景が融《と》けていった。

ゆっくりと。

「逆戻りか」

父さんが呟《つぶや》くのが聞こえた。
『テロリストは！』
ショウトの声だ。
「大丈夫だ。私が摑んでいる。ピクリとも動かないよ」
『ハヤブサがやったの？』
遠話の暴走だ。
僕らはまたこっちの世界に来てしまった。
『できるとは思わなかったけど』
『電車が、私たちの乗った車両だけなんだ』
ヤヨイが言った。
『そうなの？』
『リンくん！』
早川さんだ。
『電車は大丈夫！　戻ってきた！　でも先頭車両がないの』
『中にいた人は？』
『今、みんなが電車を降りてるって言ってる。なんともないみたいだけど』

良かった。姿は見えないけどみんながホッとしたのがわかった。

『ハヤブサは、まだみんなの姿が見える?』

見えるとハヤブサは言った。ルナ、ヤヨイ、ショウト、父さん、そしてテロリストの男と、爆弾。

『大丈夫なの? リンくん!』

早川さんの声が泣きそうに聞こえてきた。それに応《こた》えてから、僕たちは少しの間黙ってしまった。それから僕は早川さんに説明した。

『今、こっちにはみんないる。テロリストも爆弾もある。爆弾が爆発するまで、たぶんもう一秒か二秒ぐらいしかないと思うんだ』

早川さんが、息を呑《の》むのが聞こえてきた。

『戻れないかもしれない。僕らがもう一度引き戻しをした瞬間に、爆発する』

引き戻す力もないかもしれないと思った。身体がものすごく重い。まるで今にも眠ってしまうかもしれないぐらい、頭がぼーっとしている。電車六両と何百人もの人を一度引き戻ししたんだ。

『戻れても、爆弾と一緒にドカーンか』

ショウトが言った。

「このままここに残ったとしても、いつか突然元の世界に戻ってしまったら、大変なことになる」

父さんだ。

『駅にいる人を全部避難させてから、もう一度戻るしかないね』

ヤヨイだ。

『犠牲は最小限。私たちと建物と電車一両だけ。運転士さんには申し訳ないことしちゃうね』

ルナ。

『もっと最小限にする方法はあるよ』

ハヤブサだ。

『みんなは順番にそれぞれ引き戻しで戻るんだ。ルナとヤヨイが運転士さんを、リンとショウトが真山さんを引き戻す。みんなが避難したあとに、最後に僕が電車ごと爆弾とテロリストを引き戻す』

それで、犠牲は本当に最小限だと、ハヤブサが言った。

「ばかな！」

父さんが強く言った。

『考えれば、そういう結論になるはずです。別に死にたいと思ってるわけじゃないけど、電車を引き戻す力が残っているのはたぶん僕だけです』

それに、ってハヤブサは続けた。

『みんなには、家族がいる。待ってる人がいる。僕にはいないというわけじゃないけど、少なくとも血を分けた肉親はいないし』

「だからって死んでいいなんて考えるな!」

『でも、誰かがやらなきゃならない』

父さんが、言葉に詰まったのがわかった。考えていることもわかった。

「順番が違う。死ぬなら私が先だ」

そういうふうに言うと思った。でも。

『でも、真山さんには引き戻すことができない』

沈黙が続いた。みんなが、言いたいことがわかる。僕も叫びたかった。ハヤブサがやるならみんなで一緒にやる。

でも、そんなことをハヤブサが許すはずがない。僕も許せない。生きて帰れるんなら、帰るべきだ。

「ハヤブサくん」

『はい』

「どこにいるんだ？」

『真山さんの前にいます。歩いて二歩ぐらい』

ちょっと間があって、何するんですか、というハヤブサの声が聞こえた。

『父さん？』

「倫志」

『はい』

「今、父さんはハヤブサくんを摑《つか》んでいる。このまま一緒に運転席の方に連れて行く。爆弾も持った。こいつは反対側のはじっこに置く」

父さんのやろうとしていることがわかった。

「何の慰めにもならないかもしれないが、やらないよりマシだろう。そして、私はハヤブサくんと一緒に残って、その盾になる」

『父さん！』

「何かで読んだことがある。人間の身体というのは意外と丈夫な盾になるそうだ。無駄死にになるかもしれないが、このままハヤブサくんを置いて帰るわけにはいかない」

僕は何も言えなかった。

父さんに死んでほしくなんかない。一緒に戻ってほしい。

でも、ハヤブサは。

「母さんを、頼むぞ」

ただ、父さんって呼ぶことしかできなかった。他のみんなも、ルナもヤヨイもショウトも何も言わなかった。

「何も言わなくていい。子供は親の言うことを聞くもんだ。ここではなんにもできない大人だけどな」

『父さん』

「行け」

見えないけど、父さんの笑顔が浮かんできた。

僕の合図で、引き戻しを始めた。

景色が戻ってきた。僕らは線路の上に戻っていた。ホームの端のところ。ルナとヤヨイが運転士さんと三人で立っていた。ショウトが僕のすぐ隣にいて、そして僕の後ろの方を見ていた。そっちに眼をやると、父さんが驚いたような顔をして立っていた。

「父さん?!」

どうして。

父さんがこっちを向いて、そしてその顔が悲しそうに歪《ゆが》んだ。

「誰だ? 誰が、やった?」

僕らを順番に見る。ショウトが、頷《うなず》いた。

「僕です」

「どうして」

「ハヤブサから、僕だけに遠話があったんです。真山さんを引き戻せって。ごめんなさい」

ショウトが、頭を下げた。ハヤブサは僕に言わなかった。僕に言ってもやらないと思ったんだろう。父さんは、首を二、三度横に振った。気にしなくていいって少し笑ってから、僕らに背を向けた。肩が震えていた。ダン! と右足で枕木《まくらぎ》を蹴飛《けと》ばした。

そして、叫んだ。

「ハヤブサ! ガキがカッコつけるんじゃないぞくそったれ!」

叫んだ。父さんがそんな言葉を使うのを初めて聞いた。声が震えていた。きっと泣いている。

それから父さんは僕らの方を見ると言った。

「急ごう。すぐに避難しよう」

僕らは頷いて、走り出したんだ。

それから僕たちは八木さんやマサおじさんのいるところまで避難した。みんなが、どう言っていいかわからないって顔をしていた。早川さんがハヤブサから聞いて全部説明していたらしい。僕らも何も言えなかった。

「倫志」

「はい」

「ハヤブサと話せるか?」

『ハヤブサ? 聞こえる?』

返事がなかった。早川さんと顔を見合わせた。

『ハヤブサ?』

みんなが呼びかけたけど、ハヤブサからの返事はなかった。父さんを見ると、大きな溜《た》め息《いき》をついた。

「皆が避難したと、伝えるんだ」

『ハヤブサ、僕たちはみんな避難した。もう、大丈夫』

自分で言って、何が大丈夫なんだって思った。

悔しかった。もうこれ以上何もできない自分が情けなかった。

気がついたら手を握りしめていて真っ赤になっていた。涙が出てきそうだったけど、泣いちゃダメだと頑張った。きっといちばん泣きたいのは父さんだ。何もできないでハヤブサを見殺しにする自分が情けなくて、死んでしまいたいぐらいに思っているはずだ。そんな顔をしていた。

駅のタワーが遠くに見えていた。みんなで、ただ黙って立ってそれを見ていた。ルナとヤヨイが泣いている。ケイもべそをかいていた。

くそっ！　とマサおじさんが叫んだ瞬間に、電車が戻ってくるのが見えて、皆が息を呑んだ。

戻ってくると同時に、ものすごい音がした。誰かが悲鳴を上げた。

火柱と、煙と轟音《ごうおん》。

いろんなものが宙に飛ばされていた。

いろんなものがばらばらと落ちてきていた。

僕たちはそれをじっと見ていた。

ただ、黙って見ていることしかできなかったんだ。

駅のタワーはひどいことになってしまったけど、すべてが崩れ落ちるようなことはなかった。藤巻さんや自衛隊や警察の人にお願いして、ハヤブサを探してもらった。もちろん電車は跡形もなく吹き飛ばされていて、生きているなんて思ってはいなかった。せめて、せめて遺体の一部でもって父さんがお願いしたんだ。

でも、それが見つからなかった。

まったく見つからなかったんだ。

火で燃えてしまったのかと思ったけど、それでも何かの痕跡《こんせき》は残ると言っていた。実際、テロリストの死体の一部は見つかったんだ。破片や瓦礫《がれき》に残っていた血液も全部調べてもらったそうだ。でも、ハヤブサと同じAB型のものはなかった。

僕たちはハヤブサを探した。消えてしまったその場所に立てば、僕らはそれを感じ取れる。普通はそうだ。でも、だめだった。何も感じ取れなかった。

自衛隊や警察にも頼んでその辺りをくまなく探してもらった。具体的に言えば半径二キロぐらいまでを探してもらったんだ。

それでも、ついに見つからなかった。

遠話にも、応答しなかった。

ハヤブサが使っていた車椅子《いす》の残骸だけが、見つかった。

ハヤブサは、消えてしまった。何も、見つからなかった。

☆

それから。

その日が終わって、しばらくの間は大騒ぎになってしまっていた。

マサおじさんや茅野さんや高崎さんのおかげで僕らの名前がマスコミに出ることはなかった。もちろん未成年だというのもあったけれど。

でも、あそこで何が起こったのかを隠すことはできなかったんだ。

電車が、なにもないところからいきなりその姿を現すのを撮影してしまった報道陣がいた。偶然にもビデオカメラで撮影してしまった一般の人もいた。それに何より、電車に乗っていて一部始終を目撃してしまった人が大勢いたから。

映像が、写真が、噂があっという間にネットの中を駆け巡った。それらを全部抑えるのは、総理大臣でも大統領でも無理だった。そしてそれをうやむやにしてしまうことはできなかったんだ。

きちんとした説明をする必要があって、僕らの遠話のことも説明された。それを抜きにして、たとえば訳がわからないけど勝手に消えて勝手に戻ってきたでは済まされなかった。毎日毎日、テレビや新聞に〈遠話〉の話が出ていた。雑誌が〈遠話〉についての特集をしていた。

もちろん、マサおじさんを通して誤解のないように説明がされた。されたけれど、どうにもならないことはあった。

初めて僕たちは、ハヤブサが心配してた〈最悪の事態〉っていうものを知った。全然気づかなかったんだ僕たちは。

つまり、〈遠話能力害悪説〉だ。

言われてみればその通りだって思う。遠話は普通に発現してればなんてことはないけど、発現の時に暴走するととんでもない迷惑になる。今度のことではっきりしたけど、大災害を引き起こすことも考えられるんだ。

これは、怖い。遠話ができる僕たちだって恐ろしく感じる。大人たちがそういう能力を秘めた子供たちを隔離しようと言い出して、父さんは魔女狩りの再現が行われる可能性もあるなんて言っていた。

もし、あの時、引き戻しに失敗していたらどうなっていただろう。あるいは何もせずにそのまま引き返していたら？

きっとたぶん、遠話のことが知れ渡った時に、ただの迷惑な能力でしかない、と認識されてしまったと思う。今回僕たちが、口幅ったいけど、自分の身を犠牲にしてまで引き戻そうとしたことで、なんとか世の中の意見は均衡を保っていたみたいだ。

僕らは、ハヤブサがきちんとデータをとっていたのは、今回のような大事件に対応するためだと思っていたけどそれだけじゃなかった。遠話の能力を持った子供たちを、そういう無理解な部分から守りたいとも考えていたんだ。むしろ、それが一番の目的だったんだ。

それでも、父さんたちがいくら努力しても駄目だった。遠話が原因でとんでもない事故が起こりそうになったのは、事実なんだ。どうしようもない。能力を持った子供を集めて研究して、発現しそうな子供を探しだせなんてことをいうマスコミもやっぱりあった。もちろん事故を防ぐためだとは言ってたけど。

どこをどう調べたのか、僕たちのところへ来る人もいた。撮影されたあの日のあの場所のテープには遠目だけど確かに僕たちの姿も映っていたんだ。はっきりと子供だとわかる僕たちの姿が。顔まではっきりとわからなかったのが、救いだと言えばそうだった。

未成年というのはこんなにありがたいものだと初めて知った。噂は拡《ひろ》がるけど、誰も断定はできない。僕たちがとぼけていれば、とりあえずそれ以上の事態にはならなかった。じっと我慢して騒ぎが収まるのを待つしかなかったんだ。

『まいったよホント。学校でも噂になってさ。あの日に突然早退してるからさ、アリバイないじゃん』

ショウトと遠話で話していた。どこで誰が見てるかわからないから電話で話したほうがいいと思ったんだけど、どこでどう盗聴されているかわからないからむしろ遠話の方がいい、と父さんが言った。それはそうかもしれない。

『ヤヨイとルナもそうみたいだね。単なる噂で済んでいるみたいだけど』

『ケイは？』

『ケイはね、よく早退するんだって。だから全然疑われてないって』

『どっか悪いのか？　あいつ』

『いや、どうも単純にサボりっぽいみたい』

とにかく、目立たないように、これ以上のマイナスなイメージを植え付けないようにするしかないって父さんも言っていた。引き戻しもしばらくはやめたほうがいいって言われた。

引き戻ししなきゃならない事故を感じ取れるのはハヤブサ、葛木だけだった。今までは。あの赤信号を感じ取れるのは葛木だけで、その葛木がいなくなってしまったんだから無理だろうって。

そう。

ハヤブサだった葛木は消えてしまった。

僕らの前から姿を消してしまったんだ。

ハヤブサのいない毎日が続いていた。

淋《さび》しさを感じないわけじゃないし、これからどうしたらいいのかを考えることもあるんだ。でも、満ちるも早川さんもツトムも、ルナもヤヨイもショウトもケイも、もちろん、他の仲間たちも、ハヤブサが死んでしまったとは思っていない。思えないんだ。

冷静に考えれば、もう会えないんだろうと思う。

向こうに行ってしまった人が生きているならそれを僕たちは感じ取れる。でも、ハヤブサが消えた場所に立っても何も感じられない。だから。

それでも、あのハヤブサならいつかひょいと姿を現すかもしれないとみんな思っているし、願っている。

あの場所から帰ってきて、何があそこで起きたのか全部を理解しているのは、もちろん僕たちと、みんなの遠話をすべて受け止めていた早川さんだけだ。僕と早川さんは天文台で何度も話し合った。いったいどうなってしまったのか、それを探ろうとしていた。でも何もわからなかった。

あの時、ハヤブサは自分の意思で遠話を暴走させて電車を向こう側に行かせた。そんなことができるなんて思わなかったし、僕らにはできそうもない。ハヤブサだけができたんだろうと思う。

だから、ひょっとして、ハヤブサは爆発の瞬間にまた自分の意思で向こうに行ったのかもしれない。自分の意思で行けるのなら戻ってこれるかもしれない。そう思っている。

みんながハヤブサの帰りを待っていた。

いつか必ず会えると、信じていた。

早川かほり

遠話の騒ぎはどんどん大きくなっていって、毎日ニュースを見るのが嫌になるぐらい。遠話の暴走で人や物が消えてしまうという事実を知ってしまって、そういう事件をマスコミが追うようになってしまったから。

辻谷さんががんばっていたけど、どうなるものでもなかったみたいで誰かが行方不明になったりすると、遠話じゃないかと囁《ささや》かれるようになってしまっていた。

でもたぶん本当に遠話の暴走によるものもいくつかあって、そういう事件が起こると八木さんがいた警察署の署長さんを通してリンくんに連絡があった。そして本当に極秘作戦みたいにして引き戻しをしたことがあった。

ルナちゃんやヤヨイちゃん、そしてショウトくんとはあの日に別れたっきり会っていない。遠話で話すこともあるけれど、なんだかみんなは葛木くんがいないことで拠《よ》りどころをなくしたみたいで戸惑っていた。

このまま警察が全面協力をしてくれてレスキューみたいなことをするのは、構わない。以前よりやりやすくなったんだから良かったと思う。でも、世間では見世物扱いされている。なんとかして遠話の能力を持つ子供に接触して話を聞きだそうとする興味本位の人たちは後を絶たなかったから。

もちろん、リンくんたちは絶対にそんなことはしないでおこうと連絡し合っていた。世界中にいる遠話ができる子供たちと確認し合っていた。

なかにはそんなことを無視してインタビューに応じる子供もいて、わたしたちの間で、だんだんと遠話が重荷になっていくのは確かに感じていた。

でも、二ヶ月が過ぎた頃、たくさんのわたしたちの理解者が集まって記者会見を開いてくれた。

真山さん、八木さん、辻谷さん、茅野さんに高崎さん。そして、かつて子供だった頃に〈ハヤブサ〉だった人たち。その仲間だった人たち。もちろん、事件の中心にいた藤巻さんも参加してくれた。全部で、三十二人もいた。

〈ハヤブサ〉の仲間だった人の中には、驚くぐらいの有名人もいてわたしたちは本当にびっくりしていた。

その記者会見はほとんどのテレビ局で同時に流れて、夜の九時からだったのでわたしたちは天文台に集まって見ることにした。

ロビーのテレビをつけて、阪下さんも静絵さんもテーブルに座る。記者会見の席には前の方に藤巻さんや真山さんや高崎さんが座っていた。

そして、そこに集まった人たちが、それぞれに真剣な表情で話をしてくれた。

わたしたちを、守るために。

「あのしん・みらい駅の事件以来で日本でも諸外国でもそういう声があがっているようですが、遠話を危険視している向きがあります。こういう言葉は使いたくありませんが、魔女狩りみたいな風潮も見受けられました。何を考えているんだと心底怒りを感じています。確かにあの事件は遠話が引き起こしてしまったものでしょう。しかし、自分の命も顧みずに、多くの人命を救ったのもまた遠話の能力を持った彼らなのです。まだ小学生や中学生の子供たちばかりが『自分たちにしかできないことなのだから、やる』。そういってあの危険な状況の中に飛び込んでいったのです。その勇気をどうしてわかってやれないんでしょう？」

「これは公表されていませんが、私はあの事件で大切な友人を一人失いました。ハヤブサという名の、強く優しく、大きな翼を持ったような少年です。彼がいなかったら、数多くの人命が失われたままだった。考えるよりもっと恐ろしい事態になっていたかもしれない。すべてが戻ってきた時、彼だけが戻らなかったのです。残された遠話の仲間に、その強い意思と勇気を遺して」

「彼らはほとんどがまだ幼い子供ばかりだ。我々が、大人たちが、彼らの能力の持つ意味をじっくり考えて、導いてあげなければならない。背中を押してあげなければならない。幼き子を見守り、彼らの手を握り、目指すべき方向を指し示し、その繋《つな》いだ手をゆっくりと放し、そして未来を託して去っていく。人の親なら、大人なら誰もができるはずの当たり前のことを、どうして我々はできなくなっているんでしょう？人類が生まれて以来、ずっとやってきたことを、改めて我々は考えなければならないのではないでしょうか」

最後に発言した真山さんが椅子《いす》に座ると同時に、記者会見の会場から拍手が起こった。その部屋にいた皆が立ち上がって拍手をしていた。

叔父さんはわたしが無事に戻ってきたことを喜んでくれた。

あの日に、阪下さんが訪ねてきていろんなことを全部説明して、そして電話で八木さんも真山さんも辻谷さんもみんなが説明してくれた。わたしも電話に出て、ちゃんと伝えた。わたしにできることがあるんだから手伝いたいって。

話はわかったけど実感としてはよくわからなくて、でも後から報道されたいろんなことを知ってから背筋が寒くなったたって言ってた。

「かほりちゃんにもしものことがあったら兄さんに申し訳が立たない」

そんなふうに言っていた。でも叔母さんは。

「信頼できる友達ができたっていうのは良かったよね。大事にした方がいい。きっと一生の宝物になるから」

そう言って笑っていた。リンくんとうまくやるのよーってからかった。叔母さんはわたしのお母さんとは血縁関係はないけど、なんだか性格が似ている。お父さんと叔父さんは兄弟だから同じような女の人を好きになったのかもしれない。

わたしは、みんなから〈ハヤブサ〉の名前を受け継いでほしいって言われている。もちろん強制じゃないし、受け継がないからって仲間外れになんかしないよーってヤヨイちゃんもルナちゃんも笑って言う。

でも、やっぱりいちばん力が強いのはわたしだって。みんなの遠話を中継できるのも、暴走してしまった子供を感じ取れるのも、今はわたしだけだ。

「早川の良いようにすればいいよ」

リンくんも、優しく微笑《ほほえ》んでそう言ってくれる。いつかまた同じように遠話の強い子はきっと現れる。その子に、葛木くんがやってきたことをちゃんと受け継いでいけばそれでいいんだからって。

いまさらみんなにハヤブサと呼ばれるのもこそばゆいし、わたしたちの中でハヤブサはやっぱり葛木くんなんだから、わたしは名前は受け継がないで、その意思だけちゃんと伝えていこうと思ってる。

リンくんや、みんなと一緒に。

リンくんは、最近わたしのことを早川って呼び捨てで呼んでくれる。前は早川さんだったけど。

葛木くんが消えてしまって、わたしたちは夏休みを迎えていた。

「行くよ。なに言ってんの」

満ちるが言う。夏休みに瀬戸内の満ちるの親戚《しんせき》を訪ねるって話。

「四国の丸亀《まるがめ》市なんだけど、塩飽《しわく》諸島ってところの本島っていう島よ。ものすごくきれいなところなんだから」

ツトムくんとリンくんと四人で天文台にいる。昼間の天文台。わたしたちは葛木くんの家に入ってみた。

静絵さんは、葛木くんがいなくなったことを悲しんではいたけど、気持ちの整理はついていたんだって言う。

「いつかあの子は宇宙に飛びだしていく。私たちの手の届かないところへね。それが少し早くなっただけって思っているんだ」

消えたわけじゃない。きっとあの子は、私たちの知らない世界で生きている。たとえばそれは人類がまだ発見できていない宇宙の彼方《かなた》の地球と同じような星かもしれないじゃない？　そう言って少し笑っていた。阪下さんもそう思っているそうだ。

満ちるは、せっかくいろいろと遊べるって思っていたのにねって言う。私がいろんなところへ連れていってやろうとしていたのにって。

「だから、行くよ」

満ちるが言う。

「葛木が戻ってきた時に、うんとお土産話をしてやるんだから」

ツトムくんもリンくんも、わたしも頷《うなず》いた。

そうしよう。

デジカメも持っていって、きれいな風景や楽しそうに遊ぶわたしたちを撮っていこう。いつか帰ってきた葛木くんに見せるために。うらやましがらせるために。

☆

あの日から、ずっとわたしたちは、いろんなものを記録し続けた。休みになるとどこかへ出かけて、楽しんで、それを残していった。葛木くんのことを時々みんなで話しながら、日々を過ごしていった。

旅行だけじゃなく、中学の卒業式で満ちるがわんわん泣いたことも、ツトムくんが高校に入ってから怪我《けが》でサッカーをやめたことも、リンのお母さんが少し言葉を話せるようになったことも、わたしのお父さんがついに目覚めなかったことも、短大の頃にリンと大げんかして別れそうになったことも、美大に行った満ちるが学生結婚してしまったことも、すべてのものを思い出にしていった。

そして決してそれを忘れないようにしていった。
いつか、帰ってきた葛木くんに、笑いながら話してあげられるように。
そうやって、わたしたちは歳《とし》を重ねて、いつか遠話の力も消えていってしまった。
けれども、わたしたちの中で葛木くんは消えていない。
〈ハヤブサ〉も、消えてはいない。

# Epilogue　天文台から

嫌だ嫌だと言いながら、マサおじさんは白いタキシードが似合っている。あれだけ体格がいいとかえってこういうものの方が押し出しがよくていいんだろう。静絵さんの白いドレスもシンプルなラインでとても奇麗だった。

驚いたことに、月明かりの下で、天文台の庭で披露宴をやろうと言い出したのはマサおじさんらしい。

「あいつはロマンチストなんだ、あんな顔して」

父さんはそう言って苦笑いしていた。

あそこにいた皆と、あの時に知りあった人たちがほとんど集まっているけど、ここにハヤブサはいない。あれから九年が過ぎている。

ハヤブサの気配は感じられない。

それでも、僕らはまだ信じている。いつかきっと帰ってくると。

ツトムも僕も大学を卒業した。宇宙へ行くことをあきらめてはいない。それぞれの専門分野でのミッション・スペシャリストを目指している。

かほりは幼稚園の先生になろうとしているけど、就職先を見つけるのに苦労しているみたいだ。就職活動をしながら、空いている時間には天文台で静絵さんの仕事を手伝っている。

満ちるは美大の先生と結婚してもまだ学校に通っている。最近は絵より彫像に興味が出てきたそうで、そっちの勉強をしているみたいだ。

ショウトは高校を卒業して入った会社が倒産してしまったそうだ。今はアルバイトしながら将来をどうしようか考えているんだと苦笑いしていた。

ルナは既に離婚を経験してしまった。つまらない男を摑《つか》まえてしまったけど、いい経験になったわって言っていた。

ヤヨイは今の仕事がつまらないとグチをこぼしている。将来自分のお店を開くためにお金を貯《た》めるって言っていたけど、何のお店をやりたいのかは秘密だって。

ケイは高校を卒業したものの、就職も進学もしないでミュージシャンになるんだといって、コンビニでバイトしながら毎晩のようにライブをやっている。

もちろん何もかもが順調ではないし、うまくいかないことの方が多い。でも、それぞれに自分たちの目標に向かって毎日を過ごしている。

ハヤブサに負けないように。いつか会えた時に、胸を張って言えるように。僕らも頑張っているんだと。


僕は、空を見上げ、月の光に星の光りを見つめる。

あそこにいつか人の生活が生まれる。選ばれた人たちがここと同じような暮らしを試みるはずだ。それは赤くまたたく小さな星にも拡《ひろ》がっていくだろう。


そこに、僕たちの声が届く。

いつかきっと。

# 解説

大森　望

本書『そこへ届くのは僕たちの声』は、二〇〇四年十一月に新潮社から四六判ソフトカバーで刊行された書き下ろし長編。著者にとっては、『空を見上げる古い歌を口ずさむ』『高く遠く空へ歌ううた』『Q.O.L.』に続く四冊目の長編ということになる。小路幸也の著書は、現時点（二〇一〇年十二月）ですでに二十九冊に達するから、本書は比較的初期の作品と言っていいだろう。

文庫化までにけっこう時間がかかってしまったのは、これがどういう小説なのか、ひとことで説明しにくいせいかもしれない。著者が得意とする〝天然ノスタルジー〟系の小説ではないし、『東京バンドワゴン』のような家族小説でもない。かといって『東京公園』みたいに、読者がよく知っている場所が舞台というわけでもない。ミステリーと言えばミステリーだが、ファンタジーもしくはSFと呼べなくもないし、少年小説とも読める。

もともと小路幸也は、メフィスト賞を受賞したデビュー長編『空を見上げる古い歌を口ずさむ』の頃から、どのジャンルにもおさまらない、不思議な味わいの作品を書いてきた作家だが、本書はその作品群の中でも、かなり風変わりな部類に属する。

物語の出発点は、二つの不可思議な謎《なぞ》。

ひとつめの謎は、重度の昏睡《こんすい》状態（遷延《せんえん》性意識障害、俗に言う植物状態）にある患者と話ができると噂《うわさ》される人物にまつわるもの。意識のない患者の心の声を聞いて家族にメッセージを伝えたり、きっと回復するからがんばれと患者を励ましたりするのだという。どこのだれとも知れないが、通称は〝ハヤブサ〟。定年間近の刑事、八木は、ある事件を捜査する過程でこの噂に遭遇し、ハヤブサについて調べはじめる。

もうひとつの謎は、全国各地で連続して起きている奇妙な誘拐未遂事件。子供が行方不明になり、しばらくすると、「お子さんを預かっている」という電話が一回だけかかってくる。だが、その翌日、子供は何事もなかったようにひょっこり帰宅する。なにをしていたのか訊《たず》ねると、「知らないおじさんに車に乗せられてドライブしていた」と答える……。これとまったく同じパターンの事件が、五年間で少なくとも十一件、発生している。この奇妙な事実をつきとめた新聞記者の辻谷《つじたに》は、親友でノンフィクション・ライターの真山《まやま》に相談を持ちかける。事件には、どうやら〈ハヤブサ〉なる存在が関係しているらしい。

と、ここまでは小説のプロローグ部分。不可解な謎をめぐるスリリングなミステリーの趣だ。さまざまな人物の視点や独白や証言が入り交じり、時系列を行ったり来たりするので、最初のうちはちょっととまどうかもしれないが、読み進むうちにだんだん登場人物の関係と事件の全体像が見えてくる。

小説全体を貫くキーワードは、〝遠い声〟。エピローグとプロローグを除いた本文は、「空から、届く声」と「空へ、届ける声」の二部構成になっている。

第一部にあたる「空から、届く声」の主人公格は、中学一年生の〝わたし〟こと早川かほり。二年前の震災で母親を亡《な》くし、父親はいまも昏睡状態にあるため、叔父夫婦の家に身を寄せている。小さい頃から、かほりの耳にはときおり、ありもしない声が聞こえることがあり、かほりはそれを（〝空耳〟にちなんで）〈そらこえ〉と名づけていた。震災のときも、かほりはとつぜん真っ白な世界に飛ばされたあと、〈そらこえ〉の主にそこから助け出されたという奇妙な体験をしている。宇宙に興味があるかほりは、近所の私設天文台が主宰する〈森林天文クラブ〉に入会し、クラブの古参メンバーであるリンくんこと真山倫志《ともし》と親しくなる。倫志はかほりの同級生。じつは前々から彼のことが気になっていて、天文クラブに入会した理由のひとつはそれだった。

その倫志の父親が、辻谷とともに連続誘拐未遂事件の謎を追うノンフィクション・ライターの真山慎一《しんいち》。真山の妻（倫志の母）は、植物状態から奇跡的に目覚め、日常生活を送れるまでに回復したが、まだ記憶は失ったままの状態にある。妻が入院してからの日々を記録したメモを辻谷のすすめで本にまとめて出版したところ、思わぬベストセラーになり、それを契機に慎一は文筆業に転身したのだった。

一方、警察を退職してからもハヤブサについて調べている八木は、昏睡から回復した妻のことで話を聞くために真山のもとを訪ね、こうして、ハヤブサをめぐるふたつの謎がひとつに合流する。しかもそれには、かほりが聞く〈そらこえ〉の謎も関係していた……。

ここから先の驚くべき展開は、ぜひ本文を読んでたしかめてほしい。第二部の「空へ、届ける声」に入ると、それまで張り巡らされた伏線が一気に回収され、登場人物たちが一堂に会して、思いがけない冒険スペクタクルへと雪崩《なだ》れ込むことになる。活躍の中心は、少年少女のネットワーク。雰囲気は、筒井康隆『時をかける少女』とか光瀬龍『夕ばえ作戦』とか、往年のジュブナイルSFに近い。NHK少年ドラマシリーズがいまも続いていたら、ぜひその枠でドラマ化してほしいと思うような波瀾《はらん》万丈のストーリーだ。

著者によれば、本書のベースになったのは「小さな頃に夢見た宇宙への憧《あこが》れ、未来への思い」だという。その言葉どおり、作中では宇宙が重要な役割を果たしている。

とくにすばらしいのは、第一部で、かほりが初めて夜の天文台を訪ね、天体観測に夢中になる場面。本筋とは直接関係ない箇所だが、叔父がかほりを天文台へ送っていく車中のワンシーンをちょっと引用しよう。


「アポロって知ってるかい?」

「知ってる。初めて月へ行ったんでしょ?」

叔父さんは頷《うなず》いた。

「テレビの中継を観《み》ていたんだ。人間が初めて月に降り立つ瞬間をね。もうクラス中その話題で持ち切りだった」

きっとあの頃は世界中の人が、夜空を見上げていた。誰もが大いなる宇宙に思いを馳《は》せていた時代だったんじゃないかなって言う。話としてはわかるけど今はそんなことはない。宇宙への旅の話はよく出るけど、そんなクラス中の話題になるなんてことは。

ぼくも（著者と同じく）アポロ世代なので、つい、かほりの叔父さんみたいな気分になってしまうのだが、今はまた、このときとはちょっと事情が違う。本書が発表された二〇〇四年には（そして、著者がこの小説のアイデアを思いついた前世紀末には）たしかに宇宙がクラス中の話題になることなんか考えられなかったかもしれない。しかし、二〇一〇年六月、状況が一変した。本書にもちらっと名前が登場する小惑星探査機「はやぶさ」が、七年余、六〇億キロに及ぶ長い旅から帰還したのである。

じつは、この小説を読みながらずっと考えていたのは、「はやぶさ」の困難に満ちた旅路のことだった。「はやぶさ」と命名された探査機MUSES‐Cが内之浦から打ち上げられたのは二〇〇三年の五月。本書に登場するハヤブサがその名に由来するかどうかはわからないが、この小説が完成し、本書単行本が〇四年十一月に刊行されたあとも、「はやぶさ」はずっと宇宙を飛びつづけ、ちょうど一年後の〇五年十一月、ついに小惑星イトカワへのタッチダウンに成功した。人類がつくったものが、地球と月以外の天体に着陸し、離陸に成功したのは、これが歴史上初めてだった。

しかし、翌十二月、「はやぶさ」との交信が途絶した。地球で待つプロジェクト・

チームは、何億キロも彼方《かなた》の「はやぶさ」とつねに電波で対話している。「はやぶさ」の〝遠い声〟が宇宙空間を伝わり、刻々と状況を知らせてくる。ところが、いくら呼びかけても、その〝空からの声〟が届かなくなったのである。「はやぶさ」は太陽の光を使って発電している。ところが燃料漏れのために姿勢制御ができず、ソーラーパネルを太陽の方向に向けられなくなり、電力供給が途絶えてしまった。声を失った「はやぶさ」はただ宇宙を漂うだけ。どこにいるのか知る由《よし》もない。はるか遠い宇宙空間で、「はやぶさ」は迷子になってしまったのである。もう二度と回収することはできないかもしれない……。多くの人がそう思った。

しかし、四十六日後、奇跡が起きる。プロジェクト・チームが、「はやぶさ」からのものと思われる電波をキャッチしたのだ。回転する「はやぶさ」のソーラーパネルがたまたま太陽を向いて電力を確保したとき、地球からの指令電波が届いたらしい。そのときのことを、プロジェクト・マネージャーの川口淳一郎教授は、こんなふうに書いている。

通信が回復しても、地球に届いたのは、雑音にかき消されてしまいそうな微弱な電波だけでした。耳を澄まさなければ消え入りそうな、かすかな声。それでも、瀕《ひん》死《し》の「はやぶさ」が、ようやく送ってきたメッセージです。（中略）このときの「はやぶさ」は、頭はしっかりしているけれど、言葉（テレメトリー）にならず、声（キャリア信号）を出せるか出せないかという状態。私たちは「手を握り返してもらう運用」と読んでいました。人間と「はやぶさ」が手をとりあって、共同で復旧にあたったのです。

（宝島社『はやぶさ、そうまでして君は』より）

こうしてみると、小惑星探査機「はやぶさ」をめぐる波瀾万丈のドラマが、本書に描かれたハヤブサたちのドラマと不思議にシンクロしていることに気づく。まるで、二〇〇四年に発表された『そこへ届くのは僕たちの声』が「はやぶさ」の長く険しい帰還の旅を予見していたようにさえ思えてくる。みごと地球に帰還した「はやぶさ」は大気圏に突入して燃えつきたが、イトカワのものと見られる微粒子を収めたカプセルを地上に届けるという使命は立派に果たし、全世界にセンセーションを巻き起こした。

そして、この物語に登場するハヤブサも、みずからを犠牲にして、大切な使命を果たそうとする。〝宇宙への憧れ〟から出発した本書は、〝遠い声〟（作中で〝遠話〟と呼ばれる不思議な力）をモチーフに、絶望的な状況のもとでもベストをつくす人々の勇気と友情の物語へと結実した。かくして、〝ハヤブサ〟の物語は、はからずも「はやぶさ」の物語と融合する。小説の最後で、リンはこう独白している。

　もちろん何もかもが順調ではないし、うまくいかないことの方が多い。でも、それぞれに自分たちの目標に向かって毎日を過ごしている。
ハヤブサに負けないように。いつか会えた時に、胸を張って言えるように。僕らも頑張っているんだと。

『そこへ届くのは僕たちの声』は、ダイレクトに宇宙を描く小説ではない。それでも、少年少女を主役に選ぶことで、宇宙に向かうまっすぐな思いをそのまま物語のかたちにすることに成功した。ひねりにひねりを利《き》かせた設定と、気恥ずかしくなるほどストレートなメッセージ――この絶妙のブレンドのおかげで、リンの（やや唐突かもしれない）まっすぐな言葉もすとんと胸に落ちる。最後の一行がもたらす感動を、しみじみと味わってほしい。

（平成二十二年十二月、文芸評論家）

この作品は平成十六年十一月新潮社より刊行され、
文庫化にあたり大幅に改稿した。

小路幸也著

東京公園

写真家志望の青年&さみしい人妻。憧れはいつか恋に成長するのか——。東京の8つの公園を舞台に描いた、みずみずしい青春小説。

橋本紡著

流れ星が消えないうちに

忘れないで、流れ星にかけた願いを——。永遠の別れ、その悲しみの果てで向かい合う心と心。切なさ溢れる恋愛小説の新しい名作。

橋本紡著

猫泥棒と木曜日のキッチン

親から捨てられ、弟と二人で暮らす高校生のみずき。失くした希望を取り戻すための戦いと冒険が始まる。生への励ましに満ちた物語。

橋本紡著

空色ヒッチハイカー

いちどしかない18歳の夏休み。受験勉強を放り出し、偽の免許証を携えて、僕は車で旅に出た。大人へと向かう少年のひと夏の冒険。

石田衣良著

4TEEN【フォーティーン】

直木賞受賞

ぼくらはきっと空だって飛べる！ 月島の街で成長する14歳の中学生4人組の、爽快でちょっと切ない青春ストーリー。直木賞受賞作。

石田衣良著

眠れぬ真珠

島清恋愛文学賞受賞

人生の後半に訪れた恋が、孤高の魂を持つ咲世子を少女に変える。恋人は17歳年下。情熱と抒情に彩られた、著者最高の恋愛小説。

伊坂幸太郎著

オーデュボンの祈り

卓越したイメージ喚起力、洒脱な会話、気の利いた警句、抑えようのない才気がほとばしる！　伝説のデビュー作、待望の文庫化！

伊坂幸太郎著

ラッシュライフ

未来を決めるのは、神の恩寵か、偶然の連鎖か。リンクして並走する4つの人生にバラバラ死体が乱入。巧緻な騙し絵のごとき物語。

伊坂幸太郎著

重力ピエロ

ルールは越えられるか、世界は変えられるか。未知の感動をたたえて、発表時より読書界を圧倒した記念碑的名作、待望の文庫化！

伊坂幸太郎著

フィッシュストーリー

売れないロックバンドの叫びが、時空を超えて奇蹟を呼ぶ。緻密な仕掛け、爽快なエンディング。伊坂マジック冴え渡る中篇4連打。

伊坂幸太郎著

砂漠

未熟さに悩み、過剰さを持て余し、それでも何かを求め、手探りで進もうとする青春時代。二度とない季節の光と闇を描く長編小説。

伊坂幸太郎著

ゴールデンスランバー

山本周五郎賞受賞
本屋大賞受賞

俺は犯人じゃない！　首相暗殺の濡れ衣をきせられ、巨大な陰謀に包囲された男。必死の逃走。スリル炸裂超弩級エンタテインメント。

重松清著 ナイフ 坪田譲治文学賞受賞

ある日突然、クラスメイト全員が敵になる。私たちは、そんな世界に生を受けた——。五つの家族は、いじめとのたたかいを開始する。

重松清著 ビタミンF 直木賞受賞

もう一度、がんばってみるか——。人生の"中途半端"な時期に差し掛かった人たちへ贈るエール。心に効くビタミンです。

重松清著 エイジ 山本周五郎賞受賞

14歳、中学生——ぼくは「少年A」とどこまで「同じ」で「違う」んだろう。揺れる思いを抱き成長する少年エイジのリアルな日常。

重松清著 きよしこ

伝わるよ、きっと——。少年はしゃべることが苦手で、悔しかった。大切なことを言えなかったすべての人に捧げる珠玉の少年小説。

重松清著 卒業

大切な人を失う悲しみ、生きることの過酷さ。それでも僕らは立ち止まらない。それぞれの「卒業」を経験する、四つの家族の物語。

重松清著 あの歌がきこえる

友だちとの時間、実らなかった恋、故郷との別れ——いつでも俺たちの心には、あのメロディーが響いてた。名曲たちが彩る青春小説。

新潮社
ストーリーセラー
編集部編

**Story Seller**

日本のエンターテインメント界を代表する7人が、中編小説で競演！　これぞ小説のドリームチーム。新規開拓の入門書としても最適。

新潮社
ストーリーセラー
編集部編

**Story Seller 2**

日本を代表する7人が豪華競演。読み応え満点の作品が集結しました。物語との特別な出会いがあなたを待っています。好評第2弾。

赤川次郎ほか著

**七つの危険な真実**

愛と憎しみ。罪と赦し。当代の人気ミステリ作家七人が「心の転機」を描き出す。赤川次郎の書下ろしを含むオリジナル・アンソロジー。

有栖川有栖・道尾秀介
石田衣良・鈴木光司
吉来駿作・小路幸也
恒川光太郎 著

**七つの死者の囁き**

窓辺に立つ少女の幽霊から、地底に潜む死霊の化身まで。気鋭の作家七人が「死者」を召喚するホラーアンソロジー。文庫オリジナル。

乙一ほか著

**七つの黒い夢**

日常が侵食される恐怖。世界が暗転する衝撃。新感覚小説の旗手七人による、脳髄直撃のダーク・ファンタジー七篇。文庫オリジナル。

恩田陸著

**中庭の出来事**

山本周五郎賞受賞

瀟洒なホテルの中庭で、気鋭の脚本家が謎の死を遂げた。容疑は三人の女優に掛かるが。芝居とミステリが見事に融合した著者の新境地。

## 新潮文庫最新刊

「特選小説」編集部編
七つの濡れた囁き
快楽の奴隷と化した男と女は、愛欲のアリジゴクへと堕ちていく――。七編を収録する傑作官能アンソロジー。文庫オリジナル。

髙山正之著
変見自在
サダム・フセインは偉かった
中国、アメリカ、朝日新聞――。巷にはびこるまやかしの「正義」を一刀両断。週刊新潮の大人気超辛口コラム、待望の文庫化。

吉行和子著
老嬢は今日も上機嫌
芸術家一家に育った、女優であり俳人の吉行和子。家族、友人、仕事、旅、本等々を、その豊かな感性で綴る、滋味あふれるエッセイ。

西川治著
世界ぐるっと肉食紀行
NYのステーキ、イタリアのジビエ、モンゴルの捌きたての羊肉……世界各地で様々な肉を食べてきた著者が写真満載で贈るエッセイ。

M・ブース
松本剛史訳
暗闇の蝶
蝶を描く画家――だが、その正体は闇の世界からの罪人。イタリアの小さな町に潜む男に魔手が迫る。悲哀に満ちた美しきミステリ。

J・アーチャー
戸田裕之訳
遥かなる未踏峰（上・下）
いまも多くの謎に包まれた悲劇の登山家マロリーの最期。エヴェレスト登頂は成功したのか？　稀代の英雄の生涯、冒険小説の傑作。

# そこへ届《とど》くのは僕《ぼく》たちの声《こえ》

新潮文庫　し-66-2

平成二十三年二月一日発行

著者　小《しょう》路《じ》幸《ゆき》也《や》

発行者　佐藤隆信

発行所　株式会社新潮社

郵便番号　一六二―八七一一
東京都新宿区矢来町七一
電話　編集部(〇三)三二六六―五四四〇
読者係(〇三)三二六六―五一一一
http://www.shinchosha.co.jp

価格はカバーに表示してあります。

乱丁・落丁本は、ご面倒ですが小社読者係宛ご送付ください。送料小社負担にてお取替えいたします。

印刷・二光印刷株式会社　製本・株式会社植木製本所



ISBN978-4-10-127742-4 C0193